復貴盈門

2

雲霓 著

風 文創 055

目錄

第四十八章

在陳家的主屋裡，戲子小牡丹訴說自己悲苦的身世。

「奴家七、八歲就被家裡賣給了人牙子，後來被領進通州老員外家裡伺候，長到十歲，主母嫌奴長得嬌豔，乾脆將奴又賣了出去，這才轉折到了戲班子。奈何奴嗓音不好，年紀又大了，不能出角，班主這才想出這種計謀，讓奴靠上位老爺，求老爺贖了身子，將來進家門總是做個姨娘，也好安身立命。奴開始不肯，那班主就要挾將奴賣去妓坊，奴這才應允了，若是但凡有條活路，奴絕不敢如此……」說著不停地在地上磕頭，髮髻都散亂開來。「老太太是慈悲人，就抬抬手賞奴一條活路。」

二老太太董氏慢慢轉動手裡的金絲薰香球。

董嬤嬤上前問道：「妳如何知道我們家裡二太太是活菩薩？」

小牡丹不敢隱瞞。「是班主說的，說陳家二太太樂善好施，陳家總是拿出米糧開粥廠，不似那些凶神惡煞的富戶貴門吃人不吐骨頭，讓奴放心，奴找上門定會受善待，就算不收留奴也會給些銀錢。」

二老太太董氏不留痕跡地看了一眼旁邊的蕭氏。

蕭氏不大會掩飾情緒，聽得小牡丹這樣說，臉上表情一變再變。

詫異，真被琳怡猜著了老爺是被陷害的。

驚訝，這些惡徒竟然看中了陳家仁善好欺負。

愧疚，自己冤枉了老爺。

董嬤嬤也看不出什麼端倪來。戲子的話真真假假讓人難以分辨，三太太又不似在耍花招。

「老三媳婦，妳看這件事怎麼辦？」二老太太董氏突然開口問，若是整件事是蕭氏安排的。蕭氏心裡總該有個章程，她就看看蕭氏接下來要做什麼。

「這……」扭送官府？戲子都這樣求了，她也不忍心就這樣白白要了她一條性命。就這樣算了，老爺的聲名要怎麼辦？蕭氏也拿不定主意，半晌才抬起頭，向二老太太董氏求助。

「老太太看怎麼辦才好？我……我也……」

窩囊相又出來了，若是她的媳婦，她就要被活活氣死。二老太太看也不想看小蕭氏一眼。就算這前前後後有人安排，也不會是小蕭氏。二老太太沈聲道：「既然已經招認了，就送去官府，好讓外面人知曉我們陳家也不是好欺負的。」

小牡丹聽得這話，一下子癱在地上。「老太太……饒命啊……都是班主……跟奴沒有關係……」

譚嬤嬤聽得手心出汗。萬一小牡丹經不起盤問，又反口那要怎麼辦？

正思量著，外面傳來婆子稟告的聲音。

接著二老太太身邊的沉香快步走進屋。「老太太、三老爺、三太太，前門傳來話，戲班子的班主帶著人跑了。」

小牡丹眼前一花，出了一身的冷汗。顯然班主將她一人扔在這裡不顧死活，現下她已經無路可走，不能得罪陳家，只能將所有的錯處都推給班主，否則陳家定不會讓她有好下場。

譚嬤嬤聽得這消息也鬆了口氣，沒有了後路，這小牡丹也該知道怎麼才能活命。

「老太太，」小牡丹哭起來。「奴沒有說半句謊話，那黑心的班主果然逃了……」

二老太太董氏確定這裡面有人在搗鬼，大勢已去，她也不用再問了，於是揮揮手讓董嬤嬤將小牡丹帶下去。

小牡丹就算沒唱出角，嗓子還是極好的，悲戚地哭喊。「老太太，救人一命勝造七級浮屠啊……」

門外的琳芳已經很多次從母親田氏那裡聽到這句話，母親每次說起，她就會趴在母親膝頭靜靜聽母親講經。這一次，這話從下賤的女人嘴裡說出來，她說不出地噁心。

林大太太陪著林老夫人在東側室裡吃過飯，飯後，一家人坐在一起說了會兒話。

林老夫人最喜歡聽林正青背書，十年如一日。

林大太太笑道：「正青年紀不小了，換四爺、五爺過來背吧。」

林老夫人搖搖頭。青哥長得和老爺年輕時最像，老爺成就了一身的功名，林家將來的責任就落在青哥身上，她活一日就要督促青哥一日。

青哥已經要考秋闈，老夫人還像是考小孩子功課一般。林大太太就算心裡不願意，也沒有了法子，只得笑著讓兒子進屋。「今日都學了什麼，背給你祖母聽。」

林正青進了內室，屋子裡一下子靜寂，所有的目光盯過來，林正青剛吃飽的肚子頓時翻滾。吃飽了飯就要讓人滿意，讓人知道他的飯不是白吃的。

林老夫人考校完林正青的功課，林大老爺一家這才回到自己房裡。丫鬟端了茶上來，然後全都退了出去。林大太太忙詢問林大老爺。「怎麼樣？陳家那邊什麼情形？」

林大老爺皺起眉頭。「陳家有人出面要將戲子送去官府，班主嚇得帶人直接出了京。」

林大太太吸了口氣。「你怎麼沒阻攔？」

林大老爺道：「我怎麼攔？陳家人都盯著呢，這時候我讓人出面，那不是自投羅網？」

一輩子就這樣小心翼翼，窩窩囊囊什麼事都辦不成。林大太太冷哼一聲。「我讓你再看幾日，找到陳允遠的錯處，你偏要從中推波助瀾，鼓動戲班子去害他，到了今天這個地步眼見就要成了，你卻又縮手，那不是前功盡棄嗎？那小蕭氏的性子我還不知道，家裡出了這種事如何能處置妥當，陳二老太太又是絕對不肯伸手幫忙的……你只要讓戲班子盯陳家兩日，就將陳允遠盯垮了，到時候陳允遠失意，你在身邊相陪，還怕陳允遠不將福寧的事透露給你？」

林大老爺的文人氣質在婆娘的教訓下酸氣上湧。「我早說這樣不妥當，妳偏不肯聽，想要和人家交好，就大大方方地去說親，弄這些蠅營狗苟有什麼意思?!」

林大太太被罵得一怔。「你說誰蠅營狗苟？」說著眼圈紅起來，看向旁邊的林正青。「我還不是為了青哥？娶了陳六小姐，青哥日後能有什麼好前程？打垮成國公是整個林氏一族的事，怎麼不讓二房的人去和陳允遠拉上關係？」

林大老爺咬牙切齒。「還不是妳聽說陳允遠手裡有證據，妳又和小蕭氏是閨閣好友，這才自告奮勇……」

那是她聽說陳家的爵位說不得能還回來，她又託人去打聽陳允遠在族譜上是嫡長子，可是現在……

「此一時彼一時，」林大太太甩甩帕子。「我聽說就算陳家爵位還回來，也落不到陳允遠身上。」

林正青不沈默就會笑出聲來。母親是看上了陳二太太和她那故意要落水的女兒，因為陳二太太帶來了會做生意的宋家，跟宋家人搭上關係，母親娘家人的日子就好過了，眼前的利益驅使著她。不過父親說的話是什麼意思？林正青聽了一會兒開口。「陳三老爺行為不端讓父親發現了？」

行為不端倒還沒有，林大老爺表情有些不自然。

林大太太道：「陳允遠有機會就帶著小廝去湖邊的畫舫，你父親恰好撞見了。」於是順理成章地幫忙付了帳，要了個戲子陪陳三老爺一晚，第二天再不小心見到狼狽的陳允遠。老爺不過就是順水推舟而已，男人去畫舫那種地方能是做什麼好事？

真是聰明人。兩個聰明人在一起才能想到這樣的主意。

林正青想到那天在陳家長房隔著竹簾看到陳六小姐。簾子裡，陳六小姐開始還和旁人說笑，當目光看向他時沈默又冰冷，一轉眼，卻又毫不在意。

漠視。兩、三次的見面，他終於弄清楚陳六小姐的意思。陳六小姐那淡藍色的眼白映著杏花紅梨花白，唯獨沒有對他的喜惡。林正青很想弄明白其中的原因，不過現在還不是時候，他不能為了一個奇怪的女人，就放棄做個壞人。

林正青道：「父親就沒想過，陳允遠現在是三年考滿，他怎麼會冒著丟官的風險去畫舫那種地方？」

林大老爺仔細想了想。「也不是不可能，倒是有不少女眷因家道中落淪落去了畫舫。」說到這裡，林大老爺腦子中一道光閃過。「難不成陳允遠是過去找人的？」

林正青道：「這些年福建處置了不少官員吧？父親打聽打聽那些官員中有誰的家眷在京裡無依無靠。正室太太和子女不大可能，多問問那些得寵的妾室。」

說到打聽女眷的事，林大老爺看向林大太太。

琳怡好睡了一覺，梳洗穿戴好，到了東次間，長房老太太已經坐在臨窗大炕上喝茶了。

琳怡不禁臉紅。明著是來侍奉長房老太太的，其實是過來偷懶的。

「我起來晚了。」琳怡笑著上前坐在長房老太太身邊。

長房老太太親暱地看著琳怡。「年輕人就是睡不夠，我記得我像妳這般年紀，家裡的長輩也慣著我睡覺，反正也是在家裡，晚一個時辰也不打緊，不像將來出了嫁……」長房老太太說到這裡笑著打住，轉頭吩咐白嬤嬤。「讓廚房擺飯吧！」

祖孫倆吃過了飯坐在炕上玩葉子牌。長房老太太不經意地提起齊家。「有沒有來往？」

第四十九章

琳怡搖搖頭，自從小牡丹找上門之後，齊家姊妹沒給她寫過信。

長房老太太皺起眉頭。「書香門第就是這樣窮酸腐氣重，只要聽到些風吹草動都要停下來看個清楚，生怕別人是烏墨染了他家的宣紙。」

這也是人之常情，琳怡並不在意。「過陣子就好了。」

長房老太太慈祥地笑道：「妳這孩子倒是心路寬，」說著欣慰地點頭。「這樣好，能容得下人，將來才能持家。」

任誰經歷過她從前的事都會心寬起來，老天能給她重來一次的機會，已經是對她最大的恩惠，她只要快樂生活就好了。再說，齊家姊妹能有多少思量，擔憂的都是長輩罷了，她們閨閣中的小姐也只能聽命於長輩，換作她也是一樣的。

長房老太太道：「那邊怎麼樣？有沒有人又提起小牡丹？」

大太太倒是明裡暗裡地提過幾次，蕭氏開始不好意思，後來也就見怪不怪隨她去了，父親雖說明面上被人陷害，畢竟是去了畫舫，別人說得有憑有據，他們也不能與他們個個去分辯，只要朝廷不追究、言官不彈劾就是最好的了。

二老太太董氏讓董嬤嬤將整件事查了一遍，定是知曉了長房老太太暗中幫忙，每次她過去給二老太太董氏請安，董嬤嬤那雙眼睛總要在她身上來回打量，她就算再低頭溫婉，恐怕二老太太董氏也不會相信了，從此之後，她行事就要更加小心。

琳婉待她還是從前，甚至多有安慰她的話。琳芳就忙著準備去給寧平侯家的老夫人拜壽，每日讀詩詞歌賦，選衣料、頭面，內外兼修，沒時間來她房裡找茬。

「寧平侯？」長房老太太想了想。「原來的輕車都尉，後來在圍獵時救過當今聖上。他女兒進宮之後，他帶兵去了南疆，回來之後封了一等侯。」

這是真真切切用女兒恩寵換來的爵位。

琳怡從前聽說過寧平侯，那是因為寧平侯的五女兒許過康郡王做郡王妃，結果那位孫五小姐生了一場大病，將婚事拖了下來。後來聽說真正的原因是，寧平侯為愛女五小姐覓得了比做康郡王妃更好的前程，寧平侯一家正左右衡量哪門親事更好，這件事就被康郡王知曉了。康郡王也頗有些傲氣，很快就從寧平侯那裡脫身而出。

她臨死前聽林正青說皇上降旨賜婚給康郡王，大約是康郡王娶了當今太后娘家的姪女，是位才貌雙全的小姐。

琳怡想到這裡不由得想起來。前世父親這時候已經認識了康郡王，康郡王和寧平侯家婚事出了岔子之後，父親那時和康郡王私交正深，這才有了康郡王欲納她為妃的傳言。其實父親根本不敢高攀宗親，她更是連康郡王府去也沒去過，婚事更加無從談起，林正青新婚之夜拿出這件事，不過是折辱她。

二太太田氏和琳芳想要高攀寧平侯，這樣的人家利益當頭，田氏不一定能討到多少好處。不過反過來想，寧平侯能請二太太田氏，是不是代表田氏也能為人所用？

長房老太太看一眼琳怡。「二太太走動的勛貴家越來越多，我們不能不小心些。」

琳怡頷首。重活一世雖然過得輕鬆些，她沒忘之前的教訓，只要讓二老太太董氏一家得了機會……必然還是和從前一樣。

「那小牡丹……」琳怡想想也覺得後怕。

長房老太太沈下眼睛。「沒釀成多大的禍事，打了板子就可以放人了。」

放人？琳怡看向長房老太太冰冷的表情，腦子裡可怕的念頭一閃而過——無論怎麼樣都不能讓小牡丹再胡說。尤其是二老太太董氏還虎視眈眈，長房老太太的處置法子沒有錯，只是……

「可以讓人將小牡丹遠遠地帶離京，若是誰再將小牡丹找出來弄回京裡，那就是明擺著要陷害父親。」

長房老太太低頭看琳怡，這也不失為一個好辦法。

琳怡慢慢道：「小牡丹是小事，重要的是誰在害父親。」

長房老太太仔細思量。「我是想要弄清楚，就怕妳老子將嘴閉得嚴實，什麼也不肯說。」

那就想辦法讓父親說。

到了中午，蕭氏遣人來說，陳允遠晚上下衙來看長房老太太。

長房老太太面上安穩，其實心裡十分高興。琳怡鬆口氣，有骨氣的父親能向長房靠攏實在不容易。

下午，陳允遠和蕭氏帶著衡哥一起進了念慈堂向長房老太太請安。

長房老太太讓衡哥和琳怡一左一右坐在身邊，陳允遠和蕭氏坐在旁邊的椅子上。

長房老太太滿面笑容地和陳允遠說起家常來。「從前你每次過來，允禮都要廚房準備好八寶桂魚和粉蒸排骨，這次我仍舊讓廚房做了這兩個菜式，不知道你是不是還愛吃。」

長房老太太一句話就讓陳允遠眼睛裡泛起淚花，不但想到那個關懷他的大哥，更想起從前的歲月。

陳允遠抑制住自己的情緒。「這兩個菜哪裡做的都不如老太太這裡的好吃。」

長房老太太笑起來。「既然愛吃，一會兒就多吃些。」

晚飯時，陳允遠果然多吃了些。

大家吃過飯聚在一起喝茶，琳怡先和衡哥去了西次間，不一會兒工夫，蕭氏也被支出來。

「妹妹見過齊二公子嗎？」趁著蕭氏出去張羅茶點的工夫，衡哥提起齊二郎。

她只是隔著簾子見了一次。琳怡側頭看衡哥。「你見到了？」

衡哥點頭。「見到了，」說著彷彿要哭起來。「借了我兩本書，還留給我不少的課業。先生說有師兄指點課業是好事，可是那齊二公子比咱們父親還要嚴肅。」

琳怡覺得詫異。「齊二郎怎麼會到書院裡去？他不是國子監進讀嗎？」

衡哥道：「因我是齊家寫的推薦信，齊家哥哥正巧來找書院的先生，先生就將我叫過來讓齊家哥哥平時多指點些，明年好參加府試。」

衡哥讀書早，父親也是盼著他能早點取了生員，想必將衡哥送進書院的時候與先生說了這一節。

衡哥垂頭喪氣道：「齊家哥哥板著臉說了，照我這樣的進度，三年也考不過。」

琳怡愕然。齊二郎還真是心正口直，就這樣把實話說了。

蕭氏進屋看到衡哥的模樣，慈母的心腸又泛濫，不停地安慰衡哥。「唉，慢慢來吧，三年就三年，那時候你也不大啊。」

衡哥聽了蕭氏的話，淒然地看著琳怡，眼淚要掉下來。

蕭氏這話是火上澆油，齊二郎說的是三年也考不過，沒說三年保過啊！

第五十章

內室裡，長房老太太半靠在軟榻上，撐著綠枝倭緞圓滾墊看著一臉羞愧的陳允遠。「而今和從前不一樣了，朝堂上換了幾位閣老，文官就像一盤散沙，軍權又握在少數幾個宗親、勛貴手裡，朝廷局勢亂作一團。我們這樣的人家雖然被奪了爵，還是有不少族人在朝廷裡供職，在外人眼裡還是蒙了祖蔭，多少人不服氣，等著揪你們的錯處，萬一你們有個閃失，就算族裡幫忙也未必能度過難關。」

長房老太太的意思陳允遠明白。陳氏一族早就和中心政權無緣了，他這個從五品的官職熬到現在已是不易，想更上一層樓是沒有了指望，如果再出些錯漏……後果不堪設想。

長房老太太半合起眼睛。「不管你想做什麼，還是要想清楚了再下手，不想別的你也要想想衡哥和琳怡，兩個孩子年幼，有我在時我必然庇護他們，我走了，兩個孩子就落在董氏手裡，你可想過董氏會將他們如何？」

陳允遠挺直的脊背頓時塌了下來。

長房老太太道：「若是你想留在京裡，我想辦法找人去疏通關係，哪怕做個部院郎中，也好在京裡安身立命。」

聽得這話，陳允遠再也按捺不住，詫異地看向長房老太太。「您都知曉？」

長房老太太睜開眼睛嘆口氣。「我只知道你在福建官途不順，福建的官員任免多看成國公，你是不願意與成國公為伍吧？」

陳允遠表情沈重，卻有一股擋不住的銳氣藏在其中。「不瞞老太太，我不但不欲向成國公諂媚，我更要告他，告他勾結海盜、假扮倭寇燒殺搶掠無惡不作，更以此為藉口向朝廷索要軍餉空額。朝廷軍餉開銷巨大，只得加重各省賦稅，本朝的賦稅比太祖時高了兩倍之多啊！」

長房老太太就算早有準備，仍舊不免攥緊了手裡的佛珠，倒吸一口涼氣。「成國公竟敢如此……」說著微微一頓。「你想要參倒成國公，也要想想京裡握有軍權的勛貴、宗親哪個也不乾淨。」

陳允遠聽得這話站起身，鄭重跪下來，一頭磕在地上。

長房老太太身邊的白嬤嬤見狀嚇了一跳，忙退了下去。

「若是我有差錯，求老太太幫襯我兩個小兒，讓衡哥長大成人，琳怡能嫁個好人家。我兩個孩子從小被教得質樸、仁孝，將來定不會忘了老太太大恩。衡哥若是能出息是最好，若是不能，這幾年兒子存的銀錢可讓他回鄉購些田地度日。兒子打聽過蕭氏族裡的弟子，不乏有在鄉下、家境還算殷實者，盼能娶賢妻，琳怡能嫁過去生兒育女也可安穩一生。」

長房老太太皺起眉頭。「這就是你為兒女想的出路？」

陳允遠點頭再叩倒。「大丈夫忠孝不能兩全，兒子這次回京就沒指望能全身而退。」

外面的白嬤嬤聽得這話一瞬間汗透了衣襟。原來三老爺心裡竟是這般的打算？再抬起頭來，看到屏風後臉色蒼白的琳怡，白嬤嬤驚訝地張大了嘴。

琳怡伸出手示意白嬤嬤噤聲。

長房老太太和陳允遠並不知道琳怡藉口溜過來偷聽。

長房老太太接著問：「那小蕭氏呢？」

陳允遠黯然道：「若是我沒了，她必然不出幾年就要隨我而去，我不必再為她打算了。」

「好！」長房老太太將手裡的佛珠拍在矮桌上。「你大義，小蕭氏能殉夫也算為我陳家爭光添彩，你死那日我必然帶全家老少跪拜祖先，為你風光送行！」

外面的白嬤嬤頓時慌了神。老太太真是糊塗啊，怎麼能任著三老爺亂來？想要轉身進屋，手臂上頓時一緊，白嬤嬤抬起頭看到搖頭的琳怡。

琳怡此時心裡也是一陣亂跳。按照父親的安排，一切還會和她前世經歷的一樣。父親入獄，蕭氏病倒，哥哥任二老太太董氏擺弄，她嫁入林家當日就被活活燒死……

可是她相信，長房老太太經過了那麼多事，不會眼看著父親送死。

所以她才想方設法讓父親在長房老太太面前說出真話。

長房老太太乜著眼睛道：「我不知道那些牌位會不會高興，我能確定的是你的那些敵人都會萬分得意。在這之前，你的一雙兒女先要安排妥當，你死之後，小蕭氏不能作主，二老太太董氏自然一手安排，你留給你衡哥的錢財就算朝廷不抄沒，董氏也會搜刮乾淨，咱們族裡也有處置男丁的地方，綁在荒僻的院落幾日便斷了生機。琳怡更是簡單，隨意將她配了出去，不但能為其他姊妹換門好親事，更能賺些聘禮。琳怡出了嫁就與你母親一樣失去娘家的保護，只能任夫家折辱，就算是正室身分嫁進去，日後說不得連妾室也不如，生下子女將來也是一樣矮人一等。」

地上的陳允遠感同身受，渾身顫抖起來。

「不要依靠我這個半截身子入土的老太婆，說不得明日我就會閉上眼睛，」長房老太太睥睨地看了眼陳允遠。「你以為死得其所，我告訴你，你有三不如。一不如你母親，你母親在陳家度日如年卻沒想過要輕生，生你的時候，穩婆都已經放棄，你母親卻拚掉性命將你生下來。她跟我說過，別人能生兒育女，她不比別人差，也要做個好母親，寵愛她的孩子，看著她的孩子長大。老天雖然不給她這個機會，她卻給了你生的機會。二不如你父親，你父親為了活命能從死人堆裡爬出來，雖然不承認京裡的一妻一子，卻是董氏的好丈夫，你兩個哥哥的好父親，他死之前至少讓愛妻接掌了陳家，讓兩個兒子都有了前程。三不如你女兒，六丫頭小小年紀就知道事事為你周全，你惹了個戲子小牡丹回來，都是六丫頭想辦法給我消息，讓我出面幫你將事壓下來，否則你哪裡能大言不慚地跪在地上跟我說這些？我們家雖然是武將出身，卻也知道不能有勇無謀，你祖父立下規矩讓陳氏子孫文武兼修，就是這個道理。沒想到你不懂得這個，偏要做個莽夫，還要搭上一家子的性命！」

長房老太太一口氣將這些話說出來，開始陳允遠還有些不服，到了最後他已經臉色變了幾次，整個人再也沒有了半分銳氣。

長房老太太道：「話到這個分上，你也能明白我的意思了，若是你信得過我就將心裡的事都說了，我們想辦法謀條生路出來。你若是信不過我，想怎麼做就怎麼做吧！」

陳允遠這才開口。「我怎麼會信不過長房老太太？」說著遲疑了片刻。「老太太還記不記得蓮花胡同的吳家？吳家長子任宣慰使司僉事，前年卻因貪墨了撫慰銀被抄家處斬。」

長房老太太點頭。「朝廷處斬正五品以上官員本來就少，我略有耳聞。」

陳允遠道：「吳大人是私下裡查成國公才遭此大難。吳大人被押回京之前跟我說過，讓我注意他的家書。後來我進京一次，想方設法見吳大人的家眷，婉轉說了家書之事，吳大人的家眷卻說吳大人最近沒有寫過家書。我不死心想了又想，這才想到吳大人身邊有個妾室，從前是官宦家的小姐，後來家裡出事才淪落做了妾室。」

聽到父親這樣一說，琳怡突然想明白了。外省任職官員身邊不帶正室，都有妾室服侍，如果吳家人沒有說謊，吳大人提起的家書就可能在妾室手中。吳大人死後，妻兒還有吳氏一族庇護，妾室就只有被賣的分，所以父親順藤摸瓜找到了畫舫。

這就能解釋清楚為什麼父親會瞞著家裡接二連三去畫舫。

「吳大人留下來的必定是重要的證物，能拿到就多一分把握，我這才……」

長房老太太臉色微緩，讓陳允遠起身坐下。「你一個男人能打探到什麼？這些事還要交給女眷做。」說著想及小蕭氏的無能。「我替你打聽一下，若是沒有，你就想別的路子。」

陳允遠又驚又喜。「老太太能幫忙那自然是最好了……」

接下來的話，就是長房老太太問陳允遠有多少把握。

陳允遠這些年蒐集到了一些證據，還有幾位福建官員聯名的奏疏，現在問題是這份奏疏能不能遞到皇上面前，又怎麼能讓皇上相信。成國公是每日面聖的，陳允遠見皇上的次數卻屈指可數，按照正常渠道遞摺子，成國公很快就能知曉，會聯合重臣很快將陳允遠等人一併拿掉，之前的吳大人就是例子。可是想要依託旁人，那個人還真的不好找。

這件大事說起來也是一籌莫展，不過陳允遠總算答應長房老太太暫時不會輕舉妄動。琳怡也鬆口氣，至少最近應該不會突然聽到父親被抓的消息。

天黑下來，陳允遠和蕭氏帶著衡哥回去了二房，琳怡依舊留下來陪著長房老太太。

長房老太太吩咐白嬤嬤去畫舫那邊打聽吳大人的妾室。算一算，一個女人淪落到畫舫那種地方兩年，就算有家書，不知道她還能不能保管好。

長房老太太只能嘆氣。「盡力而為吧！」

琳怡跪坐在大炕上用美人拳給長房老太太捶肩膀，沒過一會兒，老太太就捨不得勞累琳怡，而是讓聽竹過來伺候。

「都聽到了？」

琳怡點點頭。

長房老太太嘆氣道：「沒聽到的時候想聽，聽到了又要跟著發愁。」這話是說給琳怡，也是說給她自己的。人清閒了這麼多年，一下子聽說這麼大的事也覺得頭皮發麻。

琳怡不說話。最差的結果，她前世已經經歷過了，現在聽起來就沒有那麼驚心，不過會讓她看得更清楚。

長房老太太道：「我原本想著等袁學士回來，現在看來是來不及了，」說著頓了頓。「鄭閣老畢竟老了，前怕狼後怕虎。陳老王爺在家賦閒之後，惠和郡主這兩年也不像從前一樣風光。」

琳怡也跟著思量，唯有和父親同仇敵愾的就是文官，可文官又是一盤散沙。從前父親選擇了林家，事實證明是錯誤的。

現在除了林家，偏又沒有旁人肯上前。

長房老太太看著窗外。「我也該出去走動走動了。」

第五十一章

第二天，琳婉過來給長房老太太請安。

陪著長房老太太吃了飯，琳婉到琳怡房裡說話。

琳婉心事重重，話就更加少了，半天才吞吞吐吐地說：「二嬸讓我跟著一起去寧平侯家。」

只因上次大太太在二老太太董氏面前抱怨，應該帶琳婉多出去見識見識，不過偏就挑著去寧平侯家的時候帶琳婉。眾所周知，寧平侯家的小姐是閉月羞花之貌，凡是敢過去湊熱鬧的小姐長相都算出挑。

琳婉這個長相放在普通裡算是一般，要是跟琳芳這些美人混在一起，就太明顯了。

二太太田氏的心腸可真是慈悲。

琳婉身邊的丫鬟冬和氣得不行。「好像是我家小姐占了多大便宜，其實誰不知道四小姐的心思。」

琳怡看著沈默的琳婉。「大伯母怎麼說？」

琳婉黯然道：「母親讓我去。」

寧平侯這樣的顯貴家裡是難得去一次，陳大太太就算知道要吃虧，也不肯放過這個機會。

琳婉哂然一笑。「也沒什麼，總要有人排在最末，忍忍也就過去了，」說著期望地看著琳怡。「六妹妹去嗎？」

二老太太董氏沒有安排讓她去。再說寧平侯家，去了也是是非多，她無心湊那個熱鬧，琳怡搖搖頭。

琳婉有些失望地笑笑。「看來過去之後，真是沒人理我了。」

琳婉才走，鄭七小姐就來信提起去寧平侯家作客的事。鄭七小姐知曉琳怡不去，本也想賴著病不出門，最後還是被惠和郡主抓上了車。

鄭七小姐從心底裡不喜歡以美貌著稱的寧平侯家小姐，除了養個女兒做了娘娘，身上還有世襲的爵位外，寧平侯孫家裡裡外外就是個粗魯的暴發戶。

琳婉、琳芳當天參加宴會的情形，琳怡回到二房很快就被迫知曉了。

琳怡從內室裡出來，琳芳便氣沖沖地掀開簾子進了屋，一把握住琳怡的手腕。「六妹妹回來得正好，妳跟我去祖母面前說說，我對妳如何？妳怎麼能這樣害我？」

琳怡詫異地看向琳芳。「四姊這是怎麼了？」

說話間，琳婉也急著跟了過來，琳婉正要和琳怡說起寧平侯府出的事。

琳芳就哭花了妝面，眼睛裡都是紅紅的血絲，髮鬢凌亂。「妳還裝傻？妳跟鄭七小姐說過什麼？鄭七小姐和三姊一條藤地害我！」

琳怡不明就裡看向琳芳。「四姊這是哪裡的話，難不成是在寧平侯府上受了委屈？」說著讓玲瓏拿絹子給琳芳擦眼淚。

琳芳一下子將玲瓏手裡的絹子打了出去。「妳別在這裡裝好心！寧平侯家小姐說了小牡丹的事笑了一番，卻關我什麼事？」

琳婉終於找到機會插嘴。「是鄭七小姐氣不過，和寧平侯五小姐拌起嘴來，無意傷著四妹妹。」

琳芳轉頭狠狠地盯琳婉一眼。「平日裡看妳話不多，關鍵時刻卻會煽風點火。」

琳婉被琳芳這樣一罵不禁低了頭，聲音也小起來。「我還不是怕妹妹捲進去，回來免不了要受責罵。」

琳芳冷笑道：「我怕什麼？寧平侯五小姐說的是小牡丹的骯髒事，沾也沾不到我身上。」

琳芳這話一出，橘紅、玲瓏兩個齊齊變了臉。小牡丹的事好不容易遮掩過去，四小姐卻在這時候冷嘲熱諷地提起來，外面人說倒也罷了，自家人竟然也這樣說，換了誰也忍不下這口氣，更何況四小姐還要叫三老爺一聲叔叔，這也太目無尊長了。

琳怡也抬起了眼睛。

琳芳這意思是，父親給陳家丟了臉面，琳芳不能去指責父親，就將這口氣發在她身上。琳婉、琳芳在寧平侯家生了口角，回來不免要去二老太太面前說清楚，若是能將她連帶上，二老太太董氏會是什麼態度可想而知。

人在屋簷下，不得不低頭。

在二老太太董氏手裡，她是討不得半點好處。

琳怡想著，坐在炕邊拿起茶來喝。

「妳還有心思喝茶?!」琳芳看著琳怡悠閒的模樣，更加暴跳如雷。

琳怡將茶碗放在桌上，施施然看向琳芳。「四姊說的話我都聽著呢，四姊說的小牡丹是誰？」

琳芳立時氣結。「妳還裝傻——還不是前些日子三叔父帶回來的戲子？」

琳怡依舊不著急。「那不是旁人陷害給我父親的嗎？四姊還當真不成？」

「妳——」琳芳胸口又憋悶幾分。「是寧平侯家五小姐說的。」

琳怡彷彿現在才聽明白。「寧平侯家五小姐？」說著頓了頓。「當著三姊和四姊的面說我父親的事？」

琳芳氣得跺腳。「說了半天，妳以為我在說什麼?!」

琳怡收回臉上懶懶的表情，目光一沈，帶著鄭重。「這樣說來，四姊以後還是少和寧平侯五小姐來往的好。當著妳的面，不分青紅皂白就說咱們家長輩的閒話，這樣的人保不齊哪日也會跟旁人奚落四姊。」

為了巴結權貴，連長輩都不懂得維護的人，日後也會被人笑著罵不要臉。

琳怡說完話又道：「四姊若是覺得不能出這口氣，晚上等父親回來，我與父親說了，四姊總是為了父親受的委屈。」

琳芳的臉色又紅又白起來。她本想一不做二不休，來琳怡房裡大鬧一場，大家打起來到了祖母面前，祖母只會向著她，寧平侯府的事揭過，她也能出口惡氣，沒想到琳怡也不生氣，到了最後不鹹不淡地說出這樣一句話，更把三叔父抬出來。

琳芳才想到這裡，只聽外面道：「原來小姐們都在這裡，倒讓我好找。老太太請小姐們過去呢！」

董嬤嬤說著話進了屋。只見滿屋子清亮，一應器物擺放齊整，六小姐笑著迎過來，臉上沒有半點的火氣。四小姐身邊的丫鬟急匆匆地來傳話說：「打起來了。」她怎麼瞧著也不像。

琳婉站在門口等琳芳，琳芳卻看琳怡沒有動。「磨蹭什麼？快走啊！」

琳怡笑著道：「兩位姊姊先走一步，我還沒有換衣服呢，去祖母面前可不是失禮？」

琳芳皺起眉頭。「祖母要問寧平侯府的事呢。」

琳怡道：「那正好。兩位姊姊先稟著。」

「妳——」

「我過去也是沒用，寧平侯府我沒去啊！」人在屋簷下，不得不低頭，大不了她這時候就不去二老太太的屋簷下找晦氣。

琳婉、琳芳跟著董嬤嬤出了門，琳怡去內室裡重新梳妝換衣服。在長房老太太身邊好幾日，回來了要穿得體體面面、拿著禮物去見二老太太才是，否則定會被人挑出錯處。

橘紅拿了月白色的錦緞給琳怡圍上。「多虧小姐聰明，要是奴婢早就忍不住和四小姐爭起來了，那不是讓董嬤嬤撞個正著。」

琳婉、琳芳剛從寧平侯府回來，偏急著到她房裡來，能有什麼好事？

就算琳芳不說得那麼露骨，她也不會上當。

她從前只知道寧平侯一家勢利，沒想到寧平侯五小姐不折不扣是個被寵壞的嬌蠻小姐，怪不得和康郡王的婚事會不了了之。

琳怡想及康郡王利用父親博得聖心……這樣看來，康郡王和寧平侯五小姐說不得是十分般配。

琳怡拿著做好的紫緞方口繡鞋去二老太太董氏房裡。

二老太太房裡十分安靜，琳芳不在屋裡，只有琳婉陪著二老太太董氏說話。琳怡微微一笑，上前給二老太太行了大禮，然後將紫緞鞋拿過去給二老太太董氏試穿。「祖母看看合不合腳。」

二老太太董氏依舊慈祥地笑著。「妳這孩子，一日也不閒著，伺候長房老太太還想著給我做鞋。」

其實這雙鞋大部分是聽竹做的，她做的那雙如今在長房老太太腳上。

來。

伸手不打笑臉人，二老太太董氏只是問了她長房老太太的身子如何，很快就將她放了出來。

出了屋子，琳怡覺得微風撲面十分宜人。恐怕琳芳這三、五日感覺不到這樣好的天氣了。

代替琳芳在二老太太董氏面前伺候的會是琳婉吧！

寧平侯府發生的事，沒那麼簡單。

第五十二章

琳怡走得遠了，二老太太董氏才將琳婉叫來身邊坐了，滿眼都是讚賞。「今日在寧平侯府妳做得對，否則妳四妹妹要闖大禍。」

琳婉不好意思地低下頭，怯生生地露出些笑容。她很少被祖母誇獎。「我也是怕外人看了我們陳家的笑話。」

旁邊的董嬤嬤也覺得驚訝起來，平日裡不顯山不露水的三小姐竟然能說出這樣的話。就算再不喜歡三老爺一家，都不能在外面表現出來，否則只能被人說是老太太的不是。

二老太太董氏也欣慰地點頭。「是這個理。妳四妹妹不懂事，以後在外面妳要多提點著她。」

琳婉溫婉地點頭。「四妹妹性子是極好的，只是當時事發突然……沒想到寧平侯五小姐就說出那樣的話來，鄭七小姐又是個性子急的。」

二老太太董氏皺起眉頭。「六丫頭才來京多久，怎麼就和鄭七小姐好成這般？」鄭七小姐竟然能在宴席上為六丫頭爭辯。

琳婉道：「六妹妹待人寬厚，禮數又周到，齊家小姐也和六妹妹常來往的。這次二弟能進白鹭書院，也是六妹妹出面請齊家幫的忙。」

這她倒是聽說了。二老太太董氏摩挲著手裡的金絲香薰球。六丫頭做事滴水不漏，小牡丹的事長房那麼快知曉，就是六丫頭傳出去的消息，之前她倒小瞧了六丫頭。

「妳也別心太實，」二老太太董氏看了琳婉一眼。「妳與四丫頭總是同一個祖父、祖母，妳三叔父是趙氏所生，和我們隔著心……」

琳婉頭一次聽到祖母和她說這些，想開口又不知道怎麼說才好。

旁邊的董嬤嬤道：「三小姐就聽老太太的吧，老太太總是為了小姐好。」

大媳婦外表不饒人，正經的卻沒有教女兒，二老太太董氏端起矮桌上的茶碗喝了兩口茶。「這次在寧平侯府遇到些什麼人？」

琳婉便將去給寧平侯孫老夫人賀壽的夫人說了一些。

二老太太董氏道：「可看到了康郡王？」

琳婉搖搖頭。「沒有，倒是聽惠和郡主說，康郡王有公務在身。」

這麼大的事，康郡王這個準孫女婿竟然沒到場，看來外面的傳言有幾分真了。

琳婉說了會兒話出去，二老太太董氏吩咐董嬤嬤。「等二老爺回來，讓他過來說話。」

董嬤嬤應了一聲。

二老太太又道：「將挨著寧平侯莊子的那一千畝水田的地契拿來。」

董嬤嬤一驚。「老太太真的打算將那水田送出去？萬一寧平侯幫不上忙……」

二老太太半合上眼睛。「康郡王爵是成祖追封的，高宗時坐事奪爵，當今聖上繼位之後又復爵。雖然是宗親，並非顯貴，在我們這些人眼裡已經是高攀，寧平侯當時定下這門親事想必也是這樣思量。可如今，」二老太太睜開眼睛。「寧平侯不惜得罪康郡王也要將婚事再做權衡，這說明了什麼？」

董嬤嬤想了想，總算明白了。「宮裡那位惠妃娘娘聖眷更隆，寧平侯才不將這門親事放在眼裡。」說著方才的疑慮去得乾乾淨淨。「這樣說，只要攀上寧平侯，將來我們家就不愁復爵。」

二老太太靠上身後的軟墊，嘴角微微翹起來。「長房還以為我非要靠著她。都是陳家子孫，就看誰能壓倒誰——」

鄭七小姐和寧平侯五小姐這一架打得兩個人都被家裡禁足了些日子。

鄭七小姐只能化悲憤為文字，拚命給琳怡寫信。

琳怡十分抱歉，畢竟起因是她，鄭七小姐卻毫不在乎，沒有半分悔改之心。本來罰抄了《女誡》、《女訓》就要被放出來，卻在鄭老夫人面前豪言壯語。「就算沒有陳六小姐家的事，我也老早看寧平侯五小姐不順眼。京裡的名門閨秀那麼多，她孫五小姐能排上老幾，做什麼那般張狂？若是我，以後就不與她來往。」

結果當晚鄭七小姐一雙嫩手就吃了竹筍炒肉，足足三天沒能握筆給琳怡寫信。

長房老太太幫著陳允遠查吳大人小妾下落，沒想到很快就查到了齊二太太身上。琳怡跪坐在長房老太太身邊，給長房老太太揉腿，聽齊二太太身邊的江嬤嬤抹著眼淚說：「我們是同一個人牙子賣的，雪蘭年紀小、長得漂亮又會識字，就先被挑去了吳家，我就進了齊家。」

有句話說得好，同人不同命。

一個做了管事嬤嬤，另一個如今淪落畫舫。

江嬤嬤道：「吳家出事之後，我也想接雪蘭回來，可雪蘭要聽吳家主母發落，」說著轉頭看向齊二太太。「我還請太太出面幫忙，誰知道雪蘭是個倔的，說什麼也不肯跟我進齊家。我聽說吳家將雪蘭賣去畫舫，我也去找過……我找得緊，她就躲得緊，雪蘭大概是因為吳大人慘死，心裡過不去這個檻，所以不肯見相熟的人，我想著過些年說不得就會好了，隱約知道她在畫舫上做下人……」

齊二太太也跟著嘆氣。「沒想到吳大人倒是重情義，還託人照看家眷。」陳三老爺去畫舫，難不成是為了這事？齊二太太越來越覺得之前冤枉了陳三老爺。

江嬤嬤說往事，琳怡忍不住聽東次間裡衡哥背書的動靜。國子監和書院今日都大假，齊二太太就將幾位小姐和齊二少爺一起帶了過來。

東次間裡，衡哥從開始的流利變成磕磕巴巴。

江嬤嬤要說畫舫的事，琳怡和齊家兩位小姐就被趕了出去。

三個人到了外間說話。齊三小姐、五小姐和琳怡疏離了些日子，稍有些不自然，好在琳怡並不計較，三、五句話過後，幾個人又回到從前。

過了一會兒，衡哥從東次間裡出來，活像是剛掉進河裡洗了個澡，渾身濕答答的，隔著簾子向兩位齊小姐行了個禮，然後跑去換衣服。

琳怡跟過去問。「怎麼樣？」

衡哥訕訕道：「齊二爺太嚴肅了，我之前會的都不會了。他又拿來了幾本書，說好了，之前留給我的課業我會背，這些書才會留下。」

琳怡略微思量，露出些笑容。「我教哥哥個法子，看看行不行。」

衡哥擦著汗等琳怡說話。

琳怡笑著道：「讓秋桐給你找身深色的直裰穿了，其他的我去安排。」

深色的直裰？衡哥抬起頭看看頭頂上的大太陽，五官皺在一起。那也太熱了。

琳怡轉頭看看東次間。「齊二郎穿的是什麼顏色的衣服？」

齊家哥哥。衡哥沈下頭。是深藍色。

深藍色的直裰，一絲不苟地站在一旁聽他背書，他汗濕了衣衫卻沒見齊家哥哥有什麼異樣。

琳怡道：「穿了深色衣衫，流汗也不會透出來，人前就不會失禮了，哥哥也不用總跑出來換衣衫。功課上不能過關，至少要有誠懇的態度，否則齊二郎說不得就不願意教哥哥了。」

衡哥聽著恍然大悟。「妹妹說得有道理，我這就去換件深色直裰來。」

衡哥換了身衣服回到老太太屋中，玲瓏已經捧著茶等在那裡。「六小姐說，讓二爺將這杯茶端給齊二少爺。」

衡哥點了點頭，親手奉茶進屋。

玲瓏順著門簾縫隙向屋裡張望了一眼，只見裡面的齊二少爺目光深沈，臉上沒有半點的笑容，見到二爺就將手裡的書拿給二爺看，考問二爺。「這一段是什麼意思？」

玲瓏嚇得縮回頭，怪不得二爺會害怕。

青花瓷的蓋碗送上來，陳二爺開始拿起書本來看，齊重軒也端起了茶輕抿了一口。清涼的茶水到嘴裡，齊重軒不禁皺起眉頭。這是什麼茶？清涼中有些酸澀，乍一喝覺得奇怪，到了嘴裡卻滿口生津。

拿起蓋碗將上面的葉子撥開，碗底沈著兩顆梅子。

茶水雖然涼過卻不冰，上面的葉子應該是薄荷。

一杯茶不知不覺就都喝了下去，繫緊的領口彷彿也鬆解了些。跟著母親來陳家，長輩面前不能失儀，加之要教習陳家二爺功課，上身的直裰要妥貼平整，就算汗透重襟也不能讓人發覺。他雖然早已經善於忍耐，可是一杯茶卻難免讓他覺得舒暢。

這茶是誰安排的？門外隱約傳來歡笑聲，是兩個妹妹在跟陳六小姐說話。

陳三老爺出了事，母親讓妹妹暫時不要和陳家小姐書信往來，妹妹來之前還十分緊張，生怕因此和陳六小姐生分了，如今來看陳六小姐倒是能容人。

齊重軒收斂心神，抬起眼睛。陳二爺身上也換了件深藍色直裰。一臉的恭敬……陳二爺雖然功底不夠紮實，卻也算求學誠懇。齊重軒放下茶杯，看向陳二爺手裡的書本。「我便再給你講一次，你要仔細聽了。」

第五十三章

齊三小姐講了個笑話，滿屋子人都跟著笑起來。

「我說有白狐聽牆角，我五妹妹還真的信了，晚上說什麼也不肯睡覺，第二天早晨和我說，晚上起來看到白花花一團東西，以為是來攝人魂魄的白狐。」

齊五小姐紅了臉。「誰教妳說得有板有眼，說但凡誰提到這個事，晚上白狐就會來找了。」

齊三小姐「噗哧」笑出聲，拉著琳怡道：「妳瞧瞧，我要怎麼說她好，真是越讀書心越癡了。這故事可不是我起的，是鄭七小姐說的，」齊三小姐說著壓低聲音。「我也是聽說鄭七小姐和寧平侯府小姐拌嘴的事，才想到這個故事。」

琳怡讓玲瓏沏了薄荷茶給齊家兩位小姐，齊三小姐喝了只說好，讓琳怡將妙方告訴她。琳怡故作深沈。「將故事講完了，我就讓人將我做好的茶給妳帶上一些。」

齊三小姐道：「那自然是好了。就因這個故事，鄭七小姐和寧平侯五小姐才結了怨，我想要不是惠和郡主，鄭七小姐是絕不肯去赴宴的。」

琳怡知道齊三小姐講起這個是要寬解她。鄭七小姐被罰的事，想必大家都知曉了。

齊三小姐道：「上次鄭家作客，母親就帶了我過去，鄭老爺是玩心大的，就將各家的老爺、公子湊起來出去打獵，沒想到讓康郡王一騎當先，打到了隻白狐。妳們說巧不巧，京畿竟然也有這樣的靈物。寧平侯五小姐聽了就想要拿白狐來養，」齊三小姐說著一臉鄙夷。「大家都知道寧平侯五小姐說給了康郡王，不過也只是議親而已，這寧平侯五小姐也太急了些，看到好彩頭，恐怕落下了她。鄭七小姐看不過眼，就講了個白狐的故事，讓寧平侯五小姐何不等到月圓的時候，案頭放七七四十九隻金錠子，管讓白狐自己上門。」

鄭七小姐是間接說寧平侯家財大氣粗吧！

齊三小姐揚揚手帕，忍俊不禁。「滿座小姐都笑了。鄭七小姐說，妳別不信，白狐是有靈性的東西，聽到我們提牠，正在聽牆角呢。寧平侯五小姐氣得面色鐵青，撂下話讓鄭七小姐別太得意，小心哪日行禮閃了腰。」

齊五小姐也笑。「人家將來做了郡王妃，我們自然要行禮了。」

寧平侯五小姐嫁給誰琳怡不知道，若是按照前世，寧平侯五小姐是嫁不成康郡王的，這白狐一事說不定要終生為憾了。

齊三小姐道：「那隻白狐被鄭七小姐要走了，寧平侯五小姐只能吞下這口氣。」

那是自然，總是鄭家的東道，鄭七小姐要下來順理成章。

「後來寧平侯五小姐幾次想要見康郡王的面，聽說都沒見成。這次寧平侯家老夫人過壽，康郡王又沒露面，寧平侯五小姐定是心裡不痛快，知道陳六小姐和鄭七小姐走得近了，這才拿了六小姐來出氣。」齊三小姐搖搖手裡的扇子。「我說的可都是實話，這是他們兩家鬧彆扭，六小姐和陳家因此遭了殃。」

齊三小姐會勸人。她這樣一說，琳怡心裡不禁也輕鬆了許多，果然人人都是愛聽好話的。

不過，這場大戰應該很快就會有結果了，康郡王和寧平侯五小姐互相不對眼，親事徹底告吹。

琳怡喝了半盅茶，齊二太太身邊的江嬤嬤來叫琳怡幾個進屋。

琳怡讓著齊家兩位小姐進了內室，剛要問橘紅廚房的小點心準備得如何了，白芍就匆忙進屋裡來。

白芍向琳怡行了禮。「六小姐。」

琳怡走到一旁，白芍才低聲道：「林家那邊有人去了畫舫。」

琳怡驚訝地揚起眉毛。林家手腳這麼快？既然讓人去了畫舫，定然是有了眉目。

白芍道：「奴婢已經讓人跟著，若是畫舫有了消息就會傳回來。」

琳怡點點頭。「我進去和老太太說。」

白芍應了一聲退下去。

大家說了會兒話，琳怡扶著長房老太太去更衣，祖孫倆走到穿堂，琳怡低聲將林家的事說了。

長房老太太皺起眉頭。「妳父親的事八成是林家在背後搗鬼，否則他們怎地知曉了這些？好歹一個書香門第後人竟然這般齷齪，」說著看琳怡。「幸虧沒有將妳許給那個林家大爺。」

長房老太太這時候說起她和林家的親事，琳怡不由得一愣。

長房老太太道：「剛才我已經和江東媳婦說好了，讓她明日就去找那雪蘭，沒想到林家先下了手。」

現在不好催促江嬤嬤幫忙，否則齊家也會起疑。

那要怎麼辦？不能眼睜睜地看著林家去跟雪蘭要東西。

長房老太太捏著手裡的佛珠。「林家貿然去了，也未必能將東西要到手。」

可雪蘭畢竟已經在畫舫裡待了一年，誰也不知道她還能不能熬下去，但凡心志稍稍動搖，也會將東西交了旁人。父親好不容易才打聽到的證據，將來說不得要用來救命，不能就這樣作賭。

琳怡抬起頭。「孫女想到個法子，也不知行不行。」

長房老太太知道琳怡聰穎，祖孫兩個便走到長廊上。「說來聽聽。」

琳怡道：「我們找不到雪蘭才會託江嬤嬤幫忙，現在既然林家已經找到了人，我們就讓人跟過去瞧瞧。雪蘭躲在畫舫，除了想守住吳大人手裡的證據，也是怕連累旁人，只要讓人說透這一點，雪蘭就不會輕易將那封信交給旁人。日後江嬤嬤再去畫舫，將吳大人請我們家照顧家眷的事說了，雪蘭也能明白該相信誰。」畢竟父親是福建的官員，吳大人生前和父親又有交往。

六丫頭說的對。平日裡無人問津，突然兩家找上門，那雪蘭想必也會有個思量。

長房老太太點點頭。「這個法子好，就讓白嬤嬤選個妥當的人去辦。」

祖孫倆安排好，這才轉身回到屋子裡。宴席過後，白嬤嬤回稟長房老太太。「暫時先將人穩住了，不過看樣子，林家不準備放手。」

林家既然摻和進去了就勢在必得。長房老太太沈下眼睛，想撿便宜沒那麼容易。

大家又坐下說會兒話，齊二太太才起身告辭，齊三小姐向琳怡討要茶。

琳怡笑著吩咐橘紅。「去將我養的薄荷拿兩盆給三小姐、五小姐。」

眼看著丫鬟果然端了兩盆花，齊三小姐覺得驚奇。

琳怡道：「哪日兩位姊姊想吃茶，就伸手將葉子摘下來泡了便是，裡面的梅子也都是尋常的，姊姊喜歡，我也奉上一罐。」

齊五小姐驚訝中不禁讚嘆。「妹妹果然妙人，竟能想到這種雅事。」

送走了齊家人，衡哥還在感嘆。「齊家哥哥的好是好，只可惜通文不通武，我現在知道讀書有訣竅，那騎馬射箭也定然是有訣竅的。」

琳怡忍不住笑出聲。「齊二郎沒教會哥哥用功，倒讓哥哥學會偷懶了，怪道人說辛苦了師父懶了徒弟。」

衡哥紅著臉訕訕道：「我是受益匪淺。」

衡哥整理齊二郎留下來的書籍，不知不覺時辰已經晚了，蕭氏打發人來問，衡哥反正帶了衣物，就讓婆子回稟蕭氏。「就留在長房老太太這裡，明日徑直去書院。」

蕭氏聽說兒女都留在了長房，心裡不覺得有些空。回京之後不用單獨立院，許多事靠公中安排，手邊的事就少了許多，圍在身邊的一雙兒女就占了她大半心思。

蕭氏放下手裡的活計，走到門口看了一會兒，這幾日，陳允遠也遲遲不歸。

蕭氏剛要回去內室，譚嬤嬤端了蕭氏平日吃的藥膏子來。

「怎麼去了那麼久？」蕭氏不經意的問起來。

譚嬤嬤略微遲疑，見蕭氏捧起藥盅又皺著眉頭放下。「拿下去吧，吃了這麼久也沒有效用，以後也不要再做了。」

譚嬤嬤是跟著小蕭氏陪嫁過來的媳婦子，如今熬成了管事嬤嬤，論對小蕭氏的忠心，沒有人能及得上她。「那怎麼行，太太堅持了這麼久，萬不能功虧一簣啊！」

蕭氏黯然道：「大概是我命中無子，強求也是無用。」

譚嬤嬤不禁焦急。「不能這樣說，咱們家大太太還不是沒有生下子嗣，二太太生下了大爺和四小姐之後多少年，這才……」

蕭氏聽得眼睛一跳，抬起頭來。「二嫂懷孕了？」

譚嬤嬤低聲道：「奴婢也說不上來，不過看到二太太的丫鬟在熬藥，那藥的味道奴婢省得，是保胎藥。」

譚嬤嬤自家的媳婦一直吃保胎藥才生下了小孫子。

蕭氏先是羨慕然後是驚喜。「二嫂這個年紀正是生兒育女的好時候，有了喜也是尋常。」

譚嬤嬤道：「太太豈不是比二太太要小許多？」說著頓了頓。「奴婢說句沒天良的話，二爺對太太雖好，可是太太也該有個親生兒女在身邊。」

蕭氏沒少聽了這種話，特別是回到娘家，姊妹們也都提點。哪個女人不想有自己的孩子，她吃過了那麼多藥也是沒有法子……好在衡哥和琳怡待她如親母。蕭氏苦笑。「那又能怎麼樣？什麼法子都試了。」

「也不一定，」譚嬤嬤將藥盅重新放到蕭氏手裡。「太太去求求二太太。」

琳怡在長房老太太房裡聽白嬤嬤講雪蘭的事。

「真可憐，瘦成一把骨頭，就在畫舫旁邊的小棚裡住。開始老鴇也想安排接客的，誰知道病得不成樣子，只吊了一口氣在，哪裡肯用了，好歹人是挺過來，就幹些雜活。」

長房老太太道：「吳家也太狠心，總是伺候過主子的奴婢，怎麼這樣糟踐？」

白嬤嬤道：「也不能怪吳家太太，聽說是吳氏族裡有人看上了雪蘭，雪蘭死也不肯去，這才被賣了……」

訓斥。

長房老太太又嘆氣。「雪蘭也是性子倔強。」

琳怡也聽過一些這樣的話，家中出事，都是族裡接收女眷。當年父親進了大牢，她和母親就只能聽二老太太董氏和兩位伯父的，蕭氏在旁邊若是說了話，立即就會被二老太太董氏訓斥。

琳怡撇開思緒，也向白嬤嬤詢問。「不知道林家遣了什麼人過去？」

白嬤嬤道：「也是粗使婆子，見到有人來了，那婆子就悄悄溜了。」

她怎麼忘了這一點，林家自詡書香門第，怎麼能讓人去畫舫那種地方？

「伯祖母，現在就怕林家花言巧語騙人。」林大太太和林正青可是都長著好口牙。

長房老太太冷笑。「明日江東媳婦就去了，看林家能耍出什麼花招。」

她對林正青太過瞭解，那雙眼睛看到別人痛苦會愈加明亮，平常人會知難而退，林正青不到最後一刻是不肯認輸的。

第五十四章

林大太太氣得手腳冰涼。花了多少銀子才打聽來的事，沒想到竹籃打水一場空，總不能跟那粉頭說，他們是安慶林家。

婊子無情戲子無義。林大太太道：「讓人去多給她些銀錢。」

林大老爺皺起眉頭。「給多少是多？二百兩？足夠她去鄉下養老了。要我看這般不識相便找上幾個人去唬唬她，看她是要命還是要東西。」

林大老爺道：「我明日就讓人過去，矮棚那麼點地方，大不了就翻過來，總能找到東西。」

不能暴露林家的情況下，也只能走這兩條路。

林大太太正捨不得拿自己首飾出去押銀子，看得夫君胸有成竹，也就想這樣試試。旁邊的林正青聽著笑了。難為他們一個、兩個想得這樣周全。

林正青喝口茶。「過了今晚，只怕陳家就動手了，哪裡還有我們的機會？」

陳家？應該不會這麼快吧！

林正青道：「父親不妨想想，就將咱們是安慶林家的事告訴那吳大人的小妾，又會怎麼樣？」

會怎麼樣？吳家在京城定居了那麼多年，那小妾自然知曉林家，以林家的名頭，足以讓那小妾將證據拿出來。

林正青看著林大老爺的眼睛。「父親不就是想要拿到東西嗎？」

林大老爺略微遲疑。

林大太太卻一口否定。「那怎麼行？保不齊那小妾不會將這件事說出去，到時候鬧得滿城風雨，成國公必然會找上門。」

林正青彷彿不明白林大太太的意思，眼睛一亮側過頭去。「為什麼要讓她將這件事說出去？」

畫舫上日日都會死人，不過是個伺候粉頭的下人，就算投了湖也不會有人在意。將來這件事揭開來，也只能說她是了卻了心事，追隨吳大人而去了。林大太太想到這裡笑起來。

「我看青哥說的對，這件事還是早些辦才好。」

林正青聽完這話，帶著丫鬟去書房裡看書。

那些證據母親一定會拿到。凡事只要看透人的心裡，就能達到想要的目的。吳大人的妾室能忍受這麼長時間的折磨，可見她心裡是多麼渴望吳大人摘掉犯官的帽子，恢復從前的光鮮，這時候只要哄著她：乖，把東西拿出來，就能救了吳大人，日後在黃泉路上見到吳大人，吳大人定會感謝。吳大人能將東西託付給妳，是因為他不光將妳當作一個妾室，而是他真正愛著的人……

於是，接下來的事就是一命嗚呼，也算死得其所。

女人看似聰明，其實是極愚蠢的東西。

收拾書房的丫鬟，看到大爺臉上如同春風般的微笑，一下子看怔了。

林大太太緊張地等待結果。整件事解決好大概要兩個時辰，林大太太看著沙漏，她特意讓身邊的嬤嬤帶人去畫舫，就是怕那些人毛手毛腳出了差錯。

「大太太。」

半個時辰之後，林大太太身邊的嬤嬤擦著臉上的雨水說話。「那個雪蘭被人贖走了，說是回了老家。」

「什麼？」林大太太站起身，腳下一滑，幾乎跌倒。

沒想到太陽一落山，外面就下起雨來。琳怡在碧紗櫥裡聽長房老太太和父親說話。

陳允遠驚喜地看著手裡的信函。「多虧老太太安排，否則這封信函定然是拿不到了。」

長房老太太笑道：「別謝我，都是琳怡想到的主意。那雪蘭病得不成樣子，倒是想要落葉歸根，若是她的病能好，我們也好資助她些銀子，讓她回鄉置辦田地度日，更何況我們為了找她，連齊家人都求了，她也知曉我們的用心。」

陳允遠聽得這話，更加喜不自勝。「琳怡年紀小，哪裡懂得許多。」手裡的信尚未打開，長房老太太連看也沒看一眼。

陳允遠感激的心裡不禁帶了些許愧疚。他小時候在家裡受盡冷落、無人問津，長大後對陳家人只有惱恨，沒有半點親近之心，長房老太太就算關切他，他也不甚在意，現在想想是自己的錯。「老太太，」陳允遠跪下來鄭重地磕了個頭。「這些年都是我不對。」

長房老太太看著陳允遠真心實意認錯的模樣，不禁紅了眼圈。「好了，」長房老太太伸手讓陳允遠起身。「早些年你們在福寧，我想幫忙也是無能為力。現下你回來了，我們就仔細籌劃籌劃，將來這陳家的老宅，還要交到你手裡。」

陳允遠驚訝地睜大了眼睛，他萬沒想到長房老太太竟有這樣的打算。「老太太，這……怎麼好……我……」

長房老太太面容果斷。「我心裡認同的只有你母親，難不成這份家業要交給董氏不成？」說著頓了頓。「你也不要太高興，允禮去世後，我獨自支撐這個家，現在除了這處祖宅，我手裡的東西也只夠給衡哥做份聘禮、琳怡嫁人添箱，旁的還要你自己去掙。」

陳允遠又跪下來鄭重地給長房老太太行禮。「老太太年紀大了，我自然願意留在老太太床邊盡孝，只是兒子聽說福寧水患，兒子可能要回福寧了。」

要回福寧？

長房老太太一驚，碧紗櫥裡的琳怡也嚇了一跳。

朝廷怎麼會突然讓父親回福寧？

她記得福寧是又有了水患，不過回去賑災的並不是父親啊。

長房老太太道：「什麼時候聽說的？考績還沒完，福寧不是還有其他官員？怎麼會讓你回去？」說著讓陳允遠起身到椅子上坐下。

陳允遠也是一臉躊躇。「兒子也是才聽說的，這邊才有了些眉目，這時候回福寧就是功虧一簣。」

「這件事和成國公脫不開干係，」長房老太太打斷陳允遠的話。「等你回去福寧，那水患不知泛濫了多少時候，偌大一個福寧都乾等著你陳允遠不成？」

「兒子也知曉，」陳允遠嘆口氣。「那也是沒辦法的事，再怎麼樣兒子也不能違命。」

長房老太太轉動著手裡的佛珠，屋子裡一時靜謐下來。

「不能就這樣等著。」長房老太太的話如同黑夜裡一道閃電，帶來了一線光明，也讓人惶恐。「到了這個分上，既然成國公已經知曉，就一定不會再留著你，你回到福寧必然會領罪。與其等死，不如趁現在謀劃保命。」

琳怡靜靜地聽著。這件事擺明了是衝著父親來的，福寧那邊說不定已經下好了圈套，父親沒有準備的回去，可不就是任人擺布？

長房老太太道：「我原本就想著託人將你留在京中任職，既然已經有了這事，我出去幫你走動走動。」

陳允遠感激地又拜了長房老太太，母子兩個又說了兩句話，陳允遠在門上沒落門之前趕回了二房。

陳允遠走了。琳怡端著點心從碧紗櫥裡出來。

長房老太太看著孫女吩咐白嬤嬤。「以後就將六小姐的鋪蓋都安置在我房裡。搬來搬去的也是麻煩，再挑幾件漂亮的擺件，小姐的閨房哪裡能像我老婆子的房裡一般陰沈？」

白嬤嬤笑著應了，帶著一干小丫鬟去安排。

琳怡坐在長房老太太身邊，拿起羽紗的扇子給長房老太太搧風。

「本來要和妳老子商量，讓他們搬過來住，現在看來還是等妳老子的仕途穩當穩當再說。」

長房要選繼子必然經過族裡，二老太太董氏不是省油的燈，族裡那些耆老族人也不會安生。要是將這層窗戶紙戳破，家裡外面就會應接不暇。

琳怡在旁邊捧著茶。「就沒有人能對付成國公嗎？」

長房老太太半眯起眼睛。「就是沒有人敢挑這個頭罷了。成國公是先帝欽命的輔政大臣，身上又有軍功，經歷三朝黨羽眾多，成國公在福建這樣放肆，依仗的就是福建官員八成經他手，另外兩成也是畏不敢言。好不容易出了吳大人這樣的清官能吏，最後的下場卻讓人膽寒。」

所以父親拿到的證據，恐怕難遞到聖前。

琳怡喝了一小口水，抬起頭來。「怪不得鄭家也不願意插手。」

長房老太太看著香爐裡吐出來的裊裊輕煙。「人人都怕被牽連，也只有死人——」說到這裡長房老太太忽然想到什麼。

她怎麼忘了這一點？高聲將白嬤嬤喚過來。「妳去二房找到三老爺，讓他先不要拆開那封信。」

白嬤嬤看看窗外。「這麼晚了，奴婢總要有個藉口。」

琳怡道：「祖母不是一直想要母親陪著去清華寺禮佛嗎？明天可是好日子？」

白嬤嬤想了想。「正好初一。」

長房老太太點點頭。「也好，就去跟三太太說吧。」

白嬤嬤帶著兩個粗使婆子親自去二房。

琳怡將桌上的酸棗仁做的糕點捧給長房老太太。「酸棗仁能安神，伯祖母吃一些，晚上好安睡。」

長房老太太一把摟住琳怡。「妳這個孩子。」

吃了一塊糕點，長房老太太漱漱口。「我今天瞧著齊家的哥兒倒是學問大，衡哥能和齊家哥兒學倒是能受益不少。」

琳怡點點頭。「哥哥也這樣說。」

長房老太太道：「可見齊家哥兒的憨厚。眼看秋闈當前，還能抽出時間來教衡哥，極是不易了。」

聽說齊二郎跟來了，她也覺得驚訝，眼見只有兩個月就要秋闈考了，她還以為齊二郎給哥哥找幾本書已是盡了心力。

長房老太太瞧著琳怡思量的模樣，嘴角浮起一絲笑意，卻不再提齊家，伸手從抽屜裡拿出一串梅花形九連環遞給琳怡。「聽說是市面上新做的玩意兒，我知道妳喜歡，讓人買了。」

九連環上刻著蓮花紋下面綴著小巧的琉璃珠，遠遠看去就像梅花開滿枝頭，比她平日玩的要精緻許多。她最喜歡玩這些東西，是因為它們能變化成不同的形狀，每次解開都會讓她十分開心。

第五十五章

第二天，蕭氏帶著琳怡陪長房老太太去清華寺進香，琳怡這才真正瞭解二太太田氏的名頭真是非同小可。

清華寺是京裡香火最旺的寺廟，到了初一、十五，寺裡就會聚不少達官顯貴的家眷，認識人最快的渠道除了去參加宴席，大概就是進香之後聚在一起聽經、吃素齋。

二太太田氏是每逢初一、十五都要到寺裡聽佛經的，這樣堅持個幾年，恐怕京裡大小夫人就沒有她沒見過的了，加之田氏聲名遠揚，主動牽連一窺其面貌的女眷也有不少。

就連蕭氏也和從前不一樣起來，主動去聽了田氏講的佛法。譚嬤嬤則在一旁露出欣慰的笑容。不多一會兒，琳怡看到蕭氏神秘地拿著三炷高香去了前面的內殿，譚嬤嬤緊緊跟了上去，琳怡打發玲瓏去瞧瞧。

玲瓏看了一眼就來回稟。「太太在拜送子觀音呢。」

沒能為父親生下一男半女，始終是蕭氏最大的心結。琳怡一直等到蕭氏出來，譚嬤嬤在一旁低聲道：「奴婢看到好幾位夫人讓二太太幫忙請送子觀音了，太太何不也——」

蕭氏看到琳怡，咳嗽一聲，譚嬤嬤止住話。

蕭氏上前挽住琳怡的手。「是不是覺得沒意思了，讓人伺候妳去廂房坐了，等到老太太吃了素齋，我們才能回去呢。」

「母親，」琳怡低聲道。「京裡有不少杏林聖手，母親何不讓人請兩個進府把脈？」信佛也不是壞事，她是怕蕭氏因此被田氏左右。

蕭氏頓時紅了臉。「妳年紀還小不要打聽這些。」說著讓玲瓏帶著琳怡去廂房。

琳怡才應了，從禪房裡走出一個穿著湖綢圓臉的太太，笑著上前拉扯了蕭氏一起進了門。

想來是和蕭氏一起聽經的。

蕭氏走了，陳家的下人就簇擁著琳怡進廂房休息，寺廟後院就是寺廟安排女眷休息的地方，在聽說琳怡是陳家的施主後，六、七歲的小沙彌在前面領路，打開了一間廂房。

琳怡提起裙角剛邁進門檻，就看見琳芳和一個穿著杏色鴛鴦藤交領妝花褙子，梳著神仙髻，頭戴累金蓮花墜紅藍寶石花鈿的小姐說笑。

看著那小姐細長的丹鳳眼將她上上下下打量了兩遍，琳怡已經想找藉口離開。

琳芳卻格外地熱情將琳怡拉過來。「六妹妹，這就是我跟妳說過的寧平侯家五小姐。」就算出門看黃曆，也會遇見倒楣事，雖然上次她沒去寧平侯府，可是和這位寧平侯五小姐已經有了不一般的關係。

琳怡半蹲行禮。「不知道是姊姊還是妹妹？」

寧平侯五小姐屁股坐得穩，端端受了琳怡一禮，抬起頭來笑容半陰半陽。「我當是誰，原來是陳家六妹妹。」這陳六小姐在鄉下長大，人長得也不見有多漂亮，鄭七小姐竟然為了這樣的賤人與她爭辯。

話說到這裡，院子裡又傳來鶯鶯燕燕的聲音。

琳芳笑著道：「我去將她們叫來，大家聚在一起說笑才有意思。」

寧平侯五小姐微微一笑，琳芳就歡快地起身跑腿，等到外面的小姐一個個進了屋，寧平侯五小姐才笑問琳怡。「福寧那邊有什麼趣事？六小姐說來聽聽，我們大家也好跟著樂樂。」

寧平侯五小姐說到這裡，琳芳一臉鄭重。「哪有什麼趣事，福寧那邊每年都有水患，到處都是災民，我三叔父一家在福寧可沒少受苦。」

寧平侯五小姐聽到災民一說，又來了精神，捂住嘴巴。「聽說那些災民四處亂竄的，會不會……那也是難免的了。」一雙眼睛直看琳怡。

是想說她有沒有被災民衝撞過吧！

所有人的目光都看過來。

如果當著這麼多小姐的面說錯話，她就只有回去自絕的分。

寧平侯五小姐興致勃勃，琳芳一臉無辜，邊上的小姐都等著看好戲。

早知道，今天她就不該來拜佛。

琳怡放下手裡的茶笑著看寧平侯五小姐。「五姊姊有沒有給窮人施過米？」

京畿裡富貴人家的小姐，哪個沒有過這樣的善舉。「自然有，不過那些是窮人不是災民，這是兩回事。」

琳怡驚訝地看著寧平侯五小姐。「姊姊沒聽說過流民嗎？那可都是因家鄉受災才遷過來的。我們在福寧就是和官裡的家眷擠在一起避災，災民的事不過就是聽父親說說，姊姊們見過的，我還沒見到過，所以姊姊們自說趣事，妹妹只能從旁聽聽罷了。」

好個牙尖嘴利。寧平侯五小姐冷笑起來。「只怕我們便說，妳也聽不懂罷！」

其中幾位小姐笑起來。

「說得是，」琳怡也提起帕子掩嘴。「我還是去旁屋聽禪，眾位太太講禪法，平日是聽不到的。」並不是所有人都要向寧平侯五小姐諂媚，她正愁找不到藉口溜之大吉。

沒有受過冷落的寧平侯五小姐立時驚訝。

琳怡說走就走，玲瓏正好在門前伸手推開了廂房門。

門一開，原本吵鬧的廂房頓時靜謐下來。

「我這是攪到妳們說笑了。」一個圓盤臉的貴婦穿著紫紅色金英蜀錦褙子，頭戴觀音坐蓮金鑲玉纏寶挑心，彩蝶戲花金簪，腰間五穀豐登紋的荷包上鈎了東珠，下面是黃穗子，身後跟了三個丫頭、兩個婆子。

能用東珠的是宗親，荷包又是五穀豐登紋，是仿照了禮服彩帨做的，大周朝國姓周，這位不是已嫁的公主就是位周夫人。

琳怡忙斂衽深蹲拜見。

屋子裡的其他小姐也站起身行禮，寧平侯五小姐則走上前擠開琳怡，嬌嫩地道：「原是夫人來了，剛剛我聽說夫人在前面聽陳二太太講經文呢。」

那貴婦笑道：「這幾日身子不爽利，久了也坐不住，就出來走動走動。」

寧平侯五小姐挽起周夫人到一旁坐了，琳怡也不好就走開，只能陪站聽周夫人和寧平侯五小姐聊天。

「這位是哪家的小姐？」

周夫人目光看過來，眾人紛紛回頭將視線落在琳怡臉上。

琳怡也有些驚奇，沒想到周夫人會在芸芸眾多的小姐中看到她。

不等她回話，爭搶說話的琳芳已經道：「夫人，那是我六妹妹，跟著我三叔父進京考滿的。」

琳芳說得詳盡，琳怡只得點頭行禮。「見過夫人。」

周夫人和藹地笑起來。「好孩子。」

寧平侯五小姐有些心急，不自然地問起。「今天夫人過來的……」

周夫人笑道：「眼見就要到菩薩生辰，澈兒陪著我來填些香火錢。」

聽到澈兒這兩個字，寧平侯五小姐小臉粉紅，琳芳眼睛裡滿是豔羨。

大家說著話，小沙彌進來道：「塔林那邊已經清過人，夫人、小姐們可以過去了。」

寧平侯五小姐聽得眼睛一亮，親切地扶起周夫人。「我陪著夫人過去。」

周夫人拍拍寧平侯五小姐的手。「好。」

周夫人帶著寧平侯五小姐出了門，一群鶯鶯燕燕立時跟在後面。等到一群人漸行漸遠，琳怡才坐到錦杌上吩咐玲瓏。「倒些禪茶來喝。」

玲瓏一邊備茶一邊道：「也不知剛才那位夫人是誰。」

寧平侯五小姐對那位周夫人這般小心服侍，還小心打聽周夫人的兒子，那位周夫人八成是康郡王的母親。「那位夫人是宗親，大家當然要圍著和她說話了。」

「宗親……」玲瓏和橘紅睜大了眼睛。自從進京之後還真的見到不少顯貴。玲瓏道：「那位夫人好和藹，沒有半點架子。」

和藹的人不一定好相處，如果人人都像琳芳和寧平侯五小姐一樣張牙舞爪，實在不用費太多心思去防範，倒是二太太田氏這般面上溫和可親的，就要讓人仔細琢磨。

這樣算起來，琳婉更像是田氏的女兒。

她不是太過小心，只是林正青口中那個恭儉賢良的陳氏女著實不像琳芳。

琳怡喝過茶就要去看看長房老太太和蕭氏，這時，一個身穿青色比甲腰間纏著桃紅腰帶的小丫鬟進屋向琳怡行禮，又將手裡的紅木雕蘭的盒子舉過肩頭躬身道：「這是我們家夫人送給陳六小姐的禮物。」

這小丫鬟就是剛才周夫人身邊的其中一個。

琳怡將盒子打開，裡面是一串祖母綠佛珠手串。

京城女眷出行向來會帶足禮物，長房老太太和蕭氏今天也帶了些佛珠手串放在香木盒子裡，不過沒有周夫人準備的這般貴重。

長輩賜物，她不能不收，收下就要去謝禮。

「夫人此時在何處？」

小丫鬟道：「還在塔林呢。」

塔林離廂房有一段距離，琳怡笑著道：「煩請姊姊引路。」

周夫人正被寧平侯五小姐哄得直笑。「等過些日子我身子好些了，定辦宴席請妳們過去。」

寧平侯五小姐就拍手。「早聽說夫人養的薔薇最漂亮，到時定要和夫人要幾枝。」

「送妳，送妳，妳若喜歡就都拔了去。」

寧平侯五小姐滿臉都是笑容。「到時候夫人可不許捨不得。」

琳怡趁著這個機會上前謝禮。

周夫人笑道：「也沒什麼送妳的，難為妳還來謝一回。」

琳怡道：「夫人送的東西都是極好的。」

周夫人看著琳怡目光溫和。「上次在惠和郡主那裡看到妳繡的扇面，精巧又漂亮。」

琳怡謙虛道：「都是普通的繡工，讓夫人見笑了。」明明是第一次見面，周夫人卻滿是試探的意思。剛才能送的禮物，非要等離開之後再讓人另跑了一趟，這是為什麼？

寧平侯五小姐依舊逗得周夫人笑。

琳怡卻收回剛才的懶散，仔細起來。

周夫人身邊的嬤嬤不時地將目光落在她身上，每當她抬起頭，那嬤嬤卻又將眼睛挪去旁處。

不多時候，一個和周夫人身邊丫鬟相同打扮的下人來回話。「郡王爺說先不過來了。」

周圍都是失望的眼神。

尤其是寧平侯五小姐緊咬著嘴唇，目光幽怨。

周夫人卻稀鬆平常。「這孩子，一忙起來就什麼都忘了。」

第五十六章

周夫人要回去聽主持講佛法，小姐們也就逛逛塔林和身後的荷花池。荷花池裡種著紫睡蓮。

琳芳想起去年夏天和田氏逛荷花池時的情景。「也就只有清華寺才有的，旁邊還有道樹，大家都繫祈福帶子，」說著轉頭看琳怡。「六妹妹不是也繫了一條嗎？」

寧平侯五小姐嗤笑道：「六小姐也懂得這個？是保全家還是求姻緣啊？」

「我沒姊姊想的那麼多，」琳怡四周看看。「就是看四姊繫，我也跟著繫條罷了。」

若是對方永遠是一副不在意的模樣，就算一針扎下去也不冒半點血絲。

寧平侯五小姐拉著琳芳要去看荷花。

琳怡不禁一笑。寧平侯五小姐今天是一定要見到康郡王了。寧平侯的算盤，恐怕五小姐已經知曉，所以五小姐才想要看上康郡王一眼。康郡王長相俊朗，五小姐定會將婚事堅持到底，若是康郡王其貌不揚，五小姐就隨了父母的心思推掉這門親。

寧平侯五小姐要拉著琳芳去賞荷花，琳怡看了一眼躍躍欲試的琳芳。

田氏是一早聽說了什麼，所以安排琳芳去接近寧平侯五小姐。這個秘聞大概就是寧平侯五小姐和康郡王的婚事。

憑什麼田氏以為康郡王不要寧平侯五小姐會看上陳家？

「四姊姊，小心腳滑別再摔了。在我們自己家還好，這可是清華寺，周圍不知道有多少人在呢。」琳怡好心提醒，也讓陳家下人都聽到。她若是不阻攔。萬一琳芳出了事，陳家長輩要責罵她個冷眼旁觀的連帶之罪。

「妳──」琳芳頓時惱怒地皺起眉頭來。

「再說紫睡蓮現在還沒開呢。四姊姊過去看肯定要失望了。」琳怡說著問身邊的小沙彌。「荷塘那邊可清了人？女眷能否過去？」

小沙彌出家人不打誑語。「只是各位施主的家人四處提防，小寺不曾再去清理。」

「四姊妳聽，」琳怡一臉害怕。「姊姊去出了事，回家可要被責罰。」

寧平侯五小姐冷笑道：「身邊這麼多丫鬟、婆子跟著還能出什麼事不成？真是小地方的人沒見過大世面。」

琳芳不說話，寧平侯五小姐乾脆將琳芳甩開。「跟妳的六妹妹回去吧！」

寧平侯五小姐往前走，琳芳狠狠地瞪了琳怡一眼，立即跟了過去。

該做的她都做了，她總不能硬去拉扯琳芳，以她的力氣，拉也拉不住。

眼看著寧平侯五小姐和琳芳越走越遠。琳怡向小沙彌合十。「還請小師父將我們帶回廂房。」

寺裡的路九曲十八彎，走到半路，隱隱約約就能看到當年她繫紅緞的道樹，她前世臨死前閉上眼睛，最後看到的情景就是滿眼的落英繽紛。

她那時就是想求一生平安喜樂，可是誰說這樣的生活不需要動心思？

琳怡一路順利回到禪房。

長房老太太已經聽完佛法，正站在院子裡和女眷們說話，看到琳怡回來，長房老太太將琳怡帶在身邊，介紹她認識許多京裡的夫人。

蕭氏也在觀音殿求了籤回來。

清華寺是前朝建的，前朝某位皇子在此修身養性的時候，遇見了當朝宰相家的小姐來燒香拜佛求母親安康，皇子感於宰相家小姐的孝心，就此喜歡上了這小姐。皇子回宮之後請皇帝賜婚，皇帝聽得此事，也就成全了二人。

宰相小姐嫁給皇子之後，便是最孝順的兒媳，老皇帝晚年舊疾纏身，好在有佳兒佳婦在床前孝敬，老皇帝心中越來越偏愛這對賢夫妻，乾脆臨終之前換掉了皇太子，立這位孝順的皇子為儲君。老皇帝死後，經過一番腥風血雨，孝順的皇子終於登基，這就是前朝中宗皇帝的故事。

中宗皇帝在位其間，上百次命人修葺清華寺，皇后殯天後，中宗更是在寺前建了「敬孝台」祭奠先皇后。

聽起來這裡是發生了一段絕唱的姻緣，其實就是場政權異變，不過經過了幾百年的洗禮，這段故事倒是有了幾分絢麗，引得京裡的女眷甘心掏銀子修清華寺，各家小姐更是前仆後繼想要在此地「不小心」撞見如意郎君。

白嬤嬤就指著前面的大殿道：「那殿籌建的時候，我們家捐了五百兩銀子。」

怪不得長房老太太來上香，寺裡的僧侶照顧仔細。

話說到這裡，琳芳還沒有回來，琳怡就將琳芳去荷花池的事說了，長房老太太皺起眉頭。「真是不知悔改，這樣的性子就算現在不出差錯，將來嫁了人，在婆家有她的好日子過。」

長房老太太的話才說完，就看有知客僧匆匆忙忙地過來道：「往塔林那邊出了些事，各位夫人、小姐們不要往那邊去。」

眾位女眷面面相覷。

等到寧平侯五小姐、琳芳和幾個看荷花的女眷小臉煞白地跑回來，大家才隱約知曉出了什麼事。

男客那邊有人帶酒上山，不知道是不是喝醉了，一個閒散宗室和顏家三爺兩個互相看不對眼，打了起來。

白嬤嬤道：「聽說早就起了口角，兩個人推推搡搡到了塔林那邊，先是被康郡王攔住了，後來康郡王也不管了，兩個人結結實實地打了一架，那位宗室還動了刀子，兩個人多少都吃了虧。」

外臣和宗室動手，鬧出去總是外臣錯處大。

不一會兒，蕭氏也走過來。「還好琳怡回來得早，否則也要被嚇一跳。」這樣算算，還真是她才回來那邊就動手了。這事她還要謝謝康郡王，沒有他擋著，她也要跟著遭殃。

蕭氏說著嘆氣，說著不知道從哪裡聽到的消息。「那顏三爺是才提的步軍副尉，顏太太就是因此來寺裡還願的，沒想到顏三爺倒在這裡傷到宗室，還不知要怎麼樣。顏太太人好，話也直……唉，真是飛來橫禍。」

要說為人直率心地好，誰能比得上蕭氏。

長房老太太道：「好在我們家孩子沒事，」說著吩咐白嬤嬤。「讓下人套車，我們早些回去吧！」

寺裡見了血，大家就沒興致再四處看景，女眷們心中多少都有些敗興，好不容易邁出家門就遇到這種事。一路上，大家都在悄悄議論京中紈袴子弟和閒散宗室的壞話。

建國時間越長，閒散宗室越多，太祖直系子孫封王世襲罔替的就那麼幾個，剩下的都要降爵承繼，經過了成祖、高宗和本朝之後，降爵出了奉恩將軍和從前未被賜爵的宗室，統統就叫了閒散宗室。

琳怡聽長房老太太這樣一說才知道，奪爵這樣的事不光出在他們勛貴之家，在宗室裡也會常來常往的。

前一任康郡王就因朝堂上凌辱大臣被奪爵。

當今皇帝終於要赦免一些罪過輕的宗親，就找到了康郡王一支，於是下令復爵。

長房老太太道：「宗室爵位來得容易，不如我們勛貴靠的是軍功。」

這意思是頗看不上宗室爵。

琳怡道：「孫女今天見到了康郡王的母親，大家都叫她周夫人。」說著將周夫人送她的禮物給長房老太太看。

長房老太太點點頭。「那是康郡王的嬸娘。康郡王是他叔叔、嬸嬸撫養大的。」

怪不得周夫人沒有佩帶正式的彩帨，而是類似彩帨的荷包，原來是無爵的宗室。

長房老太太看到紅木盒子裡的祖母綠佛珠一怔。他們家和康郡王家並沒有往來，周夫人送給琳怡的禮物也太重了些。難不成是因為鄭家？惠和郡主和康郡王家裡走得很近。

「六丫頭，妳聽過鄭七小姐說康郡王嗎？」長房老太太低聲問。

琳怡搖搖頭。「沒有。」

那就奇怪了。

長房老太太道：「或許是鄭七小姐在周夫人那裡提起過妳。」

周夫人倒是說起她送給惠和郡主的扇面。不過想到康郡王這三個字，她心裡就自然而然地排斥，於是故意將這個話題避開了。若是想要拉近關係，她就會說給周夫人也繡一幅扇面。

「祖母，」琳怡靠在長房老太太身上。「有沒有打聽到有用的消息？」

長房老太太微微一笑。「太后生辰要到了，命婦會進宮恭賀太后千秋。」

長房老太太說到這裡，故意停下讓琳怡自己思量。琳怡也該知曉內宅裡觸及政事要怎麼辦。

琳怡靜下來仔細想，霍然眼前一閃。她明白長房老太太為什麼沒有讓父親將那封信打開。

「伯祖母是想要將信呈給太后娘娘？這封信從朝堂上遞上去，文武百官的目光就都會落在那封信上，遞信的父親就會站在風口浪尖。結果只會有兩個，一是徹查成國公，二是定父親誣衊之罪。」

長房老太太讚許地點頭。

「成國公黨羽多，輸的八成是父親。就算皇上相信成國公真的通敵賣國，也要顧及大局，不能處置成國公卻引起內亂，畢竟通敵賣國是重罪，成國公為了保命，不知道會做出什麼事來。

「可若是不聲不響呈給皇太后就不一樣了。沒有局勢所迫和群臣要挾，而且父親沒有將信打開，也不知曉裡面的內容，皇上不用向任何人做出交代。」

長房老太太欣喜地看著琳怡。「就算現在朝局緊迫不能處置成國公，皇上心裡也會有個思量。」

第五十七章

琳怡徹底明白了。「這封信是吳大人查出來了，就算皇上不相信也和父親無關。」這樣就保護了陳家和父親。

長房老太太微微一笑。「若是我們家還有爵位在，我就能直接進宮面呈太后。現在我們就要尋個妥當的人將信帶進去。」

琳怡挽住長房老太太。「伯祖母是不是找到合適的人了？」

長房老太太道：「要說有，那就是太后的娘家了。太后不會有顧及，我們也不必擔心。」

琳怡點點頭，現在就看太后娘家那邊願不願意遞這封信。

長房老太太道：「我年輕的時候去過周家作客，這些年年底，我都會送去一份禮物，也不算斷了往來。不過真正想要過去，還要叫上鄭家那個老東西。」提到鄭老夫人，長房老太太眼中一閃笑意。

琳怡想了又想，下定決心開口。「還有一件事要請伯祖母幫忙。」

長房老太太笑道：「有什麼事難住妳了？」

說到這個，本應該是蕭氏張口，琳怡稍稍低頭。「我母親一直沒能生下弟弟妹妹，福寧的郎中看遍了也沒有起色，伯祖母能不能讓人尋來京裡看婦人病的郎中給母親診治。」

難得她十幾歲的孩子要操心許多事，長房老太太伸手拍拍琳怡肩膀。「和我們家相熟的有位女郎中，我改日請她。」說著嘆口氣。「當年妳父親去福寧上任也是對了，否則妳那母親在京裡……早被人拆吃入腹了。」

周夫人上了黑漆平頭的馬車。馬車外面看著普通，裡面卻是處處雕花、十分華美。周夫人坐下來，旁邊的狄嬤嬤立即將軟墊子塞在周夫人腰後。

周夫人半晌才道：「是不是陳六小姐？」

狄嬤嬤搖搖頭。「奴婢瞧著不像。如果是陳六小姐就該和夫人親近才是，怎麼夫人都放下身段，陳六小姐卻避開了呢。」

周夫人抬起眼睛。「妳也看出她是避開了，而不是沒明白我的意思。」

狄嬤嬤垂下眼瞼。「要不是聽到陳六小姐反駁寧平侯五小姐那番話，奴婢也不能肯定。」能說出那番話的人，心思極為機敏。

周夫人鬆口氣。「不是她倒好了，我是願意他娶寧平侯五小姐回來。」

既然郡王爺都那樣說了，只怕是不會要這門親事了。

周夫人譏誚地笑起來。「寧平侯五小姐還想要見他一面。殊不知他就是故意讓五小姐看不到，這樣拒親也容易些。」

狄嬤嬤嘆氣。「現在也是沒法子，怎麼也沒想到爵位真的落到四爺頭上。夫人白白辛苦了那麼多年。」

周夫人冷笑道：「妳以為宗人府的官員都是吃白飯的？血脈上的事，他們查得清清楚楚。」說著目光微閃。「慢慢熬著吧，總有一天能熬到頭。現在給他成親是最要緊的，別讓人說我這個嬸娘薄待了他。」

陳允遠聽完長房老太太的安排，雖然大丈夫的雄心抱負被冷水澆滅了一半，卻也拿不出更好的方法，只得將手裡的書信交給長房老太太。

長房老太太拿著信函問：「吳大人有沒有跟你說是什麼？」

陳允遠道：「是海盜和成國公往來的一封信，還附有海盜賄賂給成國公財物的清單。這上面的東西很多都在成國公府。」陳允遠最大願望是帶兵去成國公府親手將這些東西捧出來。

長房老太太鄭重地將信放在身邊的匣子裡。「難為吳大人能找到這樣的證據。」

陳允遠嘆氣。文官死諫武官死戰，吳公死得其所。

政事暫時告一段落，長房老太太說起小蕭氏。「讓她明日過來，我請了個致仕的老御醫好給她瞧瞧。」

陳允遠笑著應了，又問琳怡可好，有沒有給長房老太太找麻煩。

長房老太太笑著道：「身邊沒有六丫頭，我這日子都不好過了。」

陳允遠道：「那就讓六丫頭一直在您身邊陪著。」

長房老太太滿臉慈祥的笑容，喝了口茶又想起來。「聽說二太太田氏有了身孕。」

這陳允遠倒是沒聽說。

「你要多勸勸三太太，她還年輕，以後有的是機會。」小蕭氏看到旁人懷孕，心裡定會不舒服，就算心腸再直的女人，也受不了這個。

陳允遠點了點頭。「老太太放心吧，我知道她的不容易。」小蕭氏沒有生下一男半女，多少人勸他納妾，他都沒這個想法。她不容易，剛嫁給他就來到福寧，從沒學過家事，突然就要自己掌家，他下衙回來看到小蕭氏要急哭的樣子，只能勸她：「慢慢來。」陪著他在福寧受了那麼多苦，又將身邊的一雙子女養大，就算這輩子一無所出，他也不會怪她。

陳允遠回去二房，琳怡陪著長房老太太去歇息。

「明日寫個帖子去鄭家，後天我去看鄭老夫人。」

長房老太太的帖子送去鄭家，鄭七小姐的書信隨後就追了過來。

琳怡打開一看，鄭七小姐還請了琳婉一起去。琳婉接到信受寵若驚，來問琳怡穿什麼樣的衣裙好看，看到琳怡要穿鵝黃色，琳婉就選了青色。「免得和妹妹穿得重了。」

旁邊的冬和道：「這是我們家小姐第一次收到邀請呢。」

難怪琳婉要這般雀躍，不過能去鄭家確實是琳婉努力的回報。

琳婉走後，琳怡吩咐玲瓏。「去了鄭家，妳們看著點三小姐，若是冬和跟妳們打聽些什麼——」

橘紅插嘴道：「小姐放心吧，我們一概不知。」

琳怡點點頭。這段時間玲瓏、橘紅這兩個丫頭也謹慎了許多。

誰知道琳怡千防萬防，還是沒擋住鄭七小姐的快嘴。

鄭七小姐去鄭老夫人房裡取蜜餞出來，就眼淚汪汪地拉著琳怡。「我聽陳老太太說妳要回福寧去了，可是真的？」

旁邊插瓶的琳婉將手裡的花掉在地上。

看到琳婉驚詫的樣子，鄭七小姐道：「原來妳還沒有跟三姊姊說。」

長房老太太本來就要想方設法將他們全家留在京裡，再說這事涉及到父親的政途，要不是鄭七小姐無心聽見，她跟誰也不會隨便說起，更別提琳婉了。

「是妹妹聽錯了吧？」琳怡故意驚訝。「我怎麼沒聽伯祖母提起過？就算是走，也是等到父親考滿之後。」

琳婉聽得這話像是鬆口氣。「六妹妹好不容易才回來，怎麼會這麼快就走。」

鄭七小姐親暱地拉起琳怡。「妳就不要走了，福寧有什麼好玩的，留在京裡多好。」

琳婉也微笑。「大家就是在一處，日子過得才快。」

大家正說這話，鄭二太太和鄭三小姐、鄭五小姐帶著下人送來新鮮的果子來，看到琳婉插的花，鄭二太太笑著道：「快瞧瞧這花多漂亮。」說著挽起琳婉的手。「這手又軟又長，怪不得這樣地巧。」

琳婉不好意思地低頭笑了。

鄭三小姐撒嬌地靠在鄭二太太身上。「母親就會誇各位妹妹，剛才還說我和四妹妹、五妹妹針線粗陋，不能見人呢。」

鄭二太太瞇著眼睛笑。「我可說錯妳了？陳三小姐繡的荷包才是真的漂亮，就算貞娘也是比不上的。」

提到貞娘，鄭家幾位小姐臉上都有不快的表情，尤其是鄭三小姐，幾乎冷哼出聲。

「貞娘呢？」鄭二太太看向兩個女兒。

鄭三小姐挑起眉毛。「她走得慢，在後面呢。」

不多一會兒，琳怡就看到身穿團花紗裙、頭戴一大一小兩朵疊紗牡丹，捏著手絹款款而行的貞娘。

貞娘走過來便目光灼灼地看向琳怡，頭上戴著累金掐花金盞頂簪，上面綴著一圈指甲蓋大小的碧璽石，看起來極為漂亮，就連耳飾也是鑲了碧璽的。貞娘知道碧璽的價格，立即黏上鄭二太太。「太太前日還打了頂簪給兩位姊姊，貞娘祖父、父親沒得早，都沒見過這麼漂亮的東西。」

鄭二太太笑著道：「等過幾日我也給妳打一支。」

貞娘臉上立即橫肉招展地笑起來。「那可怎麼好。」眼睛裡滿是得意。

大家話沒到幾句，貞娘就又指著琳怡問起來。「陳家小姐，是哪個陳家？」

這要琳怡怎麼說，既不是達官顯貴也不是赫赫有名的姓氏，只低頭笑道：「我們家祖籍京城，家裡的老祖宗和鄭老夫人是手帕交。」

聽到手帕交，貞娘笑起來仰頭看鄭二太太。「這麼一說，我祖母和鄭老夫人也算手帕交呢，是不是？」

哪有這樣問的，鄭二太太還能反駁她不成？

鄭二太太臉不改色，笑著拍貞娘的肩膀。「是啊，怎麼不是。」

鄭三小姐、五小姐就要將牙咬碎了。

第五十八章

貞娘嬌滴滴地向琳怡解釋。手帕交也有很多種，貞娘家裡和鄭家是帶婚約，比陳老太太這個手帕交更近了一層，而且這門親事是鄭閣老一早定下的。

琳怡很快將貞娘的事全都弄清楚了。貞娘的祖父致仕回鄉途中被賊匪盯上了，全家男丁都沒了，只剩下貞娘娘倆投靠族裡過活，現在貞娘長大了，鄭家忘了這門親，貞娘和她母親卻正式找上門來，鄭閣老還沒在位當官，自然落下不仁不義的罵名。

鄭家長房郡主生的長子自然不能配了這門親事，貞娘母女心裡清楚得很，不去搬郡主這塊大石頭，直接就黏上了鄭二太太。

鄭二太太身下的三爺今年十五歲，正好也還算是能議親的年紀。

難怪鄭家幾位小姐提起貞娘就變色。

鄭三小姐看貞娘。「妹妹不知道，陳六小姐也是才進京的。」都是在外面長大的，陳六小姐就落落大方，舉止得體。

貞娘不買鄭三小姐的帳，用手絹擦眼角。「陳六小姐有陳老太太疼著，也怪不得從裡到外一換，就跟京畿的小姐沒什麼兩樣。」

鄭二太太眼睛裡露出些冷笑來。如果人是簡單的貪心也沒什麼可怕，就怕又貪心又會算計，貞娘母女兩個就是這般，她真是悔不當初，就算哭鬧也該攔著貞娘母女住進鄭家打秋風。

鄭二太太想著，看向陳家兩位小姐。

陳六小姐長得漂亮，人又膽大聰明，光憑她敢衝進大火救陳老太太，就知道她將來必定錯不了。只是太聰明漂亮的媳婦，只怕不好把握，若是許給同兒，必定將同兒抓得牢牢的，將來指不定連她這個母親的話也不聽了。

鄭二太太又將目光轉向陳三小姐。

陳三小姐年紀和同兒相仿，論理說大是大了些，可是性子溫婉和善，讀書不多，極擅針線，將來也能聽長輩的話。

鄭二太太笑著拉過鄭三小姐。「妳不是要向陳三小姐討教針線嗎？」

鄭三小姐低頭笑道：「陳三小姐才坐下，我總不能就提起這個。」

鄭二太太笑著看女兒。「虧妳還知道害臊，」說著話，鄭二太太起身。「妳們玩妳們的，我去前面準備宴席。」

大家起身將鄭二太太送走。

母親走了，鄭五小姐膽子也大起來，在琳怡身邊坐了。「陳家姊姊吃了大虧，讓我姊姊瞧上了，這往後免不了要辛苦。」

鄭三小姐羞怯地瞥了一眼妹妹。「話再多，小心我撕了妳的嘴。」

旁邊的琳婉柔柔地笑。「姊姊喜歡我的針線，我一定盡力教，左右我在家裡也沒有別的事。」

琳怡邊喝茶邊看琳婉。琳婉這麼快答應下來，鄭二太太一定會很高興。這樣一來，琳婉自然而然就成了鄭家的常客。功夫不負有心人，琳婉終於達到了她的目的。

鄭五小姐用帕子掩住嘴。「姊姊不讓說我就偏說。姊姊平日針線上不用功，眼見要嫁人了，怕去夫家連襪子也做不起來，這才臨時抱佛腳，抱到了陳三小姐。」

琳婉驚訝地看著鄭三小姐。「原來姊姊要……」

就是想也想到了，前兩次來鄭家，鄭三小姐躲著不見人，現在又笑著出來讓琳婉教針線，不是備嫁是做什麼？這次怎麼不見鄭四小姐？難不成因為上次在船上傷了腳就被關了起來？

鄭三小姐臉紅透了，長長的指甲指著鄭五小姐。「妳這死丫頭，看我不打妳？」

兩姊妹在院子裡追跑起來，鄭七小姐和琳怡在旁邊說悄悄話。「一會兒我帶妳去看我家的白狐。前些日子白狐生了兩隻小狐，我就想著送妳一隻。」

她雖然喜歡毛茸茸的小動物，可是康郡王獵來的白狐，她還是敬謝不敏。

琳怡笑著推託。「那些東西我養不好的，妳還是自己留著吧，再說牠們在一起也是個伴兒，分開反而不好活了。」

鄭三小姐有些失望。「妳看了一定喜歡，這可是難得的。」

旁邊的貞娘耳朵尖，放下手裡的茶站起身來。「就是我們一起去看看，我長這麼大還沒見過白狐呢。」

鄭七小姐皺起了眉頭，想要發作卻被鄭五小姐按了下來。「貞娘想看，妹妹就帶她去看看，反正瞧一眼也不打緊的。」

貞娘乾脆起身笑道：「還是三小姐大方。」

讓貞娘這樣一攪和，大家就結伴一起去小花園看白狐。

看到籠子裡一臉警惕的狐狸，貞娘頓時失望起來。「不是說白狐嗎？怎麼是灰黑色的，該不會是哪裡弄來的狗吧？」

鄭七小姐提起帕子笑。「姊姊連這個都不知道，白狐到了冬天才會通身雪白。」

貞娘本要撇嘴說鄭七小姐當作寶的狐狸也沒什麼大不了，沒想到大狐狸挪動了身體，露出了身下的兩隻小狐狸。

小狐狸粉嫩的鼻頭，通亮的眼睛，肉團似的身子立即將所有人的視線都吸引過去。

琳怡也不禁多看了兩眼，真的很漂亮。

鄭七小姐道：「我就知道妳會喜歡，才要送給妳養著。」

貞娘不等琳怡說話。「陳六小姐不是說不要了嗎？既然她不要就送給我吧，等到了冬天這小畜牲長大了，雪白的毛正好做我小襖的脖領。」伸手指那隻抖耳朵的。「我就要牠，」說著看那養狐的下人。「好好養，養死看不打你?!」

鄭七小姐臉色頓時變得鐵青。「誰說要給妳。」

貞娘詫異地看鄭七小姐。「陳六小姐不要了，所以我要，我撿了別人剩下的還不行？妳也太欺負人了。」說著眼睛裡聚了一彎水。

鄭家小姐都見識了貞娘和她母親撒潑的功夫，大嘴一張，聲音能傳到大門外。

鄭家上下因此都不敢惹貞娘母女，這樣鬧來鬧去，鄭家的名聲就要壞了。

鄭三小姐忙去看鄭七小姐。

鄭七小姐從得了白狐就每日都來瞧，要不是和琳怡要好，也不會捨得將其中一隻送了琳怡，如今聽貞娘要宰了做圍脖，哪裡捨得就答應她？

貞娘眼看鄭七小姐不應，立時就要哭起來。

鄭七小姐正不知要怎麼堵住貞娘的嘴，耳邊傳來琳怡的聲音。

琳怡笑著拉起貞娘。「妹妹不知這裡的意思，難怪要委屈了。鄭七小姐說要送我，並沒說讓我到冬天殺了做圍脖。京畿並不產白狐，說不得是哪位達官貴人得了放生的，野狐聰明、機敏，平日裡並不多見，更難得將牠捉來，我們今日已是飽了眼福。」說著頓了頓。「我說不養牠，是因為但凡聰明的東西就算將牠圈起來也不是妳的，何苦呢？不如等到哪日天氣晴好，讓牠們一家還歸林子。」

貞娘冷笑道：「妳們京裡小姐做小襖還不是要用狐狸毛做領子，這時候倒慈悲了。」

琳怡莞爾。「妹妹錯了。那些狐狸是人養的，妹妹大可讓人去莊子上買隻回來，到了冬天仍叫下人做成圍脖。」

鄭七小姐搶著說：「我這狐狸本來就是要放生，我送給陳六小姐也不過是讓她看幾日。貞姊姊若是喜歡就方便多了，天天過來瞧就是，反正貞姊姊就住在我家裡。」

貞娘冷笑著甩開琳怡的手。「我沒妳們口齒伶俐，」說著眼睛一轉看向鄭七小姐。「七小姐那把繡狐狸的扇子可是真真好看。」

到頭來，鄭七小姐還是免不了要破財。

貞娘拿著扇子跟著鄭三小姐、鄭五小姐、琳婉去學繡花。

鄭七小姐嗤笑道：「我就當更衣的時候扇子掉進了糞桶。」

琳怡忍俊不禁笑起來。

身邊沒有了旁人，琳怡和鄭七小姐乾脆坐在小院納涼，小丫鬟們去拿鎮好的果子和酸梅湯。

吃著果子，琳怡隨意問鄭七小姐。「我三姊姊什麼時候送了府裡的太太、小姐荷包？」

鄭七小姐道：「姊姊不知曉嗎？就是前幾日陳三小姐讓下人送進府的。」

就算手再快也不可能一下子拿出那麼多繡品來，這些東西是琳婉一早就準備好的，只等著時機成熟拿出來送人。

但凡有耐心的人胃口都大。鄭家這樣的親事，能不能滿足琳婉的胃口？

第五十九章

琳怡喝了口酸梅湯，該怎麼提醒鄭七小姐？琳婉對人謙和，便是她，也只是心裡懷疑，並沒有真正抓住琳婉的把柄。「妹妹平日裡待人要留三分餘地，」琳怡伸手幫鄭七小姐整理腰間的配飾。「不管是對誰都要有些防備，小事上不說，大事上就要多在意些，免得哪日吃了虧。」

不管對誰。鄭七小姐抬起頭看到琳怡鄭重目光。

琳怡道：「不害人，總要防人。」

鄭七小姐似是明白了琳怡的意思。「六姊姊這樣一說，我倒想起來了，上次在寧平侯府，我見到陳三姊姊說起了貞娘的事。」

所以琳婉才會將荷包送給鄭二太太和幾位小姐。

這就對上了。

鄭七小姐皺起眉頭想了想，一會兒又笑起來。「也有人這樣說過我一樣的話。」

琳怡下意識地問：「什麼？」

鄭七小姐就笑道：「十九叔也這樣說。不害人，總要防人。一個字都不差。」

說到十九叔，琳怡正好想問：「妳總說的十九叔，是鄭家的長輩？」

鄭七小姐笑道：「當然──」

琳怡正等著鄭七小姐的下文，可鄭七小姐抬起頭，明顯怔愣了片刻，嘴裡的話已經改弦易轍。「十九叔。」

石青色的直裰被陽光一照，露出精美的紋樣，如同傾斜而下的溪流，到了腰間驟然收緊，劃出窄窄的腰身。墨色的絲絛腰帶吊一只花草香囊，香囊下，桃紅絲穗雖沒有繁工結成各種結子，卻只因這唯一的豔麗，在他清淺的笑容中添了幾分顏色。

「十九叔。」琳怡起身上前行禮。

無論見了幾次，她都是蹲身斂衽一絲不苟。

「起來吧！」

琳怡抬起頭，眼前已經多了個絨球。毛茸茸的小狐狸睜著黑亮的眼睛歪著頭瞧她。鄭十九修長的手指一鬆，那團絨球自然而然就到了她手上。

鄭十九臉上帶著微笑。「再聰明的東西，只要找到牠的弱點，牠就是妳的了。」

再聰明的東西……

琳怡一怔。鄭十九是聽到她剛才說的話？

鄭十九看向旁邊的鄭七小姐。「妳先去廊上，我有話跟陳六小姐說。」

鄭七小姐帶著丫鬟一溜小跑去了長廊，琳怡想喊住她卻沒來得及喊出聲。

「十九叔，這樣不合規矩。」琳怡向後退了兩步。

「桐寧。」鄭十九喊一聲，廊上立即出來個青衣小廝。

那小廝原地行禮。「周圍沒有旁人。」

他的聲音緩慢。「我不是鄭家人，但是我行十九沒錯，妳叫我十九叔也不算吃虧。」

淡淡的解釋，對於琳怡來說就像一道閃電從她腦海中劃過。她沒有太驚訝，而是又行了禮。「謝十九叔。」

她的眼睛明澈得如同清泉，卻又十分幽靜，比平日裡格外多了層防備。

他站在陽光下，睇著眼睛仔細端詳了她一會兒。

她眼觀鼻鼻觀心，墨色的睫毛都不曾顫一下。

「陳老太太和鄭老夫人大概要說完話了，快回去吧！」他神色自若地說完話轉身。

琳怡欠身頷首，低聲道：「是。」

事後，鄭七小姐笑著從長廊裡跑過來，看到板著臉的琳怡，鄭七小姐本來好奇的表情頓時跑得一乾二淨。「六姊姊，妳不會生氣了吧？」

關鍵時刻讓人一句話就支走了。

鄭七小姐忙解釋。「我以為十九叔找妳是有大事，妳不是要回福寧了嗎？問問十九叔，他一定能想到法子。」

琳怡仍舊不說話，鄭七小姐真的急了。「別氣了，我下次……要不然妳打我好了，我……」

鄭七小姐說著話，真的湊過來讓琳怡打。

對著一團孩子氣的鄭七小姐，誰還能真的板臉生氣？何況之前鄭七小姐為了她還被關了好幾日，再說就算換了旁人，被十九叔那樣一說，八成也會不猶疑地走開。十九叔雖然笑著說話，卻一樣有股讓人難以拒絕的威嚴，所以她一直就沒有懷疑，十九叔是個長輩。

看到琳怡表情有所鬆動，經常惹禍的鄭七小姐學會適時扯開話題。「告訴妳一件高興事，那個寧平侯五小姐的婚事就要告吹了，看她下次還怎麼囂張。」

寧平侯五小姐的事她不覺得稀奇。那位笑吟吟的周夫人才真正讓人不能小看，明明知曉兩家的婚事談不成了，卻在人前還將寧平侯五小姐寵得如自家的兒媳。

將來誰做了周夫人的媳婦，還真是要好好算計算計。還好這些事和她無關，她不過就做個看客罷了。琳怡將懷裡的小狐狸塞給鄭七小姐。「好好養著吧，別讓貞娘宰了做脖領。」

從鄭家回來之後，琳怡就躲進長房老太太內室裡。

長房老太太轉著手裡的佛珠。「那老貨過了幾十年太平日子，就變得膽小如鼠。」

鄭老夫人沒有答應？

琳怡擔憂起來。「伯祖母將吳家的事都說了？」鄭老夫人不肯幫忙，這封信就不知道怎麼才能送進宮。

長房老太太道：「那老貨精明著呢，我不說，她也能猜到始末，還不如就跟她說了清楚，反正鄭閣老在朝廷對成國公也會有耳聞。我原以為她會爽快答應，誰知道她倒推三阻四，說太后的母家人不如前些年好交，恐怕中途出差錯。」

那要怎麼辦？難不成他們自己找上周家？

長房老太太轉著手裡的佛珠。「我本以為這次要費些心思，誰知道那老貨出去方便完，倒換了章程，一口應下來說要幫忙。」

原來鄭老夫人答應了。琳怡忽然想到十九叔臨走前說的話。鄭老夫人突然答應，會不會和十九叔有關？

「等到下月，鄭老夫人向周家遞了帖子，我就和她一起去。」

事已至此，想多了也是無益，還是等著看看。

琳怡回過神來。「祖母出馬總是事半功倍。」

長房老太太故意板臉。「那可不一定，說不定周家不肯走這一趟呢。」

琳怡拿起矮桌上的茶給長房老太太。周家怎麼會不肯？信是交給他們，對他們來說百利無一害，就算將來被成國公知曉，周家也可以推給鄭家和陳家。

對付鄭家和陳家，還是對付太后母家，成國公哪裡會算不清楚。

勞累了一天，長房老太太躺下來歇著，琳怡就在裡屋的軟榻上做針線。

長房老太太隔著琉璃簾子看軟榻上的琳怡。六丫頭才十三歲，就已經是一塊璞玉，將來長大了，再經雕琢必然能成大器。若不是她年紀太大了，一定要看著她成家立子。

今天鄭老夫人的一句話委實嚇了她一跳。那老貨答應了去周家遊說之後，突然就提起聯姻兩個字，她還以為老東西看上了琳怡，誰知道老東西倒是有自知之明，悵然地說：「我們家勤哥雖好，卻被郡主嬌慣了些，文武都不出挑，想必妳是看不上。」

那是自然，當時和袁家結親，她也不是光看上了袁家家世。家世雖然重要，後輩不肯上進也是白瞎，更何況有個郡主婆婆在上面罩著，做媳婦的勢必要委委屈屈。

鄭老夫人又說：「二太太生的兩個妳更是不會想了。我們家是不行，上面不是還有宗親貴胄，妳就沒有想法？」

她就嗤之以鼻。「宗親能看上我們家？我們家可是被奪了爵的。」

鄭老夫人目光閃爍。「將來立了功，爵位自然還給妳了，到時候妳過繼了三老爺，六丫頭不就成了侯門嫡女？」

鄭老夫人和她從小就玩在一起，互相都知曉對方脾性，鄭老夫人不會說沒影的話，只是她才試探打聽，那老東西卻再也不肯開口了。

莫不是真的有宗親看上了六丫頭？

琳婉將貞娘的事說給大太太聽。

大太太笑得開懷。「鄭家向來眼高於頂，這下好了，招來惡人磨。」

琳婉從笸籮裡挑了一根碧綠的彩線，要做五色絡子給鄭三小姐。

大太太道：「還聽到些什麼？」

琳婉搖搖頭。「沒有了。」

大太太不死心。「鄭七小姐和六丫頭沒說什麼？長房老太太怎麼又去了鄭家？」

琳婉想了想。「大概是好事。」她側頭看向門口，簾後隱約能看到一雙青緞鞋。這雙鞋是府裡二等丫鬟紅竹的。

大太太來了精神，看著女兒。「怎麼說？」

琳婉停下手仔細回憶。「長房老太太從鄭家走的時候挺高興的，一定是有好事吧！」

大太太冷笑一聲。「這麼說，長房老太太就一心等著老三養老了。」說著看向琳婉。「妳也是，去了那麼多趟長房，怎麼就不能讓長房老太太喜歡？」

琳婉黯然地低下頭。「我不如四妹妹和六妹妹，」說著勸大太太。「母親，妳就別爭了，我們一家平平安安度日該多好。」

大太太看著不爭氣的女兒。「妳知道什麼，人往高處走水往低處流，妳不爭，別人不一定能放過妳。妳爹爹不過是個六品經歷，連妳三叔父也不如，妳又沒有兄弟，將來分了家可怎麼辦才好？」

琳婉只得安慰大太太。「等母親病好了，一定能生下弟弟，將來二叔父有了好前程，也定會幫父親的。」琳婉說完話，那簾後的青緞鞋慢慢退了下去。

第六十章

紅竹提著燈籠一路去了紫竹院。

「琳婉也就能說出這樣的話。」琳芳躺在田氏腿上嬌滴滴地道：「爛泥扶不上牆。給她機會也不能成事，母親還讓人防著她。」

二太太田氏拿了五兩銀子給紅竹，紅竹很快退了下去。

田氏撫摸著女兒的鬢角。「也不能不防，稍一疏忽，說不得就要壞事。」

琳芳得意地笑了。「琳婉不敢和我爭，瞧她長得那模樣，哪家的太太能看上這樣的兒媳？母親不是說得好，怎麼也要出得廳堂、下得廚房。」

田氏好笑地低頭看琳芳。「妳能下得廚房嗎？」

琳芳頓時臉頰緋紅。「母親打趣我！哪家還要主母親自下廚，我又不是窮人家的小姐，還要學那勞什子。」

田氏道：「那要看妳父親將來能不能拿到爵位，到時候林家就是想要反過來娶妳，我都不一定依了。」

說到林家，琳芳想到林大爺，似是頭髮根根都立起來。多少天了，只要作惡夢就是那雙流光溢彩的眼睛。琳芳半晌才道：「那母親要快些，別讓長房老太太扶了三叔父上去。」

田氏嘴角翹起。「放心吧，他們來不及了。妳三叔父一家就要回福寧去了。」

琳芳沈悶的心情又愉悅起來。「真的？那可太好了。」終於送走琳怡這尊瘟神。

「多虧了長房老太太，否則也不能這般順利。」陳允遠又是高興又是氣餒。

長房老太太看在眼裡，撐起身子問：「衙門裡又有什麼事？」

陳允遠喝了口茶。「只怕是讓兒子回福寧的旨意馬上就要下來了。兒子想了，只好先回福寧賑災，再找機會進京。」

長房老太太皺起眉頭，琳怡也沒想到旨意竟然下得這麼快。

長房老太太道：「能不能請旁人周旋？」

陳允遠想了片刻。「只有請康郡王。」

琳怡眼睛一跳，停下手裡的針線。這是她親耳聽到父親第二次說到康郡王。

長房老太太沈吟著。「康郡王也算是最近的新貴，在皇上面前也是說得上話的。」

陳允遠道：「這次福寧災患，皇上問了康郡王有什麼良策，若是康郡王能推薦旁人賑災，兒子就能脫身。」

琳怡眼前浮起十九叔靜謐站在她身前的模樣。

他故意不說話。

原來是早就算計好了父親勢必要主動去求他。

十九叔說他不姓鄭，那一刻她就想到，鄭十九應該是周十九。

怪不得鄭四小姐會裝作美女蛇，原來是想要攀上宗親。

惠和郡主出面作媒，不是康郡王又會有誰？

能在鄭家來去自如，自然身分高貴，面容如此讓人驚絕，怪不得不肯讓寧平侯五小姐見面。

她千方百計想要幫父親避開康郡王，卻一早遇到了「鄭十九」。

要笑是命運的安排，還是她實在不小心？

長房老太太道：「康郡王是宗親，未必和成國公有牽連，你準備份禮物上門，說不得他會幫忙。」說著頓了頓。「康郡王的嬸娘周夫人還送了一串祖母綠的佛珠手串給琳怡。」

長房老太太這樣說……陳允遠心中多了幾分把握。「如今看來也只能如此，兒子也想不到第二條路可走。」

算無遺策，就是要人無路可退。

明知道與虎謀皮，卻還要去依靠他。

長房老太太道：「眼下也只好先過了這一關。」

前一天晚上，長房老太太還在猶豫是不是能讓陳允遠先回福寧，等將信函呈給太后之後，再向太后求情將陳允遠調回京裡任職，後一刻知曉陳二老爺陳允周補到了實缺，長房老太太立即拉著琳怡去庫裡挑選送給康郡王的東西。

白嬤嬤拿了一對前朝粉彩耳瓶給長房老太太看，長房老太太搖搖頭。「雖說前朝古物珍貴，康郡王畢竟是宗親，不一定能看上眼。」

琳怡攙扶長房老太太到旁邊的椅子歇息。

白嬤嬤垂手道：「只要肯幫忙，不會在意我們送去什麼。」

長房老太太側頭看琳怡。「六丫頭妳說呢？」

琳怡整理好長房老太太的袖子。「欠人情還不如用錢財去換，否則將來父親要為人驅使。」一凡是高攀都免不了這樣的結果，只要有了人情往來，日後的事就不由自主，何況是依靠那人。

長房老太太點頭，難為六丫頭想得透澈。「將我箱子裡那套上好的頭面拿出來……」

白嬤嬤聽得這話，立即變了臉色。「那可使不得，那套頭面是老太太壓箱的寶貝，大小姐出嫁的時候，老太太都沒捨得給呢。」

長房老太太搖搖頭，並不在意。「六丫頭都能想明白，妳又有什麼捨不得的？錢財都是身外之物，是妳的就是妳的，不是妳的強留也留不住。」說著站起身來。「就那套十二花簪頭面吧，康郡王已經議親了，想必不久就能用上。」

十二花簪頭面，花簪都是累金鑲嵌寶，四支步搖用的是圓潤的南珠，南珠上纏了金絲，兩支頂簪上飛了蝴蝶，輕輕一碰，那蝴蝶彷彿就振翅欲飛。

長房老太太看完，白嬤嬤將頭面用了鏤空金盞花紫檀盒子裝了，盒口封了對富貴鯉魚鎖。

長房老太太看著點頭。「等三老爺來了，就讓他拿去。」

白嬤嬤不明白。「二老爺到底補了什麼缺？」這些年，她很少見到老太太如此著急。

長房老太太道：「正五品三等侍衛。」說著話看向琳怡。「六丫頭，妳可知道我們大周朝的護衛、侍衛是怎麼任職？」

琳怡頷首。「在京三品以上，在外總督、巡撫準送一子，其餘就是由王公、勛貴、世臣子弟充入。」

長房老太太讓琳怡扶著，沿著長廊回到房裡。「妳二伯父做了侍衛，將來我們家若是復爵，自然有人站出來推舉他。二老太太董氏娘家也會從中幫襯，這爵位說不得就要落在妳二伯父頭上。」

所以長房老太太才會著急讓父親留在京中。

「這種事萬不能僥倖，二老太太董氏一家得了爵位，就會毫無顧忌，一朝爭得宗長之位，妳父親嫡長子的名分也要被更改。」

前世發生的事，現在被長房老太太全都言中了。

琳怡看向桌子上的盒子。不知道這份重禮，康郡王會不會收下？

她都能想到收人財物不如賣個人情，父親耿直的性子定會全力回報。康郡王既然利用父親打擊成國公，自然要大方地給父親些好處，照這樣算來，禮物是不會收了。

從來沒送過禮的陳允遠從長房老太太手裡拿東西，臊得老臉通紅，只匆匆看了盒子一眼就支支吾吾。「萬一不肯收怎麼辦？」

長房老太太道：「不收下你就拿回來，在官場上也不是一、兩年了，怎麼還怕這個？就當是過年過節孝敬上峰。」

旁邊的蕭氏很直性子。「老爺從來沒給上峰送過禮啊。」

長房老太太看陳允遠的目光頗為驚詫，乾笑一聲。「難得你能在福寧這麼多年。」竟然還沒有被人排擠回家。

陳允遠坐得直，頗有些骨氣，從前在福寧不送禮，是看不慣那些腦滿腸肥的上峰，平日裡吃喝嫖賭無惡不作，他怎麼能將辛辛苦苦拿到的俸銀孝敬給那些混帳？關鍵是有求於人就要拉下臉皮，很多時候他寧可不受這番罪。這次若不是眼看彈劾成國公有望，他也不會去求宗親。

這兩日，他將康郡王的脾性打聽了一番，康郡王看著溫和，卻很少有人私下裡與他攀上交情。

這禮不好送出手，只有硬著頭皮試一試，幸虧康郡王去過福建。他也不算沒有話說。

談妥了送禮的事，長房老太太讓請來的女郎中進來給蕭氏把脈。

白嬤嬤很快領來個梳著圓髻，面容白淨，衣衫整潔的婆子。蕭氏和琳怡都有些驚訝。沒想到女郎中竟然是個五十上下的婆子。

長房老太太道：「這位苗嬤嬤是宮裡出來的女醫教出來的，也是不好請的。」

苗嬤嬤立即笑彎了眼睛。「哪裡，都是老祖宗抬舉我了。」轉身從後面的丫鬟手裡接過大大的診箱，然後躬身笑著看蕭氏。「太太要隨我到後面去診。」

蕭氏有些羞怯，側頭瞄了陳允遠一眼。

陳允遠端起矮桌上的茶來喝，琳怡乘機問衡哥這兩日怎麼樣，總算打破了屋子裡尷尬的氣氛。

說起兒子，陳允遠抿了一抹笑。「妳哥哥這些日子進益了。」

都說嚴師出高徒，看來也沒錯。

過了一會兒，苗嬤嬤從裡間出來，長房老太太帶了苗嬤嬤到外面說話，屋子裡隱約能聽到。「看著無大礙……調養調養試試……」

蕭氏紅著臉笑吟吟地走過來，陳允遠這才將手裡的茶碗送回矮桌上。

長房老太太讓白嬤嬤拿了方子交代給蕭氏，又讓苗嬤嬤每日都要進府伺候，蕭氏從來沒聽過這樣的事，委實怔愣了好一會兒。

苗嬤嬤溫和地笑道：「太太放心，都交給我就是了。」

臉紅心跳的事過後，蕭氏和長房老太太說了好一陣子話。「我正好要請送子觀音，長房老太太就請了郎中來。」

長房老太太道：「怎麼想起來請送子觀音？」

蕭氏笑。「二嫂有了身孕，二嫂相熟的寧平侯夫人也有喜了，人人都說二嫂是送子觀音呢！」

琳怡拿起十錦茶吊給蕭氏倒水。二太太田氏本來就有觀音相，而今又懷了身孕，可不是送子的觀音，怪不得譚嬷嬷急著讓蕭氏去拜觀音。

長房老太太不露喜怒。「既然已經確然懷了身孕，怎麼還四處講經？佛香也是傷及腹中孩子的。」

提起這個，蕭氏笑道：「上次在清華寺禪房裡講經，二嫂特意囑咐寺中僧人不要點佛香，眾位夫人覺得奇怪就問了，我們才知道二嫂有了喜。二嫂說是行善才有的孩兒，為了孩兒也要多多講佛經，不可懈怠了。」

真是慈悲的女菩薩。琳怡看蕭氏揚眉說笑的模樣，顯然也是被二太太田氏的話打動了。田氏素以善名為由頭，就連琳芳嘴裡也不離禪法，這兩母女在女眷前孜孜不倦地教導人向佛，其實就是想讓人信田氏罷了。田氏有了孩子不但沒有讓田氏行動不便，反而更有理由進各府內宅講經了。

哪家的女眷不求子，就是心中不信田氏，誰又能得罪送子觀音？

第六十一章

蕭氏說到這裡，長房老太太看一眼旁邊的琳怡。「六丫頭先下去，我有話和妳父母說。」

琳怡垂下眼睛，應了一聲，站起身走了出去。

出了內室的門，琳怡靠在雕花隔扇上。眼見蕭氏就信了二太太田氏，她卻不能在蕭氏面前明說二太太的壞話。她想了又想，只得搬出長房老太太，先請長房老太太尋個郎中為蕭氏看脈，再在長房老太太面前提起蕭氏拜佛的事。

她雖是為了防二太太田氏，卻也免不了要讓蕭氏挨罵。

長房老太太已經冷聲道：「這麼說妳是信了妳二嫂？準備讓妳二嫂為妳求個麟兒？」

蕭氏笑容僵在臉上，身邊的譚嬤嬤見勢不好，忙笑著解釋。「老太太錯怪我們太太了——」話剛說到這裡，只見一道銳利的目光看過來，譚嬤嬤立即住了嘴。

眼看著譚嬤嬤一步步退下去，長房老太太挪開目光看向蕭氏。「妳為人和善卻也不能沒個思量，怎麼也是當家主母，怎麼能連下人也管束不好？」

蕭氏聽得紅了臉。「是我管家不善……」

長房老太太半合上眼睛。「妳可知道妳二老爺提了三等侍衛？那可是二太太活動來的，妳夫君差點被御史彈劾，如今更是仕途不順，二太太可問過妳一句？人若是有善意，不光是嘴上，平日舉手投足便能流露，二太太心機如此，妳與她走那般親近做什麼？」

蕭氏臉上一陣紅一陣白。

「我們學的是大乘佛法，講究的是大愛，雖然如此，幫襯兄弟妯娌豈不更加容易，何必到達官顯貴的內宅裡去？妳耳根軟本來就容易聽信旁人，」長房老太太說著睜開眼睛看譚嬤嬤。「身邊更要有人時刻提醒妳要小心。」

譚嬤嬤聽得這話，腿腳發軟跪了下來，卻不敢再插話。

陳允遠皺起眉頭，也訓斥蕭氏。「妳多聽聽伯老太太的話，日後也要學著多管管家事。」

陳允遠話音剛落，長房老太太就看了過去。「你也是，為人夫為人父，不能光是動動嘴皮子，要真正關切。你既然知曉這樣的癥結，怎麼不早些尋女科郎中來診治？」

陳允遠面有慚色，垂下頭來。「您教訓的是。」

長房老太太懂得教諭方法，訓斥完之後臉色見霽，讓陳允遠和蕭氏吃過飯回去二房。想著蕭氏不爭氣的樣子，長房老太太嘆氣，真是讓人不省心，將來等她死了，這個家剩下六丫頭一個人撐著，可怎麼辦？老三真的承了爵，小蕭氏做了誥命夫人，這個家就更讓人惦記了。

琳怡拿起簪頭去撥燈芯，念慈堂裡又亮了幾分。

長房老太太看著琳怡玉般精琢的側臉，伸手摸摸琳怡的頭髮。她也只能儘量教六丫頭，盼著她一生能平順。

陳允遠選了個日子，將禮物送去給康郡王。

天慢慢黑下來，琳怡坐在通炕上心神不寧。也不知道父親現在到底是什麼情形，以周十九的心思，很容易就能讓父親將福寧的事全盤托出……雖然長房老太太再三叮囑只讓父親求康郡王留在京裡，可是誰又能知曉事情會有什麼變化？

琳怡才想到這裡，玲瓏匆匆忙忙跑進屋。「不好了小姐，出事了！」

有了消息，琳怡掉在半空的心反而落下來。放下手裡的銀薰球，琳怡抬起頭問玲瓏。「怎麼了？」

玲瓏一路從念慈堂跑回來，有些氣喘吁吁。「太太讓人來傳話，似是老爺從康郡王那裡拿了不該拿的物件，太太想問老爺是怎麼回事，偏老爺醉得胡言亂語，說不出個究竟。」

父親出去應酬從來沒有喝醉的時候。父親說過，只要喝醉了，難免要說出幾句醉話，福寧有多少人想要探父親口風。

琳怡皺起眉頭。「有沒有說是什麼東西？」

玲瓏搖搖頭。「奴婢沒聽清，不過太太很是著急，問長房老太太有沒有解酒的藥，說老爺在家胡言亂語，攔也攔不住。」

琳怡起身穿上氅衣，讓丫鬟、婆子跟著徑直去了念慈堂。

念慈堂裡，長房老太太剛讓人將藥匣子交給戴婆子。

白嬤嬤囑咐戴婆子。「化三粒在小盅裡，一口氣喝下才好用。」

戴婆子躬身道：「奴婢記住了。」

長房老太太沈著臉。「告訴三太太，無論如何也要將老爺壓住，不能讓旁人看出端倪來，有事等到明日再說。」

戴婆子一臉苦相。「奴婢們從沒見到過老爺這般，別說嚇壞了太太，奴婢們也是——」

長房老太太道：「怕這個做什麼？哪個男人喝醉了回去不胡鬧？」

白嬤嬤也道：「就是三太太沒見過才慌神，吃藥睡上一覺也就好了。」

戴婆子點頭稱是。

長房老太太道：「快回去吧！」

戴婆子剛要走，琳怡快步走進屋子。「伯祖母，」琳怡坐在長房老太太身邊。「不如我跟著一起回去，萬一有事也好有個照應。」二房那邊就只有蕭氏打理，她總是放心不下。

長房老太太轉頭看看多寶閣上的沙漏。

已經快到門禁，這時候琳怡一個未出閣的小姐不好輕易走動。長房老太太思量片刻。

「鬧不出多大的事來，明日再讓人送妳回去。」

老太太已經這樣說了，琳怡也只好留在長房。

「父親很少出去應酬，在家裡也從不沾酒。」這樣推論父親的酒量定是不佳。長房老太太嘆口氣。「怎麼跑去康郡王那裡喝醉了……」

她想過幾種可能，也唯獨沒有這個結果。平日裡一絲不苟的父親，怎麼就能醉醺醺地回來？琳怡道：「父親到底拿了什麼東西？」

提起這個，長房老太太靠在松花引枕上半眯起眼睛。「是條蜜蠟黃的黃玉玉帶。」

黃玉……那是宗親經常用的，雖然朝廷沒有明文，本朝卻以黃玉為尊，普通人就算有一、兩件黃玉的擺件也是小心翼翼藏在家裡賞玩，不可能明目張膽地做腰帶束在外面。

怪不得蕭氏說父親拿錯了東西，黃玉玉帶的確不像是康郡王的回禮。

長房老太太道：「這條玉帶說不得是旁人送給康郡王之物，妳父親也不知怎麼就將這條腰帶捧了回來。我們送給康郡王的那套頭面，就算價值再高也高不過這條玉帶。康郡王是宗親，哪有回禮貴於我們的道理？」

琳怡跪坐在大炕上。不是父親拿錯了東西，是周十九一早就安排好的。

蜜蠟黃的玉帶哪會那麼巧就放在那裡？

宗親都以束「黃」帶為榮，朝拜、大婚等重要的日子才會束玉帶。

也就是說，這樣的東西一定會保管妥當，不是誰都能隨便拿到的。

周十九收下陳家的禮物，又還了這樣一份重禮，父親從來沒有收過這樣貴重的禮物，必然覺得心中虧欠。周十九讓父親做些事，父親也會欣然而往，心甘情願被人利用。

琳怡的心一下子沈了下去。

無論怎麼小心算計，總是逃不出他的手心。

將黃玉玉帶還回去，就別想周十九出面幫忙；不還，就等於欠下了周十九人情。

周十九雖然送出一條玉帶，真正為難的卻是陳家。

周十九怎麼就看上了他們陳家……

白嬤嬤送了戴婆子回來。「老太太，我們該怎麼辦？」

琳怡仰頭看向長房老太太。事到如今能怎麼辦，落入別人圈套，越掙扎網纏得越緊，只有先平靜下來，再看對方的動靜。

長房老太太道：「明日讓妳父親去還禮物，若是康郡王不肯要，就要好好思量思量，康郡王到底要圖什麼。」只有小蕭氏才會以為老三拿錯了東西。

琳怡看一眼玲瓏，玲瓏和橘紅躬身從屋子裡退了下去。

白嬤嬤也跟著出去端茶，內室一盞羊脂燈前，只有長房老太太和琳怡兩個人。

「伯祖母，」琳怡低聲道。「會不會是因為成國公？要扳倒成國公必然要有人出面，康郡王去過福寧，定是知曉父親不肯與成國公同流。再說，福寧的事沒有誰比父親更清楚，父親出面參奏成國公在福寧的種種，才是最順理成章的。」

長房老太太不聲不響地轉動手裡的佛珠。六丫頭說得有道理，老三手裡有的也就是成國公串通海盜的證據。

琳怡望著羊角燈上跳躍的火苗。「伯祖母說過，誰也不想和成國公正面衝突，康郡王想讓父親做出頭的椽子。」出頭的椽子先爛，宗親惜命，言官惜名，真正出生入死的就只有父親這般耿直的官員，古往今來莫不是如此。「之前已經有了吳大人，難不成父親也要……」

長房老太太睜開眼睛。「要不要參奏成國公在於我們，就算妳老子要做爛椽子，我也不能眼看著不管。」

戴婆子一陣小跑回到二房，進到蕭氏的碧雲居，就聽到主屋那邊仍舊隱隱約約傳來笑聲。三老爺從回來就一直笑，到現在竟也沒有停，這樣鬧騰下來，三老爺酒醉的消息恐怕早就傳去了二老太太那裡。

戴婆子將手裡的藥交給譚嬤嬤，譚嬤嬤將藥化好了端進內室。

陳允遠坐在羅漢床上，抱著手裡的茶碗，眼睛矇矓地看著前面，瞇著眼睛笑成一團。

蕭氏接過藥碗端上前去。「老爺，將藥吃了早些歇著吧！」

陳允遠似是沒聽到一般，依舊嘟嘟囔囔。「我今天……心情……好……誰也……不要……攔著我……喝酒……聽到沒有……你們……」

譚嬤嬤在一旁賠小心。「聽到了，聽到了。」

「老爺先喝了藥，我再去倒酒。」蕭氏試著哄騙陳允遠，說著話將手裡的藥碗拿近了些。

陳允遠抬起眼睛看了一眼蕭氏，想要說話，卻一下子斜摔在羅漢床上，伸手打翻了手裡的茶。

蕭氏嚇了一跳，忙將藥碗放在一旁，用帕子去擦陳允遠濕了的衣衫。

陳允遠看著忙碌的蕭氏，半晌才道：「咦，酒……怎麼……灑了？酒灑了……不過……說準了……就不反悔……咱們說準了……答應了……就不反悔。允直……允直哪裡去了？」

「什麼允直。」蕭氏一怔。是老爺的哪位兄弟？

「允直好字……《爾雅》裡說過，允，誠也，信也。直，正見也。」

蕭氏趁陳允遠歪倒下來，將藥一勺勺盛給陳允遠喝了。

陳允遠邊喝邊說話。「就這樣說定了……」

蕭氏忙乎了半天，陳允遠終於倒在羅漢床上睡著了。

蕭氏鬆了口氣，想要起身，卻腳下一軟滑跌在地上。譚嬤嬤忙上前攙扶。「太太沒事吧？」

蕭氏轉頭看看滿屋的狼藉，提起帕子擦擦額頭上的汗，苦笑道：「沒事，總算安靜下來了。」

第六十二章

第二天，琳怡早早起床陪著長房老太太用了早膳，長房老太太剛讓人準備了青油小車，蕭氏就過來了。

蕭氏穿著紫色梅花衫，臉上施了重重的脂粉，仍舊不掩憔悴。看到長房老太太，蕭氏眼睛紅起來。「老太太，您說這可怎麼好，老爺將昨晚的事都忘了，也不記得從康郡王那裡拿了玉帶。」

人醉得糊裡糊塗還能記得什麼。長房老太太撐起身子看蕭氏。「昨晚老三都跟妳說了些什麼？」

蕭氏仔細回想。「老爺彷彿答應了什麼……早晨我問老爺，老爺卻也想不起來……」雖然早有準備，長房老太太仍舊忍不住皺起眉頭。「老三呢？」

蕭氏道：「老爺吐到半夜，今天早晨才醒了酒，不敢耽擱差事去了衙門。老爺說，不敢收那玉帶，要找機會送回給康郡王。」

陳允遠早晨起來便對酒後失德悔之不及，說什麼也要將玉帶送還。

康郡王能將玉帶收回最好了，若是不收……長房老太太看向琳怡。「六丫頭別回二房了，收拾收拾，明日和我去太后母家作客。」

琳怡點點頭。不管康郡王那邊做什麼打算，上摺子的總是父親。眼下只要康郡王能幫忙將父親留在京裡，接下來就要看能不能將信函送給太后。

六月的天氣，炙熱的太陽罩在頭頂，悶得讓人喘不過氣來，好容易吹來一陣風，貼在臉上也是熱滾滾的。

陳允遠坐在窗邊寫考績的表格，才寫了一頁紙，額頭上就出了層汗，好不容易穩住心神將表格寫好，也到了下衙的時辰。

陳允遠迷迷糊糊地出了衙門，跨過門檻腿上一絆，差點就摔在地上，多虧身邊的小廝眼明手快，上前將陳允遠攙扶起來。顧不得休息，陳允遠讓人尋了康郡王身邊的小廝桐寧打聽消息。

那桐寧晚上剛好有空，陳允遠欣喜若狂，選了僻靜的地方，將拿了禮物的事說了。「這怎麼說的，我走的時候醉醺醺，不小心將東西拿了，小哥幫幫忙和康郡王說說，盒子裡的物件我是碰也沒有碰的。」

桐寧為難起來。「您說的是什麼禮物？」

陳允遠嗓子一啞。「是條玉帶。」

桐寧也有幾分驚訝。「陳老爺說的可是那只烏木牡丹雕花盒子？」

陳允遠點頭。「正是。」

桐寧道：「小的也不知道那盒子裡裝著什麼，既然郡王給了老爺，定是給老爺的回禮了。老爺若是將那禮物還回來，郡王定會將老爺送來的禮物也還給老爺。」

這是怎麼回事？陳允遠一下子怔愣在那裡，那條玉帶真的是康郡王送給他的？

桐寧站起身向陳允遠行禮。「郡王從來不會隨便收旁人的禮物，便是收了也一定會回禮，這是郡王的規矩，小的是不敢自作主張替陳老爺傳話。」

陳允遠不知道說什麼才好，將禮物送回去那就是不識好歹，也就得罪了康郡王。不送回去，這份禮物就像燙手的山芋……

「小哥，」陳允遠喝了口茶水，問起昨晚的事。「我昨天在郡王面前有沒有失禮？」

「那倒沒有，」桐寧笑道。「老爺和郡王爺藉著酒興對詩，沒想到喝了半壺酒老爺認輸自罰舞劍，後來我們才知曉原來老爺醉了。郡王爺去攙扶老爺。老爺身子不痛快，吐了郡王爺一身……」

陳允遠驚訝地睜大眼睛。「我吐了郡王爺一身？」那……那可怎麼得了……

聽得這件事，陳允遠不敢再將還禮物的事掛在嘴上，桐寧也怕誤了康郡王的事，起身告辭。陳允遠忐忑不安地回到家中，蕭氏忙上前問結果。陳允遠只覺得口渴，連喝了兩碗茶之後，木然地道：「將禮物妥善收好，再也不要提還禮兩個字。」

蕭氏「啊」了一聲，怔愣在那裡，好半天才似回過神，轉身去拿梨花架上的薰爐，爐蓋打開，燻煙撲面而來，蕭氏被嗆得立即咳嗽起來。

二老太太董氏讓人在三足珐瑯燒藍花瓣口香爐裡添了通竅的藥香。不多一會兒，二老太太打了個噴嚏，這才揮揮手讓人將香撤下。

「怎麼樣？」二老太太低聲問。

董嬤嬤忙上前道：「聽說三老爺是和康郡王飲酒。」

二老太太抬起眼睛。「康郡王？老三怎麼會識得康郡王？」

董嬤嬤道：「該不是長房老太太求的鄭家……」鄭家如今連自己屁股上的屎都擦不乾淨，還有精神管旁人？

二老太太身子歪在羅漢床上。「也有可能，鄭家也該為自己尋條出路。要知道鄭閣老年紀大了，鄭家子孫又沒有出挑的人才，鄭氏族裡十年沒有出過兩榜進士，翰林院裡後繼無人，鄭家光靠惠和郡主又能如何？要知道致仕的閣老有幾個是善始善終，人走茶涼，就算在家中養老一樣，被人一本奏摺參上去。」鄭閣老在位十幾年，沒少得罪人。「要不然鄭家怎麼會小心翼翼，不敢明著得罪賴在她家裡的褚氏母女。」

內室裡的琳婉停下手裡的針線，仔細聽著外面說話。她早就讓冬和出去打聽了貞娘母女，原來貞娘的祖父任過戶部尚書，且褚家是大族，貞娘母女能從新城府進京來都是族裡人幫襯，如今褚家護送的族人就住在京裡，鄭家隨意打發了貞娘母女，褚家定不肯干休，除非鄭閣老出面，幫襯褚家後人博個好前程。

若不是作此思量，褚氏一族何必為孤兒寡母大費周章？沒想到鄭家倒是一直容忍貞娘，讓貞娘隨意在家裡撒潑。

二老太太董氏沈吟片刻，讓董嬤嬤將屋裡的琳婉叫出來。

二老太太低聲吩咐琳婉。「鄭二太太不是讓妳去幫著鄭三小姐做針線嗎？妳就過去，鄭家有消息就小心地聽回來。」

琳婉有些害怕。「我還沒自己一個人出去過。」

二老太太道：「多帶幾個丫鬟、婆子就是，能和鄭家小姐這般往來，是妳的福氣。」

琳婉這才勉強答應了。

二老太太露出欣慰的笑容，讓董嬤嬤挑出幾個得力的丫鬟、婆子撥給琳婉用，又囑咐董嬤嬤叫來成衣匠，給琳婉多做幾套衣裙。

一時之間，又是頭面又是屋子裡的擺件，全都堆去琳婉的閨房裡。陳大太太眼睛也看直了，老太太什麼時候這樣待過她們。大太太拿起蜀錦在琳婉身上比對，琳婉雖然長相平平，穿上這些好料子的衣裙也添色不少。

大太太笑咪咪地拉著琳婉在床邊坐下。「多和鄭二太太說話，琳芳那些逗人的本事妳也要學一學，別一門心思就幫鄭三小姐做針線。」

琳婉柔順地低頭應了。

若是能攀上鄭家這門親，老爺還愁補不到實職？琳嬌不過才嫁去了袁家。

送走了大太太，琳婉坐在床上接著繡花，冬和遣走房裡的其他人，走到琳婉身邊低聲道：「康郡王送給三老爺一條黃玉玉帶。」冬和噘起嘴來。「一定是長房老太太幫忙讓三老爺一家攀上了康郡王，長房老太太疼六小姐，二老太太疼四小姐，只有小姐最可憐。」

「不要亂說，」琳婉看了冬和一眼。「六妹妹對我是很好的。」

冬和冷笑一聲。「我的小姐，您就醒醒吧，六小姐對小姐好，怎麼從來不和小姐說實話？小姐替六小姐說了多少好話，六小姐可曾幫襯過小姐？將來就算六小姐發達了，也不會照顧小姐的。長房老太太送給六小姐那麼多好東西，六小姐可從來沒給過小姐，倒是小姐時時刻刻將六小姐的好掛在嘴邊，六小姐不過就是不在人前奚落小姐罷了——」

「好了，」琳婉打斷冬和的話。「妳出去吧，我自有道理。」

琳婉從笸籮裡拿出繡線，接著繡眼前的百福紋。中間一顆金線走邊的白菜，四角繡的是蝙蝠。

這樣漂亮的繡品，鄭二太太看了就拿出去炫耀。「心巧，手也巧呢。」

康郡王的嬸娘周夫人在鄭家作客，看到這特別的百福紋，也放下手裡的茶去看。「這是誰繡的？」

「還有誰？」鄭二太太笑著道。「上次我跟您說過的陳家三小姐。」

陳三小姐？剛才向她行禮的小姐？長相平平，遠遠不如她兩個妹妹。周夫人笑道：「怪不得，瞧著就是個仔細的孩子。」

鄭二太太也抿嘴笑了。

周夫人喝了些茶，忽然想到。「怎麼不見惠和郡主？」

鄭二太太臉上奇異的表情一閃而過。「跟著我們老夫人去了國姓爺家。」

國姓爺？周太后的娘家？

周夫人笑道：「我來得真不巧。」

鄭二太太打發人去拿葉子牌來。「我們也不知道呢，老夫人走的時候也才聽到消息，是跟陳家老太太一起去的，說是好久不曾會友了。」

鄭老夫人帶著陳老太太去周家？周夫人目光一閃。最近她頻頻聽到陳家的消息。

鄭二太太又道：「我們七小姐平日裡是不愛出去湊熱鬧的，不過和陳六小姐要好，聽得陳六小姐要去，也跟著一起去了。」

那個陳六小姐，人前進退十分有主見，這樣的性子不是好擺布的。才進京幾日就和鄭七小姐要好，惹得鄭老夫人不住嘴地稱讚，更讓陳老太太這般疼愛……打聽到的消息越多，就越讓她驚訝。

這並不是件好事。

想到這裡，周夫人笑了。「將幾位小姐都請出來，我好久沒聽她們說話了。特別是三小姐，雖然就要出嫁了，都是自家人，不用非要避嫌吧！」

鄭二太太笑道：「也好，就將她們叫來熱鬧。」

琳怡第一次到鄭家的時候，只覺得鄭家的院子處處透著精緻，一山一水都是仔細雕琢的，怪不得人人都說美。到了世襲一等興晟公的國姓爺家，周家比鄭家大了足足幾倍的園子透著一股大氣。

亭臺樓閣藏在鬱鬱蔥蔥的樹木中間，更有深潭水幕，玉石拱橋彼此呼應又各成一景。

女眷們下了轎子，索性邊看景色邊往花廳裡走，待客的周大太太就笑著道：「我們坐船去水塢裡，我們老夫人聽說有幾位老祖宗一起來了，就一早在水塢裡等著。」

鄭老夫人笑道：「原是要給老夫人請安，沒想到倒勞動了老夫人。」

「哪裡。」周大太太笑著道。「老人家念叨得緊，只想找同輩人說話呢，早就看我們這些人厭煩了，只不過我們沒臉面請各位老祖宗罷了。」

周大太太真會說話。越是家世顯赫的女眷往往越是長袖善舞。

第六十三章

周二小姐將目光瞥向陳老太太身邊的琳怡。這個就是闖進著火的屋子救人的陳六小姐。在她心裡，能做出這種事的定然是長相粗厚性格直快的人，卻沒想到看起來如此清麗。

周二小姐正要去和鄭七小姐、陳六小姐說話，惠和郡主便笑著看向周二小姐。「一眨眼，琅琅出落得這般漂亮了。」

周二小姐立即紅了臉，微蹲身子向惠和郡主拜下去。

惠和郡主看著周大太太笑道：「還是妳有福氣，不像我養了個猴兒在身邊，每日都要被她鬧得頭疼。」

鄭七小姐聽得這話鼓起臉頰。「沒有我鬧，母親還嫌清靜了呢。」

惠和郡主掩嘴笑。「妳們瞧瞧我可說錯了？」

周二小姐如白蓮般的臉上綻出一抹笑意。

琳怡也不禁多看了兩眼，周二小姐這般才是真正的大家閨秀，氣質沈穩、眉目疏朗，舉手投足都透著嫻靜，是寧平侯五小姐不能比的。怪不得周十九會棄掉寧平侯五小姐求娶周二小姐。

到了湖邊，早有家人準備好掛著宮燈繪彩的小船，踩著玉石臺階，只邁一步就能到船上，幾位來作客的小姐都覺得十分有趣。

船行到湖中央，抬起頭正好能看清湖中的水塢。水塢四周掛了水青的鮫紗，被風一吹，如同雲霧繚繞的仙境。先帝在位時，周太后就備受帝寵，加之母家的赫赫功名，國姓爺一家顯貴一時。新皇登基前，先帝開始修剪外戚枝葉，周太后母家也就首當其衝。大家本以為新皇登基之後，會再度啟用周太后母家，卻沒想到新皇帝對外戚也避諱甚深，加之輔政大臣從旁作梗，周家也就漸漸和普通勛貴、宗親沒有兩樣。

周家雖然不如從前，園子裡的景致卻還依舊。

周老夫人穿著薑黃色妝花壽紋褙子，拄著瑞祥雲頭枴杖，讓人扶著站在亭子裡迎鄭老夫人和陳老太太。

鄭老夫人和陳老太太給周老夫人行禮。

周老夫人故意板起臉來。「我們年紀大了不拘這個，沒得讓小輩們瞧著笑話。」

三位老祖宗笑說著話，女眷依次上前行禮。

第一次見琳怡，周老夫人特意多瞧了兩眼，又說了客套話，讓人拿了一個碧玉柄牡丹鮫紗宮扇給琳怡。「嬌弱的小女兒，千萬別曬傷了。」

鄭家待客周到，很快來赴宴的小姐手裡都有了宮扇。

水塢用白石做基，上面是一大一小兩間似船艙般的亭子，亭子四角用蓮花香爐燒了驅蟲的香草，各家小姐行過禮之後就去小亭子裡說笑，周二小姐做茶待客，大家都驚於周二小姐嫻熟的手法。

「姊妹們想玩什麼？」周二小姐抿嘴笑道。「起詩社還是鬥棋鬥茶？我已經讓人籌備好了。」

泰安侯家的小姐道：「姊姊不如和我們一起做詩社。」

周二小姐笑著擺手。「我不過就讀了些女書，哪裡會作詩？還是姊妹們自己玩得痛快，我就在一旁伺候茶點。」

說話不卑不亢，周二小姐還真是很賢慧。

眾位小姐和周二小姐湊趣笑談。

琳怡正想要過去，鄭七小姐將琳怡拉去一旁。「我們玩我們的，不與她們摻和。」

看著鄭七小姐疏離，琳怡微微驚訝。「怎麼了？」

鄭七小姐癟癟嘴。

鄭七小姐小孩的心性又發了，琳怡笑道：「該不是郡主誇得周二小姐多些，妳就生氣了？」

鄭七小姐驚訝地瞧著琳怡。「妳也覺得她好？」

周二小姐至少待人還真誠，並不是一味算計旁人，性子也溫和又能識禮讓人，現在她還沒看出有什麼不好。不過要斷定一個人，並不能只看朝夕。

周二小姐來叫鄭七小姐和琳怡過去喝茶。

剛喝過一盅，周二小姐笑著問琳怡。「我聽說妳做了個魯班鎖的香囊，能不能給我瞧瞧？」

琳怡沒有戴香囊，鄭七小姐倒是不離身的。

周二小姐看過之後，溫和地緩緩道：「我也要請六小姐幫忙做一只，之前我試了幾次都沒做成呢。」

琳怡笑著點頭。「明日我就做好了讓人送來。」

周二小姐笑道：「這可了了我一樁心事，我對這些東西本來就一竅不通，著實冥思苦想好幾晚，卻也不好冒失地去和陳六小姐要。」

琳怡和周二小姐相視一笑。「我也是坐車來京裡的時候實在煩悶，才想出來的主意。」

話剛說到這裡，只聽周大太太笑著招呼周二小姐。宴席那邊，惠和郡主的眼睛透亮，也盯在周二小姐身上。

這樣明顯的意圖讓周二小姐紅透了臉，站起身向鄭七小姐和琳怡道：「兩位妹妹稍坐，我去去就來。」

周二小姐離座，琳怡笑著看鄭七小姐。「如何？」

鄭七小姐負氣搖頭。「沒見得就哪裡好了。」

琳怡親手給鄭七小姐添了茶。看這個樣子，周大太太也很滿意這門親事，否則不會和惠和郡主一拍即合。

周二小姐嫁給康郡王為妃，鄭七小姐和周二小姐相處的日子還長著。

水塢不遠，高高築了戲臺。

女眷吃過宴席就回到水塢看戲。周老夫人和鄭老夫人、陳老太太怕勞累，先回去了主屋說話。

寬敞的大堂屋裡，幾位老太太坐在鋪著錦墊圓枕的高椅上。

周老夫人問起陳老太太的身體，陳老太太順道提起了袁家。「也是不省心，還好度過了難關，等親家老爺回來，一家人總算團圓了。」

周老夫人支起身子問：「聽說袁學士在尚陽堡辦學編書目？」

陳老太太道：「我也只是聽姑爺說起。袁學士服完監刑，就出來辦學。」

周老夫人似是十分敬服袁學士的作為。「真是難得。」

是個好開頭，至少能主動問起陳家的姻親袁家。要知道袁學士被流放和朝廷上文武之爭脫不開干係，周家這個外戚又何嘗不是被先皇認定的輔政大臣壓制，其中就有成國公的勞。

鄭老夫人端起茶喝了一口，嘆氣。「好在袁學士夫妻身子還算硬朗。」

既然話題已經引開了，陳老太太不留痕跡地這時候插話。「我那姑爺被朝廷帶走了，我們大姊兒跪在佛前三天三夜。」這些年朝局動蕩不安，京城裡的大戶有多少被官兵進進出出，大家都做驚弓之鳥，就算周家是外戚也難免看著心驚。

下人端果子進屋之前，陳老太太正好說到吳家。「那吳家小兒我從前還是見過的，一表人才，真是可惜。」

吳家的案子斷得太快，殺人都沒有等到秋後，京裡好久沒出過這樣的大案。說到朝局，屋子裡的氣氛凝重起來。

小丫鬟捧杯奉盞來回穿梭，也就打斷了屋內的談話。不一會兒工夫，周大太太領著周家晚輩來給鄭老夫人和陳老太太磕頭。

幾位老祖宗應付了好一陣，周老夫人讓周大太太服侍著去更衣。

兩個人進了外面的小院，周大太太按捺不住問起來。「陳老太太是不是有事要求老夫人？」

周老夫人頷首。「和福建的事有關。」

周大太太表情頓時凝重起來。「會不會是要利用我們……」身為外戚，就要處處小心。鄭老夫人也跟著來了，說明此事不簡單，眼下這個節骨眼誰也不好相信，要知道這些年有多少人挖好了坑，就等著他們跳進去，御史的眼睛可都盯著她家呢。

「好辦的事鄭家就出面了，不會求到我們家。」周老夫人道。「前朝的事怎麼能瞞過成國公？陳家這是要讓我們求太后娘娘。」

後宮不得干政，這塊板子砸下來，太后娘娘也要被牽連，到時候，吃虧的是他們家，得利的就不曉得是誰了。

周大太太道：「不能答應啊，我們家隱忍了這麼多年，不能就前功盡棄。」說的是，不能前功盡棄。

周老夫人看向周大太太。「陳家六小姐不是跟著來了？妳去探探陳六小姐的口風。」

陳六小姐……那是十三、四歲的小姑娘。

「陳家老太太是老人精，怎麼可能說出實話？」

周大太太道：「陳家不一定會將這些告訴六小姐。」

周老夫人抬起眼睛，意味深長地笑了。「不見得，陳老太太將陳六小姐捧在手心裡，老太太這次也是為了陳三老爺才出面，陳六小姐怎麼會什麼都不知曉？」

周大太太頷首。「那媳婦就去問問看。」

周老夫人回到堂屋接著與鄭老夫人、陳老太太說話，周大太太帶著幾個丫鬟拿了些晾曬好的花瓣做好的荷包送給各位小姐。

周大太太笑著道：「都是園子裡的花，開得最豔時取下來的，又用花粉灑上晾曬，聞起來更香些。」

味道都不大一樣，大家笑著挑了。

周大太太說完看向鄭七小姐。「鄭七小姐要不要鞭陀螺？」

鄭七小姐原本坐著無聊，聽得這話眼睛冒光。「好呀。」

周大太太掩嘴笑。「白露院裡倒是有不少，我卻不會挑，不知道妳們喜歡哪種。」

鄭七小姐笑著拉起琳怡。「我們跟著大太太去選。」

鄭七小姐性子直爽，聽到這種事一定會上前，自然而然也會拉上身邊的陳六小姐。周大太太笑瞇起眼睛。「好。」

第六十四章

「陳六小姐在福寧長大？」周大太太不經意地問起。

琳怡點頭。「我們兄妹兩個很小就跟著父親母親去了福建。」

「福寧怎麼樣？」周大太太不經意地問起。

鄭七小姐已經笑著挑了兩只彩螺。

琳怡垂下頭。「不太好。」

周大太太不為人知地微抬眼睛。果然讓老夫人料中了，陳六小姐八成會提陳三老爺差點被御史參奏的事。陳六小姐和御史家小姐不就是因此在鄭家拌嘴？陳六小姐順著這件事說起陳三老爺為官剛正不阿，好讓她們在太后面前提起，陳家就是想藉著太后尋個好出路。

琳怡也在思量。周大太太獨自帶著鄭七小姐和她來挑陀螺，她就知曉周大太太有話要問她。

定是長房老太太那邊不順利，否則周家就不會來試探她的口風。

她是要裝作一無所知，還是把握住這個機會為父親爭取？

畢竟只有這一次機會。

屋子裡靜悄悄的，琳怡的聲音也格外清楚。「福寧雨水重，到了夏天，大半時間都要在屋子裡，我們都還罷了，只要夏天，父親就要住去衙門，我們就要盼著雨快點停，父親能平安回來。父親因此落下了腿疾。福建的濕氣大，父親從小在京裡長大，身子受不住這個，母親就說若是能回京定然能找到好郎中，我們兄妹這才跟著父母一起回來。」

周大太太沒有想到陳六小姐真的說起家常來。

旁邊的鄭七小姐也停下手來，眼巴巴地看著琳怡。「姊姊在福寧受了許多苦。之前不是說一直要搬家嗎？」

平日裡閒話的事，鄭七小姐倒是記得。琳怡點頭。「是啊，母親這次回京還說，京裡氣候好，住得舒坦，還能時常見到長輩。」

周大太太眼睛一閃。小蕭氏的娘家是京城的，在外這麼多年，想家也是有的，不過陳三老爺就不一定了。考滿評個優，陳三老爺就要升正職，那可是有前程的實職，告倒成國公和福建一批官員，說不得就會做了知府，外官到了知府，已經是快要摸到天了。

周大太太不接話是想要聽她往下說，還是對她說的話不感興趣。

是不是她猜測錯了，周家想要聽到的是父親官途不順，陳家如同溺水的人，周家是最後一株稻草。

琳怡停頓了片刻，慢慢沈靜下來。「這幾年父親也總提落葉歸根。」

陳三老爺想要留在京裡？

「姊姊呢？」鄭七小姐忍不住問。

琳怡期望地笑了。「我自然也是想留在祖母身邊。」

鄭七小姐從琳怡勉強的笑容裡似是看到泥濘的院落、冒著雨搬遷，不時還有災情傳來，說不得晚上也睡不了安穩覺。果然還是留在京裡最好。

琳怡這邊說完話，陳老太太也說到將陳允遠留京的事。「我年紀大了，身邊總不能沒人照應，我這次來是想要求求老夫人，能不能想法子讓老三在京裡補個員外郎。」

各部員外郎，那可是不如知州的虛職，雖然同樣是從五品，員外郎不過就是各部辦事的小官，周老夫人驚訝。「好不容易做到知州，怎麼就要回京了？」

陳老太太微微一笑。「不怕老夫人笑話，我年紀大了，身邊總想有個人照應，老三在福寧這些年身子也壞了，想要討個閒職……您也知道，我們陳家現在沒有人能幫上忙。」

周老夫人嘆口氣。「現在的政局不簡單，我晚上和公侯爺說說，看看能不能幫忙。」

「還有一件事。」陳老太太謹慎地看看左右。

周老夫人吩咐屋子裡的丫鬟、婆子退下。

陳老太太這才敢說。「剛才我們說起蓮花胡同的吳家後生，有一封呈給聖上的信函落在我們老三手裡，我們老三避嫌，就放在我老婆子這兒。我是沒有見識的，不知道該怎麼處置，就想著尋老夫人討個主意。」說著從身邊的嬤嬤手裡接過帶鎖的盒子，用精巧的鑰匙將盒子打開送到周老夫人眼前。

紅漆封的信函，上面刻著「獻長」兩個字，顯然是吳獻長親筆寫上去的，是否真跡，只要拿去皇上手裡留封的親筆字比對就知一二。

周老夫人眼睛一跳。「怎麼人死了，這密信才遞上來？」

陳老太太道：「我也不知，我們也不敢隨便說與旁人。」

吳獻長怎麼死的大家都知曉，這封密信到底說了些什麼，卻又猜測不出。

周老夫人微皺起眉頭思量起來。

到了下午，琳怡帶著五、六個荷包，滿車廂的香氣回去陳家。

「周老夫人沒將信收下。」長房老太太看著琳怡道。

琳怡不太著急。「伯祖母不是早說，周家不會痛快地收下。」

周家這樣的外戚都警覺得很，絕不會輕易答應。

「周大太太還問我在福寧時的情形。」

長房老太太沒有驚訝。「妳怎麼說的？」

琳怡露出委屈的表情。「孫女就說生活不易，父親想要落葉歸根，我想要留在伯祖母身邊。」說著笑起來。「我最後一句話是真的。」

長房老太太笑著點頭。「妳怎麼沒說說妳父親在福寧官途不順？」

琳怡笑著拿出毯子給長房老太太蓋在腿上。「孫女也想過，可想想若是說了這些，將來吳大人的密信交上去，皇上辦了成國公，那最大的功勞不就是父親的？父親忍辱負重在福寧這麼多年，還不就是為了今天，周家頂多算是將密信遞給太后娘娘。反過來，父親沒有在意這封信，就是周家大功一件。周家要冒險送信，也要圖大利才行。」功勞幾家分，周家不肯吃小的那份。

長房老太太點頭，而後嘆口氣。「本來就是妳父親忍辱負重這麼多年，就這樣讓人占了大頭，妳就一點不替妳父親委屈？」

琳怡搖搖頭。「又不是一朝一夕的事，再說大魚吃小魚、小魚吃蝦米，本來就是這個理。想要一下子獨攬功勞，也是要獨自擔風險，父親在朝廷裡也沒有特別的關係，很難將這件事做成。」

長房老太太會心一笑。「若妳是男子，我們陳家將來就有望了。」

前面陳家的馬車走遠了，鄭七小姐和惠和郡主也坐上了車，周大太太帶著周二小姐在車前又再三挽留，惠和郡主乾脆一鼓作氣讓周大太太母女來鄭家賞菊，周大太太笑著應下了。

馬車出了胡同一路馳上大道，惠和郡主嘆口氣。「不知道十九叔怎麼想的，寧平侯要巴結五王爺，已經讓人進宮尋惠妃娘娘說項，萬一這門親事成了，丟了臉面的可是十九叔。現在既然得了消息，還不提前打算，要等著寧平侯先反悔不成？再說，寧平侯五小姐如何能及得上周二小姐？」

鄭七小姐雖然不喜歡母親整日將哪家小姐掛在嘴上，卻對這句話深以為然。「母親要暗自高興才對。之前的寧平侯五小姐，也是母親幫忙牽線的呀。」

惠和郡主哭笑不得，伸出手來點鄭七小姐的鼻子。「竟然編排起妳母親來了。」惠妃娘娘勝過了當年貴妃娘娘的恩寵，誰不想攀上寧平侯府這個靠山？想著嘆口氣，要不是因輩分的原因，她就將小七嫁過去豈不是更好？

馬車到了鄭家，鄭七小姐捧著一盒子陀螺興沖沖地進屋要找下人鞭起來試試。下人來報，周夫人來家裡作客，鄭七小姐只得先去給周夫人請安。

惠和郡主扶了鄭老夫人，周夫人笑著給鄭老夫人行禮。

鄭老夫人忙道：「這可使不得，我該給您請安才是。」

周夫人笑著。「我們行家禮。」

鄭老夫人失笑。「就算行家禮，您也是長輩。」宗親的輩分是最難算的，平日裡也就馬馬虎虎算了，到了正式場合，七十歲的晚輩、十幾歲的長輩那都是有的，這位周夫人正是輩分高，年紀輕。

周夫人打趣道：「那我和老夫人要論私交。」

鄭老夫人拉著周夫人。「怪道人都說您是一等和善的人。」

大人在堂屋裡說話，鄭七小姐應付了幾句，就找了藉口回到自己的院子裡，看著下人鞭陀螺。

喝著冰鎮過的酸梅湯，鄭七小姐舒服地吁口氣，吩咐櫻桃。「讓人將這桂花酸梅汁給陳六小姐送去嚐嚐。」廚娘新調的味道，比往常的都要好喝。

櫻桃道：「小姐什麼都想著陳六小姐，這酸梅汁陳家怎麼會沒有，這樣送去算什麼？反正陳六小姐常來往，下次再讓廚娘做來就是。」

鄭七小姐嘆口氣，想及琳怡在國姓爺府上說的話。「陳六小姐在福寧可是受了不少苦呢。」

「妳怎麼知道？」

鄭七小姐聽到聲音忙站起身。

陽光從樹蔭處投下來，斑駁地落在男子的流雲外褂上，秀朗的面孔上掛著清淺的笑容，無論誰站在他身邊都會黯然失色。她是見慣了才不會大驚小怪。除此之外，在十九叔面前能泰然自若的就是陳六小姐了。

鄭七小姐上前行了禮。「是陳六小姐自己說的啊。」

「是在周家說的？」

鄭七小姐點頭。

周家這次定會答應將信函送去太后面前。想要周家幫忙，就要看透周家的想法。這是她所長。

周十九眼睛揚起。裡面的笑容無波無塵般清朗。她說的在福寧「受苦」不過是誆騙周家的說法罷了，福寧日子不好過，理所當然想要留在京裡，陳家送信上門不求升官，只求在京裡平安度日。周家是政場上的狐狸，想要讓他們幫忙不簡單。

有了陳家遊說，就讓他省了不少的心思。

陳六小姐。

第一次聽到有人說起她，是他去福寧的時候拜訪好友。好友的妹妹是鼎鼎有名的才女姻語秋，那年，姻語秋做了女先生。

姻語秋名聲極響，多少高門大戶家的女子都想拜她為先生，姻語秋提出條件，鬥琴贏了她的，她才肯教。哪個鬥琴能贏姻語秋，不過就是託詞罷了，沒想到真的有人抱了琴上門，就此姻語秋就教了位家中故人的女兒。

那個學生就是陳六小姐。

耳聞相隔多年，直到那日才見到真人。

果然如他料想的那般聰慧。

私下裡提起福寧，陳六小姐和十九叔一樣，嘴角都是有那麼一抹舒雅的笑容。

鄭七小姐微皺眉頭。「十九叔，你去過福寧，福寧那邊到底怎麼樣？」

周元澈剛要說話，眼睛一掃，看到不遠處立著個身穿石榴衫的女子，他不留痕跡地轉身走開。

第六十五章

鄭七小姐轉頭看到立在一旁的陳琳婉，驚訝地喊了聲。「陳三姊姊，妳怎麼在這裡？」

琳婉不疾不徐地向鄭七小姐行禮。「聽說妹妹回來了，我來和妹妹說句話。」

鄭七小姐看著琳婉臉上甜美的笑容，就要上前親近，一時想到琳怡提醒她的話，熱情立即少了三分。

琳婉似是沒有發覺，依舊聲音悅耳。「我帶來一條汗巾子，看看妳喜不喜歡。」

蝴蝶逐花的式樣，正好配她那條軟金羅裙。

鄭七小姐笑著拉起琳婉的手。「謝謝姊姊為我費心。」

琳怡也伏在長房老太太膝前說往事。「我哪裡會彈琴？沒辦法，就帶了無弦琴去。我跟先生說，琴音由心生，我帶了誠心，卻怕輸給先生，就沒帶琴弦。」

旁邊的白嬤嬤聽了也忍不住要笑。

長房老太太更是哭笑不得。「這樣先生也肯教妳？」

提起這樁公案，琳怡也有些不好意思。「求學就要厚臉皮。」

長房老太太肩膀一抖。「這是哪兒來的話？」

琳怡睜開黑白分明的眼睛。「父親教的啊，父親為了給我們兄妹請先生，費了好多心思。」

在福寧的日子是很快樂的。

下雨的時候，哥哥和她沒有躲在屋子裡，而是讓人在後院憋池塘、放鴛鴦。下過雨後的天氣格外清新，晚上可以放孔明燈，哥哥偶爾讓小廝買些煙火，沒有煙火，他們就燒青竹，雖然沒有京裡生活舒適，卻是無拘無束，所以來到京裡，她才對外人少了份防備。

長房老太太嘆氣。「現在就看周家的意思了。」

琳怡的示弱很快帶來了好處。周家讓人送來了一筐蜜桃。這個時節能吃到這麼大的桃子實在不易。

長房老太太臉上總算有了笑意。「看來我們要給周家回禮了。」

一筐桃子，換了封書信。

皇太后千秋，宮中設宴，內命婦、外命婦前去慈寧宮朝賀。一時之間，宮門口異常繁華，琳怡聽長房老太太說從前進宮時的情景。

「外命婦都要去的，從前宮裡擺宴，我都和鄭老夫人、袁老夫人一道……」說到袁老夫人，長房老太太算算日子。「袁家也該被送進京了。」

祖孫兩個正說著話，白嬤嬤帶進來消息。「林家出事了。」

琳怡放下手裡的蜜桃，用旁邊的軟巾擦了手指。

長房老太太抬起眼睛。「怎麼了？」該不會是與吳家的事有關？林家之前派人去過畫舫尋吳大人的妾室，若是被人順藤摸瓜，勢必要找到他們陳家。

白嬤嬤道：「不知道林家老爺怎麼認識的一群悍匪，在城外犯了事，將林家老爺招認出來，還說要替林老爺尋什麼人。」

長房老太太神色不虞。

書香門第出了這種醜事，定會被人抓住不放，只要跟這事有半點牽連，都會被拽出來。

長房老太太掂動佛珠。「好在這件事現在才鬧開。」要是早一步，說不得周家就不能再送書信。

長房老太太吩咐白嬤嬤。「讓人多留意，有消息就回來稟告。」

白嬤嬤應一聲快步出去安排。

「該來的還是要來，」長房老太太看一眼琳怡。「六丫頭，妳怕不怕？」

琳怡搖搖頭。「不怕。就算鬧開了，前面還有周家、鄭家和林家。」天塌了還有個高的頂著，他們一個小小的陳家肩膀窄身子弱，擔不起多大的重量。

長房老太太點點頭。

琳怡沈下眼睛。有人撒網在前，如今是收穫的時候了。

周家將信帶進宮中之後，整個京城似是一下子靜了下來。連續半個月的酷熱天氣，院子裡的竹子彷彿都無精打采。

終於迎來一場大雨，袁家管事婆子一邊抹額頭上雨水，一邊報喜。「我們家老爺、太太回來了。」

長房老太太將茶杯遞給琳怡，笑道：「幾時進京？」

袁家婆子道：「大約申時。二奶奶說，請老太太明日過去呢。」

長房老太太笑道：「好，明日我們一定去。」

袁家人走了，長房老太太吩咐白嬤嬤。「去準備準備，明日我和六丫頭去袁家。」

聖上招袁學士回京的聖旨一下，袁家反倒如臨大敵，平日裡即不見客，更不出門赴宴，只等著袁家老爺、太太返京。如今袁學士踏進袁家大門，隱忍了許久的袁家，如同被扔進油鍋的水滴，一下子炸開了花。

袁家遠近的親戚全都上門賀喜。

長房老太太和琳怡在袁家的垂花門下了車，抬頭就看到笑容滿面的林大太太。

林大太太雖消瘦了些，精神倒還好，上前給長房老太太請安。「老祖宗來了。」

長房老太太笑著看林大太太。「好久不見了，家中一切安好？」

林大太太表情僵了僵，仍舊強笑。「託老祖宗的福，都好著，只是青哥要臨試了，我也是忙裡忙外不得閒。」

父親被戲子陷害的事八成是林家所為，難得林大太太在長房老太太面前還能泰然處之。

林大太太說完話又拉起琳怡的手。「瞧瞧，這才幾日不見啊，陳六小姐出落得更漂亮了，真真是讓人看了挪不開眼睛。」

林大太太滑膩的手、那雙波含深意的眼睛，讓琳怡渾身不舒服。

上輩子她進了林家門，拜長輩的時候，林大太太連眼皮也不曾抬一下，只是冷淡地吩咐喜娘將她扶進新房，而今卻似將她當作親生女兒般。

袁大奶奶在旁看了抿嘴笑。「林大太太在我面前不知道提了多少次陳六小姐。」

琳怡想起惠和郡主相看周二小姐的情形，可不跟現在正好相似，周圍的女眷也都在瞧著林大太太和她，況且還有袁家人在旁邊說項。

好在長房老太太已經知曉林家嘴臉，不會點頭答應林家。

長房老太太看看袁大奶奶，不留痕跡地轉開話題。「親家老爺、太太可好？」說著話，伸手讓琳怡攙扶著向前內院走去。

琳怡輕巧地脫離了林大太太的掌控。

林大太太臉上笑容收斂了一半。

袁大奶奶道：「大太太瘦了一大圈，身子骨不大好，大老爺精神倒是不錯。」

長房老太太嘆氣。「任是誰被這樣折騰都要如此。」

袁大奶奶拿帕子擦眼角。「可不是。大太太知曉二弟妹懷了身孕，這才寬慰許多。」袁大奶奶拿下帕子。「大老爺、大太太回來之後就念叨親家老太太，若不是親家老太太，哪有我們袁家今日。」

袁大奶奶這般逢迎，是怕長房老太太在袁大太太面前說起袁氏一族對袁二爺夫妻不管不顧的作為吧！

琳怡扶著長房老太太慢慢向裡面走。這些話哪裡用得著長房老太太說，大姊夫也會向袁老爺稟個清楚。袁氏一族雖然太過世故，可也算不上是喪盡天良，大姊夫入獄，袁氏一族總算妥善照顧大姊。光憑這一點，大家也就睜隻眼閉隻眼算了。

長房老太太笑著道：「這話嚴重了，我一個老太婆又能做什麼。」

幾個人剛要走到堂屋，後面有丫鬟道：「陳二老太太和兩位陳小姐來了。」

二老太太董氏帶了琳婉、琳芳一路趕了過來。

「我去看嫂子，才知嫂子已經先走了。」二老太太董氏笑著道。

袁學士回京彷彿就變作了一塊肥肉，無論是誰都想要湊過來咬上一口，畢竟這麼快被朝廷從尚陽堡召回來的官員少之又少。

琳芳向琳怡努努嘴。「六妹妹怎麼也不回家，我和三姊都想妹妹了。」在外人面前琳芳總是要表現得姊妹和順，尤其是欲語還休的模樣，讓人覺得她彷彿受了多少委屈。

人前這種口舌之爭，她實在沒有興趣，琳怡一笑而過。

進了堂屋，琳婉、琳芳、琳怡三個依次給屋子裡的女眷行了禮，因袁家是親戚，房裡的人大多都沾親帶故，這樣一來，比去旁家作客隨便了些。
然後便是各家女眷互相介紹，等到袁家子弟來請安時，琳芳的眼睛隨處張望。若是袁學士官復原職，袁家子弟會不會在二太太田氏擇婿的範圍之內？琳怡正想著，林大太太帶著女兒過來坐下。琳怡和林五小姐鬧出鬥詩的事後，林三小姐總是不敢正眼看琳怡。
琳婉倒是和林三小姐說起話來，兩個人提到琳嬌。「大姊有了身孕，一直在臥床養著，所以不能過來。」
林三小姐點點頭，聲音也輕柔。「那我們一會兒去看看袁二奶奶。」
琳婉低聲笑道：「好。」
琳怡看向身邊琳芳。自從看到林家人，琳芳就有些不自在，手一直緊緊扯著衣襟兒，林三小姐說話，琳芳裝作不在意，其實是側著頭仔細地聽。
琳怡收回目光，專注地拿起矮桌上的茶來喝。自從上次二太太田氏在長房講佛經，琳芳跑去白堰池堤摔過一跤後，琳芳對林正青的熱情彷彿減了許多，變成了如今的又驚又畏。
袁學士和袁大太太進了門，晚輩皆起身迎接。
琳怡抬起頭去看袁學士，卻不其然對上袁學士身邊那雙清亮的眼睛。寶藍色直裰，綰著簡單的髮髻，遠遠看去就像一根秀竹。
林正青。他的視線也不偏不倚地落到她身上。

琳怡像見陌生人一樣避開了視線。

「袁學士給哥哥做過啟蒙。」林三小姐已經在一旁說。「聽說袁學士回來了，哥哥放下書本就趕了過來。」

那雙眼睛從她身上輕掠而過，嘴角一彎，目光更加幽深。琳芳的手抖得更加厲害。林三小姐不經意瞧見。「陳四姊姊怎麼了？」

「大概是衣衫穿得少了，有些冷。」琳芳伸手去拽袖子。「前幾日還是大熱天，誰知道一下雨就會這般涼了。」

林三小姐拉起琳芳的手。「可不是，指尖都是冷的。」

「四姊喝些熱茶吧！」琳怡指指矮桌上的茶碗。

琳芳這才被提醒，捧起茶碗來暖手。

第六十六章

袁學士畢竟是經過官場的人，應付這種劫後餘生的場面十分自如，倒是袁大太太再被長房老太太親切問候後，掉下了眼淚，大家這才知道，袁大太太走的時候懷了身孕，可惜沒到尚陽堡孩子就沒了，袁大太太的身子也被拖垮了不少，袁學士開始教學也是想給袁大太太看病籌銀兩，誰知道因禍得福。

孩子雖然沒了，卻救了未曾謀面的父母。

二老太太董氏也嘆氣。「這真是緣分，」說著拉起袁大太太的手。「妳年紀不大，以後還會有的，老話說得好，是兒不死是財不散。」

這話聽起來好聽，不過袁大太太如今已經四十餘歲，之前有孕是因保養得當，而今孩子掉了身子虛空，不可能再抱子了。

袁大太太看向陳家長房老太太。「我還要謝謝親家老太太，要不是老太太照拂，我們袁家哪裡會這麼快又有了後人？」

袁大太太說這話，袁二爺又上前給長房老太太行了禮。

長房老太太笑道：「是妳兒子媳婦有福氣，我哪有什麼功勞？」

大家正說到這裡，外面傳話。「國子監司業齊家來人了。」

齊二太太帶著齊二爺、齊三小姐、五小姐進了門。

「瞧，就是那位國子監生。」旁邊的小姐才議論完林家大郎，又去小聲說齊家二郎。這麼多的遠親近鄰聚在一起，大家就互相認認看，保不齊哪天屋子裡的後生就成了自家夫君。有了姻親關係的幾家，一般都會親上加親，如此一來，兩家關係更加穩當。如今滿屋子的少年郎，最出眾的就是今年參加秋闈的林大郎和齊二郎。

等到兩個人取了舉人，不知道又有多少家趕著去聯姻。林大太太要不是想利用父親，也不會將目光落在她身上。

琳怡也看了一眼齊二郎。仍舊是深藍色直裰，板著臉一絲不苟，得了袁學士好陣讚賞。

齊三小姐行了禮，往四下看了一圈，琳怡迎上齊三小姐的目光微微一笑，齊三小姐、五小姐就坐了過來。

袁大太太不知說什麼才好，看向屋子裡。「我聽二媳婦說，家裡有個六娘。」聽到被提起，琳怡站起身向袁大太太斂衽行禮，屋子裡所有人都瞧過來。雖說沒有及笄且不曾有婚約的女孩在親戚面前不用太忌諱，可是在這麼多人前露面還是第一次，琳怡各家作客多了，漸漸明白，越被長輩提得多越容易婚配。二老太太董氏就時常將琳芳掛在嘴邊。

長房老太太慈祥地笑。「這就是我們六丫頭。」

袁大太太仔細端詳琳怡。「人長得漂亮，禮數也周到，怪不得這次回來，二媳婦將這個妹妹掛在嘴邊。」

二老太太董氏慈愛地笑了。「可不是，我和長房老太太都喜歡這個孩子。」

陳六小姐起身，齊三小姐看到對面的二哥微抬了抬頭，目光悄然飄過來，不由得抿嘴撞了一下身邊的妹妹。上次陳六小姐送的薄荷，大半進了二哥的肚子，後來她又聽下人說，二哥吩咐花房多種幾盆薄荷來。要知道哥哥除了讀書，對其他事很少過問的，能這般在意已是十分不易。

看著齊三小姐和齊五小姐頗有深意的眼神，琳怡不自在地垂下頭。齊二郎她見得不多，卻常聽哥哥提起，哥哥嘴裡誇讚的都是一絲不苟、舉止嚴謹之類的話。

她心中好奇，也會翻翻齊二郎借給哥哥的書。父親雖然不是出自書香門第，卻也十分在意書籍，但凡看過的書都十分齊整，半個字也不敢寫上去。她以為書香門第裡的書籍都是如此。看到齊二郎的書，她便不由得驚訝，書上滿是蠅頭小楷的注釋，通篇規整，沒有半個字含糊。

就連父親將書本拿起來也要誇讚。「用功深者，其收名也遠，齊二郎這次大約能拔頭籌。」

照琳怡從前的記憶，考中解元的是林正青，不過齊二郎也該是上了桂榜的。

大約是看到兩個妹妹的笑容，齊二郎立即挪開了眼睛。

齊三小姐這次忍不住用帕子遮嘴笑。

「什麼有趣？」琳芳見狀忍不住問。

齊五小姐看了一眼姊姊。「我這個姊姊是人來瘋，妳不用和她計較。」

琳婉微微一笑，看了看琳怡。

旁邊的袁大奶奶倒是反覆瞧陳六小姐和林大郎。真是一對郎才女貌，林大太太託她去陳家說項，陳家當時沒說出什麼，女方家裡多少要拿些架子，再說兩次也就成了。以林大郎配陳六小姐，那是足配的。

齊二太太本要湊趣說上一句話，看到袁大奶奶臉上的笑容，眉頭一沈，沒有開口。

不多會兒，小姐們就坐去碧紗櫥裡。

林三小姐想要去看琳嬌，琳婉、琳芳、琳怡讓丫鬟帶路一起過去。

琳嬌本在長房老太太購置的小院子裡養胎，誰知有天晚上見了紅，袁家怕出閃失，便將袁二爺和琳嬌接到二房住。

琳怡進門，看到琳嬌戴著蔥色杏花遮眉勒，穿著楊柳小鳳尾紗衫，外面罩著一層水銀暗花無袖長罩衣靠在大迎枕上，見到琳怡幾個來了，臉上掛滿了笑容。

琳婉見琳嬌臉上仍有病氣。「大姊怎麼樣了？」

琳嬌笑著頷首。「已經好多了，再養些時日，說不得就能下床。」

琳芳在家裡聽及下人說了些閒話，這時候旁邊也沒人，就笑著道：「大姊還是要在意些，聽說親家太太生大姊夫的時候，足足在床上躺了九個月。」

琳嬌見到自家姊妹，本來憋在房裡的壞心情一下子跑了大半，琳芳說出這樣的話，更是惹得她直笑。「看我不打妳的歪嘴巴，小小年紀說這個，沒得害臊。」

到底是十幾歲的女孩子，大家聽得這話全都笑起來。

琳嬌的肚子還沒大起來，女孩子們也覺得新奇，很難想像過幾個月，琳嬌就做母親了。

琳嬌則吩咐丫鬟將屋子裡好吃的拿出來給各位小姐。

琳嬌身上有了喜，全家就都要照應著，所有吃的用的都是最好的，可惜琳嬌胃口挑剔，只吃些酸的，甜的、鹹的一概不愛。

林三小姐直說：「會生個小外甥吧！」

琳怡也笑道：「這樣一說，我們要做姨母了。」

琳嬌聽著，甜蜜地笑著。就算婆家處處照顧，能說上話的還是娘家人。

大家說了會兒話，聽說外面要放煙火沖沖晦氣，幾個人就要出去看煙火，琳嬌單叫住琳怡。「六妹妹等一等。」

琳芳聽得這話，不由得撇嘴，剛才融洽的氣氛頓時跑得一乾二淨。

等到屋子裡的人都出去，琳怡坐在窗前的錦杌上。

琳嬌低聲道：「六妹妹，我聽家裡人提起三叔父要留在京城的事，如今怎麼樣了？」

按照父親之前打聽來的消息，父親這幾日就要啟程回福寧。朝廷一直沒有明旨，大抵是康郡王幫了忙吧！「還不知道能不能留下。」

「我聽說二叔父補了護衛。三叔父若是能留京是最好的，我聽到消息還歡喜了一陣，原來還不做準。」

大姊也知道了家裡爭爵位的事。

琳嬌嘆口氣。「妳若是有事就問祖母，祖母那邊沒法子就讓人帶信給我，我能幫上忙的，定不讓妳吃虧——」琳嬌才說到這裡，突然停下。

琳怡看到琳嬌臉上奇怪的表情，不由得嚇了一跳。「大姊怎麼了？是不是哪裡不舒服？」

琳嬌僵直了片刻回過神來，臉上一抹紅暈。「我剛才感覺……好像在動了。」

琳怡將視線落在琳嬌小腹上。

琳嬌笑眯起眼睛。「看來他還真的喜歡妳這個六姨母。」

琳怡從琳嬌房裡出來，讓丫鬟指引了一段路，看到了花廳後的園子，便讓丫鬟回去伺候琳嬌。「前面的路我認識了。」

園子裡傳來抽鞭子的聲音，也不知道誰和鄭七小姐一樣喜歡看鞭陀螺。

琳怡正要過去，眼前一黑，長長的人影一下子罩了過來。寶藍色暗紋直裰，一雙涇渭分明的眼睛。

林正青。

在林家沒有遇見，在陳家沒有遇見，偏偏在袁家不小心見到了。

琳怡的心重重一跳，後退了幾步，然後斂衽給林正青行禮。

「五步，」似笑非笑的聲音傳過來。「陳六小姐給人行禮需要退五步之多嗎？」

琳怡垂著頭低聲道：「讓大爺笑話了。」

林正青意外地挑起眼睛，眼角細密的紋理如同伸出來的桃枝，蔥綠、柔軟且有芬芳。

「妳知曉我是誰。」每次從他身上掠過的空洞視線，他還以為她瞧不見他這個人。

琳怡避在玲瓏身後。

一副給他讓路的模樣，實則眼角輕翹，不願再和他說半句。

如此疏離，真是讓人心涼。

林正青挑起眼睛，不準備離開。「妳喜歡齊二郎？」同是看過來的眼神，卻帶了幾分的專注。

這次遇見不是巧合，是林正青故意在這裡等她。琳怡沈下臉。

真實的心思前擋了一層雲霧，似是無論如何也不會被激怒，這樣的表情怎麼就讓他有一種熟悉感？

讓他覺得現在的每一件事奇怪地違和，明明會成功的卻失敗了，彷彿就是有人從中作梗。冥思苦想了幾日，最讓他好奇的就是眼前這個要逃跑的小女人。

琳怡不準備和林正青多說一句，轉身就要另擇路離開，好讓林正青知曉，她並不是思慕他的琳芳，從此之後最好互不相看。

「阮阮。」

琳怡才踏出一步，聽得這兩個字，身子不由得僵了一瞬。

「還真是阮阮。阮阮兩字，是問名才能知曉的小字。」林正青微微一笑，笑容譏誚，卻有些孩子氣。「不用見到我就逃，不如仔細告訴我，我什麼時候問過妳的名。否則……」他特意停頓。「讓我說出妳的生辰八字，妳是不是不要再嫁人了？」

第六十七章

生辰八字除了自己只有父母才知曉，如果被人當面說出來，不要說嫁人，大概她只能選了一條白綾以示清白。

琳怡攥起手帕。

林正青怎麼會說出她的小字？

「我什麼時候問過妳的名。」

林家的確問過名，前世兩家定下婚，換了庚帖，庚帖上寫著她的生辰八字和小字。前世林正青是她的夫君，夫君喚她阮阮，她頂多埋怨他大庭廣眾之下不顧規矩，不會如同現在這般驚慌。

如今她已經重生為人，林正青對於她來說不過是個不相熟的外男。

她要怎麼阻止林正青……

電光石火中，琳怡慢慢吐口氣，背對著林正青。「林大爺還有錦繡前程，我只當沒聽到過妄語，請大爺自重重人。」說完話舉步向前。

拿前程來壓他，她何以見得他非要看重前程。林正青本來閃爍的眼睛變得更加璀璨。這樣的話，換作別的女子只怕早已經驚慌失措，陳六小姐卻當作沒有聽到一般，反而告誡他注意聲名。難怪他從見到陳六小姐第一眼時，就覺得她有趣。

要不是那天看到堂弟遞給女方合婚帖，他也不會想起來，從前彷彿在哪裡見過一張帖子，上面的內容不大清楚了，卻記得有阮阮兩個字。

阮阮。

他所識得的女人中，沒有誰叫這兩個字。

陳六小姐雖然沒有承認，他卻相信就是她。

奇怪。就像是一個人大夢一場，醒來之後冥思苦想，卻也只能記得殘缺的片段。而那個陳六小姐彷彿是記得整個夢的人。

林正青笑起來，笑容純淨如孩童般，微微露出雪白的牙齒。他應不應該放過她？

琳怡一路不停地回到堂屋裡。袁大奶奶吩咐丫鬟端來茶果給東次間的小姐們，笑盈盈地囑咐。「不要拘著。」

琳怡回到眾位小姐身邊，玲瓏、橘紅兩個雖然驚魂未定，卻也不敢聲張。

「大姊跟妳說什麼？」琳芳湊過來問。

琳怡笑著道：「囑咐我好好服侍長房老太太。」

琳芳一臉的不相信，既然是這樣的話，何必避著旁人說。

齊三小姐正好找來了棋盤，一把將琳怡拉過去。「走，我們下棋去。」

琳怡心中思量著林正青的事，一個不察就輸給了齊三小姐，齊三小姐僥倖勝了便不肯再下，將位置讓給了妹妹。

琳芳則帶著琳婉去旁邊小姐堆裡說話，大家說說笑笑也很開心，琳婉經常進出鄭家，也和大家有了話題，不再被冷落在一旁，不過很快就被琳芳搶去鋒頭。自從陳二老爺被封了護衛，琳芳母女進出宗親顯貴家裡更頻繁，二太太田氏去做送子觀音，琳芳就去做知心姊妹，宗親家裡的事很快就讓琳芳知曉不少。

「最近大家都在說林家的事，妹妹聽說了沒有？」

琳怡頷首。「也不過隻言片語。」

齊三小姐低聲道：「聽說那些匪人正好要搶京外一處莊子，也不知怎麼那麼巧，官兵正好從那兒路過。」

長房老太太讓人去打聽整件事，琳怡倒是聽過類似的傳言，琳怡道：「是哪家勛貴家裡的莊院？」

齊三小姐搖頭。「我聽父親和母親說，就是個致仕的縣丞買下的莊子。」

齊三小姐道：「京畿周圍稍好的土地都被達官貴人買盡了，就算還有剩下的莊院地處，也該是相對偏僻。聽說那莊子是圈起來來養牛羊的，也不知道怎麼地就被匪人盯上了。」

長房老太太將吳大人的小妾安排離京，那些人大約是打聽到了消息，一路追過去的。只是既然是追人，怎麼又去搶了莊子？

那麼偏遠的莊院，應該會很容易得手才是，沒想到就遇見了官兵。

琳怡從棋籠裡拿出一子放在棋盤上。所以她才會覺得是有人故意安排，現在聽了齊三小姐這樣說，她就更加肯定……

林家是被人算計了。

自從知曉父親要參奏成國公，她一直都很緊張，這次卻破天荒地讓她覺得開心。琳怡想到這裡，會心一笑。

偷雞不成蝕把米，就是林家現在的寫照。

林大太太好容易盼到屋子裡的女眷少了些，這才拉上袁大太太和陳家兩位老太太去內室裡說話。

幾個人才落坐，林大太太就直奔主題。「幾位老太太、太太大概是知曉我們家的事了吧！」林大太太說著去擦眼角。

長房陳老太太李氏伸手去拿茶來喝，陳二老太太董氏擺弄手裡的銀薰球，作為東道的袁大太太就避不開了，只得嘆氣。「我才回京裡，也不十分清楚。」

林大太太捂臉滿是悲傷。「這是有人要將我們家往死路上逼啊！我們老爺一病不起，便是親戚中幾個跟著青哥一起讀書的子弟，也都找了藉口不再登門，書香門第最重聲名，若是沾了這種罪過，我們一家如何在人前抬頭？」

長房陳老太太心中冷笑，若想人不知，除非己莫為，既然開始做了這種事，就該料到有今日的結果。她讓人安排吳大人的小妾離京，竟沒有發現林家跟在身後，如果這裡有人故意揭穿林家，那人還真是不容小覷。

袁大太太安慰林大太太幾句，林大太太這才穩下心神，緩緩道：「上次袁二爺被冤進了衙門，我託了族裡人打聽，才知曉這事還是和成國公有關。」

袁二爺能被放出來，其中也不乏林家用了關係，林大太太這樣一說，袁大太太臉上果然多了幾分感激。

林大太太說著謹慎地看向周圍，壓低了聲音。「袁老爺這次能平安回京是好事，只怕成國公那邊……仍舊不肯放過。」

林大太太將這件事引到成國公身上，這樣袁家就不能坐視不理。長房陳老太太抬起頭。「難不成你們查到了什麼？」

林大太太立即羞臊地道：「也是才開始查，沒想到就有污水潑在我們身上。」

屋子裡的人都是人精，就算聽到林大太太這樣說，也沒有人隨便接話。

尤其是長房陳老太太半合目的模樣，讓林大太太有些膽怵。有些事大家心知肚明，陳家老太太不過是沒有當場揭穿她罷了。還是青哥說的對，陳家得了好處，不會輕易將實情示人，這樣他們也能假借成國公將此事矇混過關。

半晌，長房陳老太太嘆氣。「官府畢竟是有了憑據，想要大事化小、小事化了也不容易。」

始終不開口的陳二老太太董氏也搖頭。「已經進了順天府吧，只好託託關係，重新審案了。」說著看向長房老太太李氏。「求鄭家幫忙疏通呢？」

長房老太太李氏一臉為難。「鄭閣老有致仕的意思，恐怕難幫忙了。」

幾個人聽得這話一驚。

袁大太太道：「這是什麼時候的事？」

長房老太太捏著手裡的佛珠。「鄭家被人逼婚，也是步步艱難。褚家族人每日上門，鄭老夫人正焦頭爛額。這樣的情形，我怎好上門去求？」

沒想到鄭家被褚家吃得死死的，林大太太一顆心頓時涼了大半，又抹起淚來。「老太太、太太，想想法子救救我們老爺吧！」

齊二太太和袁大奶奶說了會兒話，就進東次室去看女兒。

齊三小姐、齊五小姐和琳怡下了五盤棋，除了齊三小姐開始贏的一盤，其餘四盤都輸給了琳怡。

齊二太太在一旁看著兩個女兒圍著陳六小姐嘰嘰喳喳的模樣，不由得又多看了陳六小姐幾眼。自家的女兒她十分瞭解，不知哪裡長的孤筋傲骨，輕易不能和旁人玩到一處，而今時時刻刻將陳六小姐掛在嘴邊，是因陳六小姐確實有過人之處。

齊三小姐輸了棋，乾脆將自己手上的鐲子摘下一個塞給琳怡。「快教教我剛才那盤棋的下法，這個只當是我拜師求藝。」

琳怡笑著不肯收。「我教妳就是，這鐲子就留著下次輸給我。」

齊二太太眼睛一亮。這孩子倒是會說話。

齊三小姐只得將鐲子收起來。「那我不是占了便宜？妳教了我，我下次哪裡還會輸？」

琳怡抿著嘴笑。

齊五小姐道：「陳六妹妹贏了她的鐲子，看她還有臉說大話。」

大家吃過飯，各自上車回家。

琳怡坐在長房老太太身邊。

長房老太太半瞇著眼睛。「有人要讓林家做急先鋒。林家為了保住聲名，將來也就有這一條路可走。」林大太太想求鄭家幫忙，殊不知鄭老夫人那個老狐狸早就拿了褚家人做幌子，窩在家裡無病呻吟，表面上看來是沒臉再見人，實則是想隔岸觀火。

琳怡想到林正青說的那些話，微皺起眉頭。她能從容地從林正青眼前走開，是因為她知道，以林正青的性子，知道她的生辰八字早就說了出來，不會給她留半點顏面。

林正青現在不知道，日後呢？林家是打探來的她還能防，若林正青是有從前的記憶……整件事就不會這麼簡單了。

她唯一能確定的是，就算林正青記得從前的事，她也不會妥協。

第六十八章

林家四處求人，終於找到順天府，誰知道那群悍匪抓住林家不肯撒手，幾十板子下去，還是將林大老爺主使他們做的壞事都供述出來。衙門裡的官老爺不是吃素的，收了林家大禮，很快就發現這些悍匪是誣告林家，就要定下罪名，本來林家以為完事大吉，不知道怎麼地林大老爺尋吳大人小妾的事就傳遍了京裡。

琳怡抬起臉問長房老太太。「那衙門往下就不會查了？」

長房老太太笑道：「林家總是大戶人家，難道還會被幾個悍匪咬住？只要讓人打點一二就是了，官府不會給林家定罪，林家怕的不是這個，而是名聲。林家出了這樣的事，京中所有人都盯著瞧，但凡有半點風吹草動都會落到旁人眼睛裡。」

林家暗中對付成國公的種種也會被查出來。

如此一來，人人都知曉林家要對付成國公。

加上林家和成國公從前已經積下恩怨，林家這時候再想躲避開就沒那麼容易了。

吳大人那封信已經進了宮，林氏一族在官場多年，該知曉這時候揣摩聖意是最要緊的，皇上若是有心懲辦成國公，林家正好爭一份功勞。

現在的局面，這件事一時半刻燒不到陳家來，所以陳家和鄭老夫人一樣，真正地隔岸觀火。

長房老太太親手給琳怡梳理頭髮。「這兩日我帶妳去族裡串門，讓族裡長輩也好識得妳。」

「伯祖母。」琳怡靠在長房老太太身上。自從她來到長房之後，為了他們一家能好過，長房老太太是費盡了心思。

長房老太太笑著道：「只要族裡點頭，妳父親、母親就能搬來長房住。」雖然沒他們的事，也要為下一步做打算。先要得到族裡的支持是最重要的。老三這幾年不與族裡往來，真正有難的時候，有二老太太董氏中間作梗，不會有族人上前幫襯。她還想正式將老三收為繼子，六丫頭以後就是她的親孫女，老三雖然脾氣直倔，六丫頭卻爭氣，這樣走動下來，想必族裡的老東西會喜歡六丫頭。

長房老太太想著，揚起眉毛。「二老太太不是要爭二房嫡長子嗎？妳父親過來長房，正好給她兒子讓出位置。」

琳怡笑著看一臉快意的長房老太太。比起二房嫡長子，二老太太董氏更想讓自己兒子入主長房，這樣陳家兩房就都落在二老太太董氏手裡。

琳怡窩在長房老太太身邊惡補陳氏直系族人的關係，哪家老太太和長房老太太走得近，哪家又對董家趨炎附勢……

整個家族關係琳怡還沒疏通好，就有消息傳來，林氏族裡在朝為官的被御史彈劾了。御史奏疏上說得好，與悍匪來往，便是匪類。

長房老太太譏誚地道：「林家確實覺得冤，被官府拿到的人哪裡是什麼悍匪，京裡平日替大戶人家跑腳辦事的人不少，沒見哪個辦事途中做了強人的。不管怎麼說，既然有人動了手，林家就不能束手待斃。」

林家人正忙著維護自家的聲名，陳允遠帶來了好消息。「康郡王出面選了合適的人去福寧賑災，將我留京了，我打聽到鴻臚寺有個少卿的缺……」

真做了少卿，就成了半個閒散人。陳允遠有些不甘心，黯然地嘆了口氣。

琳怡聽得這話卻眼睛亮起來。父親的脾氣能少管些事，日後就少了擔驚受怕，沒想到留京這件事辦得這般順利。

長房老太太也十分贊同陳允遠去爭取鴻臚寺的職務。「不如讓人活動活動，你這般年紀能取個少卿也是不錯了。等到在京城穩當下來，再謀個好位置。」

陳允遠仍舊遲疑。他在福寧勤懇了多年，對那邊一草一木都有了感情，在任的時候想離開圖個閒職，真正要走的時候卻不想放手。「福寧還有許多事……兒子想……不如再等等……起碼要有個交代。」

「有什麼交代？」長房老太太道：「京中不是什麼時候都有空職的，朝廷下了調任的公文，自然給你時間讓你回去交接清楚。你這般年紀拖家帶口，凡事都要謹慎，在官場上不圖朝夕，但凡能熬到二、三品的，哪個不是該忍的時候忍，該避的時候避？你若是這般瞻前顧後，就白費了我一番苦心。」

陳允遠惶恐地跪下來。「老太太不要生氣，兒子聽從就是。」

長房老太太點點頭，問陳允遠。「康郡王那邊又有什麼話？」

聽到長房老太太提起康郡王，琳怡停下打絡子的手。

陳允遠站起身坐在一旁。「自從上次在一起喝過酒，就再沒別的話，」說著頓了頓。「兒子倒是想著上門道謝。」

長房老太太點點頭。「聽你這樣說，康郡王倒是個可交的。要知道現在京裡的達官顯貴，但凡伸伸手都要讓人千恩萬謝。」

陳允遠笑道：「老太太說的是，兒子也這般想法。」

琳怡眼前浮起周十九那讓人捉摸不透的神情。光是錢財就能滿足的人才更簡單，周十九不是圖小利的人。

考滿得了中上的陳允遠，很快就跟鴻臚寺少卿一職綁在一起。長房老太太難得地露出輕鬆的笑容。後來琳怡才知道，父親能這麼快從福寧脫身，是因為福寧賑災去了一位嚴大人。

「那位嚴大人是最最耿直之人，當今聖上登基時重鑄銅錢，這位嚴大人就當眾頂撞過聖上，進了大獄。」琳怡聽哥哥講從書院裡聽來的事。

言官因諫言有進過大獄的經歷，在文官中是最讓人敬佩的。所以像父親這般不顧性命前仆後繼的文官才會這麼多。

這位耿直的嚴大人是周十九推薦的，琳怡不自覺地想到父親當年的遭遇，這周十九還真是會利用言官。嚴大人去了福建，福建的官員定會如臨大敵，怪不得父親這些日子這般清閒，彷彿被人遺忘在腦後。

陳允遠很快啟程去福寧和新任的知州交接差事。臨行之前，長房老太太再三叮囑。「只要將日常的公務交接完就快些回京，現在你已經是京官，要以京裡的事為重。」

陳允遠躬身道：「老太太放心吧，兒子曉得。」

蕭氏眼淚汪汪地將陳允遠送出門，囑咐家裡的管事一定要幫老爺將家裡打點好，回家之後，蕭氏還拉著琳怡的手後悔。「我應該和妳父親一起回福寧。」

帶了家眷路上總是不方便。長房老太太在琳怡面前說，若是小蕭氏是個精明的，倒可以跟回去打理家事，小蕭氏卻是個耳根軟的，跟去福寧恐怕還更添亂，不如就讓管事的將一應物件原樣搬來就是。

陳允遠一走，蕭氏的日子就數著過，每日在琳怡耳邊就是盤算陳允遠大概還有多少日到福建，這樣嘮叨下來，家裡的氣氛漸漸緊張，加之陳允遠沒有半封家書，蕭氏更加坐立難安。長房老太太看不過眼，但凡有宴席乾脆就帶著蕭氏一起去。

在鄭老夫人房裡，長房老太太終於聽到了福寧的消息。

「聽說嚴大人上了摺子，朝廷發放給福建的賑災款對不上數，」鄭老夫人低聲道：「如果這事是真的，恐怕三老爺不會很快回京。」

琳怡看向臉色蒼白的蕭氏。沒想到福建的事要從賑災款開始清起。

蕭氏忍不住問鄭老夫人。「那會不會牽連到我們老爺……」

這話要讓鄭老夫人怎麼說，長房老太太皺著眉掃了蕭氏一眼，蕭氏這才閉上嘴，靜靜聽著。

鄭老夫人道：「我想這件事不是衝著三老爺來的，我們先不要著急，仔細等消息就是。」

長房老太太點點頭道：「還是妳消息靈通，自從老三走了之後，我們家還是一團漿糊呢。」

鄭老夫人親手端了果子給長房老太太。「妳沒來之前我還不知曉，也是剛剛康郡王來我們家，才說起這件事。」

長房老太太不由得驚奇。「原來是這樣。」說著頓了頓。「我們老三能留在京裡還多虧了康郡王幫忙，郡王爺可在府裡？我們一家該拜見才是。」

鄭老夫人微微一笑。「郡王爺和老爺在前院說話，我就讓人去問問看。」

長房老太太笑道：「那自然是好了。」

琳怡聽到這裡，鄭七小姐忽然湊上來。「妳上次不是問我十九叔是不是我們鄭家的親戚？其實他並不是我的十九叔，而是母親這樣稱呼，我便也這樣叫開了，為了這件事，母親沒少訓斥我，不過還好十九叔也不在意。」

琳怡垂下眼睛點頭。「我已經知道了。」周十九就是康郡王。

大家正說著話，丫鬟進來稟告。「老太爺和郡王爺過來了。」

長房老太太聽得這話忙起身，蕭氏和琳怡也跟著站起來。

石青色四爪蟒紋片金絞邊袍服，腰間繫著黃玉花草蛟首相扣腰帶，團團金花暗繡從腰帶上一路攀爬上去，到了肩膀霍然撐開，又慢慢縮緊到繫緊的領口。

琳怡從來沒看過周十九穿正式的行褂，平日裡如深泉水般英俊的面容上頓時多添了幾分高貴的氣勢。

連旁邊的鄭七小姐也驚訝道：「咦，十九叔穿得這般正式。」

挺直的鼻子如同七月裡伸出的花枝，嘴唇軟潤，勾起的笑容溫暖，將他身上讓人不敢注視的貴氣緩和了些。若不是如此，大概誰也沒有勇氣多看他一眼。

長房老太太就要上前行禮。

周十九伸手一托，將長房老太太扶起來。「老太太安坐。」

清泉般的嗓音美好得讓人忍不住嘆息。

七月的天氣炙熱，白玉般宛妙的身姿便似一陣清風，讓人豁然舒暢。琳怡低下了頭，斂衽蹲下行禮。周十九這樣細針密線又長袖善舞，怪不得會讓旁人讚不絕口。

長房老太太道：「多虧了康郡王幫襯，我們家老三才能留在京裡。」

周十九一笑，十分溫和。「是恰好能幫忙。」

是恰好能幫忙，還是早就算計到陳家會去求他？她之前也以為因父親求周十九幫忙，周十九才舉薦了旁人，可是聽到嚴大人是個名聲在外的言官，她就覺得周十九幫了父親，還真是周十九說的「恰好能幫忙」。

順理成章的事，可不就是恰好。

父親不上門去求，嚴大人還是會去福寧。

周十九含笑拿起茶來喝。對面的陳六小姐低著頭，眼睛裡露出不一樣的神采。

屋子裡進了宗親，蕭氏有些緊張，可是看到康郡王和藹的樣子，也慢慢放下心來。

「之前聽陳大人說，陳老太太身子不好。」周十九似是不經意地說起陳家的事。

這樣隨意，長房老太太說不得就要打聽父親的事。琳怡抬起頭來，恰好對上那雙灼灼其華的眼睛。那雙眼睛有意又無意地將她的目光收入眼底，然後化作清風般的笑容。

長房老太太笑道：「已經好多了，勞郡王爺惦記。」

周十九拿起手邊的茶碗穩穩地喝了一口。「陳大人託我尋個好郎中，太醫院的洪老御醫和我有些交情，老太太讓人拿帖子去太醫院請洪老御醫來看脈。」

鄭老夫人在一旁笑道：「洪老御醫專治舊症的，宮裡的太妃都是老御醫照應。聽說平日裡也是忙得腳不沾地，難得郡王爺能出面請來。」

長房老太太從前就聽過洪老御醫的名聲，卻知曉請來不易，也就沒有多想。「老身謝過郡王爺。」一說完這話，長房老太太心裡一動。「老身還有件事求問郡王爺。」

琳怡掃向周十九。

長房老太太不開口，周十九也知道接下來要說到什麼。

周十九要是賣關子，長房老太太大概也不會多問什麼，周十九直接說起陳允遠，倒讓長房老太太和蕭氏心中滿是感激。

自從見到周十九，琳怡學到許多做事的法子。

第六十九章

周十九放下手裡的茶碗。「陳大人公事交辦得順利，照理說應該很快就有家書回來。」

就是因為沒有家書，長房老太太才有些焦急了。

周十九眼睛晶亮，神情自然。「京裡的消息，陳大人還是照常上任。」

政事不便議論太多，周十九的話已經很明白，福建的事沒有波及父親。

長房老太太這才鬆了口氣，蕭氏臉上也有了笑容。

鄭閣老和長房老太太、蕭氏說了幾句話，不便妨礙女眷說話，周十九起身告辭，女眷都起身行禮。

鄭閣老和周十九出了門，長房老太太看向鄭老夫人。「怪道妳總和我說康郡王不一般。」

鄭老夫人含笑。「我可說錯了？」氣度從容，一切了然於胸，沒有宗親的半點浮誇，如今年紀還稍嫌稚嫩，再磨礪個幾年，誰也看不透他的心思，大周朝開國皇帝原本就是前朝皇親在地方任留守，卻能在奉天起兵，十幾年的工夫平定各地叛亂，逼退前朝程乾皇帝，開國幾年，大周朝開疆拓土，皇族周氏血脈一度讓人聞風喪膽。雖然曆過幾十年，閒散宗室開始被養廉銀子養得精神頹敗，畢竟仍舊有高貴聰慧的龍子鳳孫。

大家正說著話，只聽門口傳來鄭五小姐的聲音。「看沒看到貞娘過來？」丫鬟回了話，鄭五小姐幾個進了屋。

琳怡抬起頭看到鄭四小姐紅著臉，琳芳神情迷茫，彷彿大夢了一場尚未清醒，要不是身邊有琳婉，彷彿連路也不會走了。

長房老太太帶著蕭氏和琳怡過來鄭家，正巧琳婉也被請過來和鄭三小姐說話，琳芳陪著琳婉一起來了鄭家，顯然是二老太太董氏安排過來打聽消息的。

鄭老夫人看向鄭五小姐。「貞娘呢？」

鄭五小姐看看姊姊，這才低聲道：「剛才在花園裡撲蝴蝶，也就走散了。」

鄭二太太聽說老夫人和陳家老太太說完話了，也帶著下人拿新鮮果子過來。

鄭二太太剛笑吟吟地進門，鄭老夫人吩咐道：「快去讓人找找貞娘，一會兒就要開席了。」

琳婉和琳芳幾個坐到座位上，琳婉端起茶給琳芳，琳芳沒有在意，不小心一揮手讓茶灑了下來，青花瓷的小碗頓時落在地上摔碎了，琳婉也被燙得驚呼一聲，站起身來。

長房老太太正和鄭老夫人低聲說話，看到嚇了一跳。「這是怎麼弄的，有沒有燙到？」

琳芳看到茶碗碎了，這才回過神來，忙道：「我沒在意。」說著也去看琳婉的手。

「沒事，沒事。」琳婉笑著揮手。「我只顧得看多寶閣上的自鳴鐘了，不關四妹妹的事。」

琳芳鬆了口氣，驚訝的表情立即變作了理所當然的安心。

這樣一鬧，屋子裡的丫鬟、婆子倒是忙起來。

琳怡看向琳婉的手指。丫鬟端上來的茶不會太熱，潑下來也不過就是嚇了一跳，最要緊的是琳婉的衣裙濕了，要去換下來才是。

琳怡不動聲色地將軟巾遞給琳婉。

蕭氏拉著琳婉的手看了半天，又是上藥又是湊在嘴邊吹涼風，琳婉的手總算沒有大礙。

「我帶姊姊去換下衣裙吧，」坐在一旁的鄭四小姐忽然熱絡地上前。「我才做了一套紗裙正好沒上過身，姊姊的樣子和我也差不多。」

兩個人的身高差不多，琳婉更加玲瓏有致些。

鄭二太太笑道：「也好，換了衣裙宴席也就好了。」

這番安排也是妥當，鄭老夫人笑著頷首，鄭四小姐領著琳婉下去。

鄭老夫人小看長房老太太。「三小姐賢慧、四小姐漂亮、六小姐聰穎，妳是福氣不淺啊，等幾位小姐到了說親的年紀，只怕陳家的門檻都要被踏破了。」

「可不是，」鄭二太太笑得眼角也起了彎彎的皺紋。「這次進宮，周夫人還誇陳三小姐的手藝好。」說著捂住嘴巴看向鄭七小姐。「我們家七小姐的流蘇繡在壽宴上拔了頭籌，還要謝陳三小姐、六小姐幫忙。」

鄭七小姐想到在太后面前被拆穿的情形，立即紅了臉。

鄭老夫人也憋不住笑了。「常來常往的，誰不知我們家七小姐最不擅女紅，偏偏這次七小姐爭氣繡出了雙面繡，太后便直接問是出自哪家小姐之手……」

琳怡繡了最簡單的雙面繡，竟然也沒能幫鄭七小姐矇混過關，看來鄭七小姐的名頭實在是大。琳怡轉頭看鄭七小姐。

鄭七小姐吐吐舌頭。她和陳六小姐約定好，怎麼問也不會將陳六小姐供出去。十九叔的嬸娘周夫人卻說起陳三小姐擅女紅，太后端詳了她兩眼，便直接誇。陳家小姐有幾分閨門之秀，她是恨不得當著太后娘娘的面說陳六小姐會的還不只這些呢，想一想琳怡交代不要在宮裡提及陳家，十九叔看過琳怡幫她做的流蘇繡，也囑咐她進宮之後不可多言，她這才沒有將那些話說出口。

鄭老夫人接著和長房陳老太太說話，鄭五小姐去幫襯鄭二太太擺箸。

琳怡和鄭七小姐說話，琳芳偶爾過去說上兩句，只等著琳婉和鄭四小姐回來。

鄭老夫人不經意地看了眼自鳴鐘，這換衣服時間也太長了些。

琳婉在鄭四小姐房裡換好了衣服，出門卻沒見到鄭四小姐，就在園子裡轉了轉，走到芙蓉碧荷，只聽得有嬌滴滴的聲音道：「郡王爺……我……我做了只荷包……郡王爺看看喜不喜歡……」

琳婉轉過青石甬路，看到不遠處那抹頎長的背影。石青色的衣衫如同和花池裡荷花連成一片，一直延伸到天際。男子聽得鄭四小姐的話，漫不經心地轉身離開，衣袂被風一吹，上面的四爪金蟒就要沖天飛起。

鄭四小姐咬咬嘴唇，下定決心不能就這樣放棄，待要追上前，只聽身後傳來陳三小姐的聲音。「四妹妹，妳怎麼在這裡？我們快去花廳裡吧，想必大家都等急了。」

康郡王和寧平侯五小姐的婚事已經談了許久，再不爭取恐怕就要來不及了。「郡王爺……您知不知道寧平侯要將五小姐許給五王爺，您還被蒙在鼓裡……」

「四妹妹，那是前院，還是別過去了。」琳婉焦急地去拉鄭四小姐。

嬌弱的四小姐手上卻十分有力氣，推了琳婉一把，琳婉腳下不穩，頓時摔倒在地。

旁邊的冬和臉色蒼白，忙上前扶起琳婉。「小姐有沒有摔著？」

鄭四小姐也發覺自己的失態，依依不捨地看了康郡王一眼，這才上前去看琳婉。

琳婉見周圍沒有旁人，紅著眼睛心疼地看鄭四小姐。「好妹妹，妳怎麼這樣傻？妹妹說話郡王爺定是聽到了啊，妹妹再追上去又有什麼用，平白搭上了自己的好名聲。」說著拉起鄭四小姐。「我們快過去，免得被人發現。」

「我……」鄭四小姐眼淚掉下來。「都是我對不住姊姊。」

琳婉拿起青紫雙鳥逐花繡的帕子給鄭四小姐擦眼淚。「自家姊妹不必這樣說。」

鄭四小姐和琳婉兩個說著話，上了長廊，才走過府裡的一片梔子花樹，就看見兩個丫鬟匆匆忙忙從西邊園子裡跑出來，鄭四小姐和琳婉都看出端倪來。鄭四小姐讓丫鬟去問，丫鬟蒼白著臉過來稟告。「三爺……三爺身邊的慶兒說，褚家小姐……殺了……柳香。」

貞娘殺了三哥的通房丫鬟柳香……

鄭四小姐驚訝地張大嘴，表情僵在臉上。「祖母知不知道？快……快去跟祖母和母親說。」

小丫鬟聽了，忙跑去找人傳話。

鄭四小姐和琳婉還沒離開，只看西園又跑出一個人。是表情茫然的貞娘。

貞娘已沒有了往日跋扈的模樣，張著手，滿身鮮血地往前走。

鄭七小姐讓人拿了桂花酸梅汁，笑咪咪地看著琳怡喝了。「怎麼樣？是不是很好喝？」

琳怡頷首，加了桂花，味道多了些甜膩。

「可還是和在妳那裡喝的不一樣。」

琳怡又抿了一口。「我讓人多加了些山楂。我們老太太苦夏，喝了能多吃些飯食。」

鄭七小姐拍手。「怪不得，只是讓人用烏梅、甘草卻沒有山楂。」

鄭七小姐話音剛落，只聽外面「啊」了一聲，鄭老夫人身邊的段嬤嬤慢慢退了出去。段嬤嬤不一會兒回轉，走到鄭老夫人身邊低聲說了幾句。

鄭老夫人睜大眼睛，隨即皺起眉頭。

大家還在猜測出了什麼事。

只聽外面有丫鬟驚聲道：「陳三小姐，您這是怎麼了？」

鄭二太太嚇了一跳，先撩開簾子出去看，蕭氏也按捺不住起身出去，琳芳、琳怡、鄭五小姐緊跟在後面。

大家陸續到了院子裡，看到眼前的景象都嚇了一跳。

琳婉臉上、身上、手上滿是鮮血，目光驚恐地看著鄭二太太。

鄭二太太和蕭氏過去拉起琳婉的手來看。「這是傷到哪裡了？」

琳婉半晌才反應過來。「不是我……是、是……貞娘……是貞娘……」

聽到貞娘這兩個字，鄭二太太眼睛一閃，將琳婉抱在懷裡。「慢慢說，到底怎麼了？」

琳婉含著眼淚被鄭二太太攬進懷裡，「嗚嗚」地哭起來。

旁邊的鄭四小姐緩過神來。「我們……瞧見……貞娘滿身是血……聽說是殺了三哥身邊的柳香……」

「啊……」鄭七小姐不敢置信地拉緊琳怡的手。「貞娘怎麼殺人了……」

鄭四小姐還要說話，鄭二太太忙打斷女兒，吩咐身邊的婆子。「去看看怎麼回事，是不是女孩子動了口角？」

一時間花廳裡的婆子去了六、七個，鄭二太太又讓身邊的嬤嬤親自帶著受了驚的陳三小姐去梳洗。

家醜不可外揚，鄭家有收斂的意思，琳芳雖然想看熱鬧也只能到此為止，盼著日後再打聽消息出來。琳怡只是驚訝了一番就再無動於衷。貞娘在鄭家作威作福，早晚要落得今天的下場。怪不得長房老太太說，殺人的刀子不一定要有鋒。不過再怎麼樣，也是白白搭上了一個女孩的性命。

宴席開了，大家隨便吃了些，中途又說貞娘和柳香的家人鬧起來，鄭二太太只得離席去處理貞娘的事。

貞娘早就忘了當時是怎麼將剪刀刺進柳香心窩的，只覺得旁邊有人說了什麼，她就心火難平，如今出了事，大家都用異樣的目光瞧著她，更有柳香的家人口口聲聲要告去官府，貞娘亂了手腳，想起在族裡的時候沒少見過被打死的丫鬟，便撐起腰，大聲道：「這樣的狐媚子，我見到一個打一個！」

琳怡這邊聽到的話與貞娘說的有些出入。只聽小丫鬟哆哆嗦嗦地道：「褚小姐說，要將柳香剝了皮扔去亂石崗，這樣打死算便宜了她。往後誰想往三爺房裡鑽都是這個下場，便是柳香家裡人告她也不怕，她還要說柳香惡奴欺主，將柳香一家都送進大牢去……」貞娘這樣年紀的小姐不大可能說出這種惡毒的話，不過現在也只能任鄭家將話傳出去。再說除了鄭家人，琳婉主僕親眼看到貞娘渾身血淋淋的模樣，日後但凡出了事，也算是個見證，所以鄭二太太會歡喜地將琳婉摟在懷裡。

其實鄭二太太大可以不必著急，鄭老夫人是不會眼看著貞娘這樣的人進門的，處理這件事不過是個時機，再說鄭家現在需要貞娘母女在府裡攪一攪。

琳怡臨走前跟著鄭七小姐去看白狐。籠子裡的母狐狸雄赳赳地在琳怡眼前來回蹦跳，不時齜牙咧嘴，尖尖的嘴叼住鐵籠子，發出「嗚嗚」恐嚇的聲音。鄭七小姐正要想法子讓下人引開母狐去看小狐，琳怡眼前的母狐突然哀嚎一聲抿緊了耳朵、尾巴一縮，去了角落裡。

琳怡轉頭看到了雙黑緞面雲靴。

鄭七小姐歡快地叫——「十九叔。」

琳怡只得按照參拜宗親的禮儀，斂衽深蹲一拜不起。之前周十九沒有說穿他是宗親，她乾脆就假裝不知曉，簡單行禮就是，現在身分已經揭穿，她也就不能再裝下去。

然後聽到那聲音道：「起來吧！」

琳怡這才站直了腿。

周十九不知什麼時候身側佩了劍，細長的手指輕敲劍鞘，腰間的絲絛不時地纏上他的指尖。「陳六小姐有什麼想問的？」

周十九怎麼知道她有事相求？琳怡已經來不及多想，又深深蹲身。「郡王爺是不是要去福建，能不能請您捎封家書給家父？」

他舒逸的眉角輕輕展開，嘴角一揚，笑容更深了。

第七十章

周十九穿的雲靴比平日裡厚上一寸，是要出門穿的快靴。嚴大人在福建查賑災銀子的事，鄭閣老都不知曉，周十九卻清清楚楚，若是周十九自己打聽來的，以周十九的性子不會輕易對鄭家和陳家講。

周十九做事是很周密的，他的一舉一動都別有深意。

她想來想去，應該是皇上授意周十九去福建細查，周十九才會來和鄭閣老通消息，以便於謀劃下一步。

再說周十九算計了這麼長時間，說服鄭老夫人幫忙引薦國姓爺家，將書信呈給太后娘娘，又讓林家走投無路與成國公為敵，一步步安排得這樣縝密，聖上不可能不對福建動手。

成國公和大多數勛貴都有關係，文官已經有了不怕死的嚴大人，再派人過去，周十九這樣不大不小、去過福建的宗親該是最佳人選。

也不知道她想得對不對，但是想要求周十九幫忙，乾脆不動太多心思，直來直去地說，反正論算計，她算計不過他。

「起來吧！」

聽到周十九的聲音，琳怡長長吁口氣。看來她猜對了。

表面上對他是禮數周全，其實心裡該是萬分不情願。看似恭順，其實心裡喜好分明，這樣的性子，將來要到什麼地位才能隨著自己的性子，少了許多這樣的重禮……

他微微一笑，目光莫測，表情卻十分隨意。「我即要出京，妳的書信可寫好了？」輕易答應了，她倒不一定敢讓他送信了。

她果然皺起眉頭。

琳怡遲疑片刻。鄭七小姐第一次帶她去找周十九幫忙，何嘗不是這種情形，可是到了最後也是被他利用。

轉念思量，現在父親已經在福寧，沒有第二條路可選。「郡王爺稍等片刻，我這就去寫來。」

「好。」他一口答應下來，卻眉頭淺陷，讓人猜不透這話後面還有多少深意。

琳怡微微抿嘴。既然下定了決心就不能猶疑，周十九工於心計，不一定與她一個小女子為難。

她轉頭看鄭七小姐。「我跟妹妹去房裡寫信。」

鄭七小姐頷首。

琳怡跟著鄭七小姐走上翠竹夾道。聽著竹葉沙沙的聲音，看著秀竹婆娑，琳怡忍不住回頭看過去，青紗帳外那抹身影負手而立。她快步向前，竹葉飛落在她衣裙上，她不由得停下來抖下落葉。恍惚中，看到那人臉上浮起極淡的笑容，飄忽如晴空中的雲朵。明明能看得清，卻又不知離得到底有多遠。

琳怡側頭吩咐玲瓏去尋長房老太太。「悄悄和老太太說，康郡王要出京，我想捎封家書給父親，請父親早些回京。」

玲瓏頷首，匆匆去了花廳。

等到玲瓏回來，琳怡的家書已經寫好，玲瓏上前行禮道：「老太太說了，既然是家書，讓小姐看著寫。」

琳怡將信箋拿起來吹乾墨跡。

鄭七小姐這才過來幫忙。「要不要我去拿漆油來，妳有沒有隨身帶印章？」

琳怡笑道：「只是家書，就用香糍封好就行了。」她沒有用漆封，想必周十九也不會打開來看。周十九能利用她，她也能利用周十九的驕傲。

周十九能在眾人中一馬當先獵到白狐，想必騎術了得，哪裡有比他更快的信使？再說，就算家人送信不經過周十九，想必周十九也能知曉。既然避不開，不如就不避。

沒有漆封的信函交到周十九手上，周十九沒看一眼就收入懷中。「信我會送到。」

那聲音悠揚好聽，是因為每個音調都拿捏得極準，所以悅耳。

琳怡再要行禮。

周十九卻輕笑一聲。那笑聲彷彿能洞悉她心裡所想，讓人不由得心虛。在琳怡沒抬起頭之前，他已經舉步離開。

回去陳家的路上，長房老太太靠在芙蓉圓枕上看著琳怡。

琳怡緩緩道：「之前和伯祖母說的鄭七小姐的十九叔，就是康郡王。」

長房老太太略感驚訝。

琳怡試試小籠裡的茶碗溫度，雙手遞給長房老太太。「我一直以為是鄭家的長輩，沒想到是宗親。」

長房老太太喝口棗茶，垂下眼睛。「難怪妳想不到，鄭七小姐叫叔叔，怎麼可能是惠和郡主娘家人。」

琳怡頷首。她也是被鄭七小姐誤導了。

「康郡王的祖父是太祖九子，成祖時封了康郡王，歷經高宗和本朝，康郡王在宗親中自然輩分大。惠和郡主論理是該喊聲十九叔，只是之前康郡王沒有復爵，大家相處的時候便隨意了些，鄭七小姐性子直率，跟著惠和郡主一起亂叫也是有的。」

琳怡能理解這個意思，就算都是宗親，也要看誰的身分更尊貴，一個獲罪被奪爵的宗親，平日裡相處時也就隨意些。

長房老太太抬起眼睛。「怎麼想起來讓康郡王捎信？」

琳怡低下頭。「孫女也是猜康郡王可能去福建，於是就多問了一句，沒想到果然就是……」琳怡說著頓了頓。「在福建的時候，父親和福建的清流多有來往，這次嚴大人到了福建查出賑災款錯漏，對清流來說是莫大的機會，我害怕父親會因此被福建的事絆住不肯回京。」等到了多年等待的機會，父親不一定就肯置身事外。她怕的是父親回福寧交代公務也是周十九的一步棋。父親回到福建之後，順理成章要幫襯嚴大人對付成國公，只要陷進去就再也拔不出來了，興許富貴險中求是對的，只是父親耿直的性子不會明哲保身，只怕將來不小心引火上身。

比起一味追求富貴榮華，她更期望一家人能平平安安地在一起。

「伯祖母，都是我自作主張。」琳怡想和長房老太太說清楚再行事，只是在鄭家不好行事且時間緊迫，福建的事既然有了頭緒，就要火速處理，拖延時間越長，越給成國公掩蓋的時間，周十九不會耽擱公事來等她。

長房老太太仔細地看著琳怡，似乎從琳怡身上看到了允禮的影子。陳家能做勛貴，也是因為陳家祖宗有過人之處。大約是老天給了陳家太多富貴，後人反而不濟。允禮從小就聰明，她還以為陳家靠著允禮日後會重新興旺，沒想到允禮早早就沒了。「信上是怎麼寫的？」

琳怡睫毛微微顫了一下。「我只是寫京裡有變，伯祖母讓父親速歸。」緊急的家書不能寫太多。

長房老太太讚賞地看一眼琳怡。「這樣的家書，即使半途被人瞧了也沒什麼。」

她就是抱著這樣的心思。她既要請周十九幫忙，也要防著周十九。

長房老太太嘆氣。「不參與此事，妳父親難免心中遺憾。可是妳父親的脾氣也確實難成大事。」

琳怡低下頭。「父親不可能不參與福建的事……我只是想，參與少一些更好。」她只是盼著時間緊迫，父親能有所保留。要知道成國公是一塊大石頭，不可能一下子就能啃碎。

長房老太太動動身子。「這些都是誰教妳的？」

琳怡輕聲道：「姻語秋先生平日裡說過一些。」

「妳這孩子，姻語秋沒白教妳，」姻家可是出過帝師的，看來姻語秋不是個只會琴棋書畫的才女。不過好老先生重要，沒有好學生也是無法施展才能的。長房老太太將琳怡攬在懷裡，乾脆多教琳怡一些。「嚴大人參奏成了，也會有妳父親一份功勞，就算妳父親全力而為，也不過如此。」出面擔當的人不多，等著分一杯羹的人卻不少。「官場上，始終要給自己留一條後路。」

琳怡頷首。政事她知道的也只是皮毛而已，等父親官途順了，她也就不用再多想這些。

康郡王果然是悄悄去的福建，之後兩日，京裡依舊沒有類似的消息。琳怡沒想到能第一時間掌握了福建的局勢。

不知文武百官如何，京城內宅婦人的眼睛此時此刻都落在鄭家，褚家小姐手裡多了條人命的事不脛而走。

鄭家本來已經要定下褚家小姐給鄭三爺，誰知道褚家小姐知曉鄭三爺有通房之後，二話不說便一剪子在通房丫鬟胸口穿了個洞。殺了通房丫鬟，還要殺鄭三爺兩個二等丫鬟，多虧被陳三小姐和鄭四小姐攔下來。陳三小姐因此驚嚇過度，回到陳家就一病不起。

就此琳怡才知曉，琳婉身上的鮮血是因為阻攔貞娘而來的。

到底是不是為了救兩個丫鬟才出手幫忙，只有琳婉自己清楚。

第七十一章

擔驚受怕了好些日子的蕭氏，趁閒在長房籌備宴席，誰知道想請的沒有請來，以為不會來的到都到了。

蕭氏原本是想回報之前幾位太太的宴請，卻忘了八月初就是秋闈的日子，家裡有應試子弟的太太全都沒有過來，倒是蕭氏娘家來了不少的親戚。

琳怡比以往每次宴席都要忙，讓幾個姨母手把手傳著看了一番，然後低頭多叫幾聲表哥。長房老太太的意思是，這樣也好，一來讓琳怡適應適應，過幾日去族裡也是這樣的情形，二來在長房辦宴席，也是間接讓族裡知曉，長房有意過繼後人了。

且給二老太太董氏四下活動的時間，讓董氏將手段都使出來，免得日後磨人。

長房老太太聽說琳怡在園子裡快被揉搓成團，當即就笑起來。「多虧六丫頭年紀還不算大，否則真要被折騰壞了。」

白嬤嬤給長房老太太捶腿。「這也是好事，說明咱們六小姐將來不愁嫁。」

假稱身子不舒服在內室裡偷閒的長房老太太喝口茶。「哪個好人家的嫡女愁嫁，不過就是嫁的門頭高底，姑爺品行好壞有區別罷了。我倒是不贊成做什麼姨表親，小蕭氏是個不壓人的，多了一層親戚更是負累，平白就拖累了六丫頭。」

琳怡進門恰好聽得這話。長房老太太偶爾會提起她的終身大事，但是沒有直接表露過喜好。想到蕭氏被幾個姨母說得啞口無言的模樣，琳怡悄悄鬆了口氣。

琉璃簾子作響，琳怡踏進門，南北的窗子都開著，屋子裡一陣涼風吹來，讓人舒暢許多。

長房老太太笑看琳怡的模樣，吩咐白嬤嬤。「去打水給六小姐重新梳洗。」

都已經是秋天了，還這麼熱。

琳怡顧不得別的，讓丫鬟先拿了西瓜青煎的茶伺候長房老太太喝下。

長房老太太長了口瘡，所以才不願意去花廳和大家說話。

琳怡拿起一只小盒子。「還有西瓜翠燒成的藥灰，伯祖母吃過飯再敷上，應該很快就能好了。」姻語秋先生總說她正才沒有、歪才有餘。她是覺得大病還有郎中在，平日裡小病就不用煩勞郎中了。對於長房老太太這樣不願意整日讓郎中來請安的長輩，她的歪才還真的用上了。

祖孫兩個說著話，衡哥一溜煙地跑進門，額頭上滿是往下淌的汗珠，看來幾位表哥跟著姨母一起回去了。

衡哥進了白鬘書院，識得的人說到這個都是一臉羨慕。

「齊家哥哥要入場了，我想明日去送只福包。」衡哥揚著手裡的福字荷包，裡面是初一那日衡哥一早去清華寺求的香灰。秋闈要開場，清華寺的香火比往日不知要旺了多少，加之初一的香火難求，衡哥足足用了一整日的時間才弄到。

長房老太太慈愛地道：「這份功夫也算是尊師重友。」

也不知道齊二郎這次能不能考過林正青。

說了會兒話，衡哥和琳怡兄妹兩個去前面幫襯蕭氏收拾殘局，長房老太太歪在羅漢床上歇著，半晌才微睜開眼睛。「去池塘裡採兩朵紅蓮，再備上一份筆墨紙硯送去齊家。」

白嬤嬤笑著道：「奴婢這就去辦。」老太太大約是看上了齊家二爺。

長房老太太攏攏袖口。「族裡要入場的子弟都送去賀禮了？往年有遺漏也就罷了，今年三太太幫忙打理長房的家事，不能有疏忽的地方。」

白嬤嬤躬身道：「您放心，昨晚六小姐已經對過單子，差不了，直系族人不說，稍遠些的親戚也都有呢。」

聽到是琳怡辦的，長房老太太放下心來，抬眼看到白嬤嬤臉上深意的笑容，屋子裡沒有旁人，長房老太太乾脆也不避諱。「妳覺得齊二爺如何？」

白嬤嬤打發了屋子裡的小丫鬟。「奴婢雖然見人不算多，不過也能看出來齊家二爺品行是一等一地好，要不然也不會教我們家二爺讀書。別的不說。這門親事，三老爺是第一個願意的。」

長房老太太坐起來，讓白嬤嬤服侍著穿鞋。「他自然願意，我之前問過他，他是想找個書香門第的後人做女婿。從前在福寧的時候，他還想過姻家，只是姻家的子弟過於隨興，不一定是良配，他就想著若是沒有合適的書香門第，倒不如去鄉下找家境殷實的。」

蕭氏已經吩咐下人將院子整理好，琳怡沒有什麼可伸手幫忙的，就回到長房老太太房裡。門外的小丫鬟知曉長房老太太凡事不避諱六小姐，也就沒有阻攔。

琳怡進門沒想到聽到長房老太太說起這個，好奇心讓她沒有出聲打擾，而是靜靜地聽過去。

白嬤嬤正好笑起來。「六小姐可不適合做個地主婆。」

琳怡聽得這話，忍不住要笑起來，轉念想想地主婆也沒什麼不好，守著田地吃穿不愁，要不是長房老太太說：「妳以為小地主不會被官府壓迫嗎？家裡沒有官，到哪兒都難言，這種日子妳是沒有過過。」

她哪裡不知道，只是撇開壞的想好的罷了。

長房老太太道：「老三從小沒少和武將子弟打交道，知道武將為人粗魯，怕琳怡嫁過去受委屈。我大周朝一度重文輕武，有些本事的武將都張狂得很，我為六丫頭打算，也要顧及老三的意思。」

琳怡偷聽到這裡，再也不好意思聽下去，伸手去撩開簾子，乖乖坐到長房老太太身邊。

白嬤嬤見狀抿嘴笑著，將瓜果給祖孫兩個擺在矮桌上，忙著去給齊家送禮了。

長房老太太知曉剛才的話琳怡一定聽到了些，也就順理成章多說了幾句。「女人嫁人之後就要仰仗夫君，」長房老太太端詳著琳怡。「女孩子出身在哪家不能選，夫婿卻是能挑的。妳長姊出嫁的時候我也是精挑細選，家世、品性固然很重要，脾性也要合得來，日子才能長長久久。能給妳找門好親事，我也就安心了。」齊二郎別的都很好，只怕性子太憋悶，不過六丫頭和齊家兩個小姐相處得融洽……夫妻之間的緣分誰也說不準，長輩也只能瞧個大概，日後如何，還要他們成親之後才知曉。和齊家的關係乾脆就維繫著，還要看齊家有什麼動靜。

琳怡回到房裡，玲瓏已經打聽出來，白嬤嬤千挑萬選找了兩朵最漂亮的荷花，包了份筆墨紙硯一起送去齊家。

荷花是如意花，是祝齊二郎登上桂榜。

這是重生之後，家裡長輩第一次對她的婚事做出安排。琳怡想到這裡，忍不住一陣心跳，抬眼看向窗口的桂花。如果讓她選，她真不願意嫁出去。她也知道，這不過是不切實際的想法，哪個女孩子能一直留在家裡，就算姻語秋先生也是因婚事出了差錯，這才下定決心不出閨閣。經過了前世的婚事，即便她再看開，那場大火在她心裡還是留了一片陰影。

可終究早晚也是要嫁的。

一轉眼，參加秋闈的生員很快入場。七天之後考完了三場，衡哥這些尚不夠資格入試的，提前跑去貢院門口感受一下氣氛。貢院裡忐忑了七日，出來的人多是走路一深一淺，唯有林正青一人輕鬆瀟灑，提前交了考卷。

齊二郎斟酌到了最後才出貢院。

這樣的消息和琳怡前世聽到的隻言片語差不多。

林正青這場秋闈過後，名聲更甚從前。

不出幾日，乙榜放出來，齊二郎第三十八名，林正青中了第一名解元。家裡有子弟上了乙榜的都免不了一陣慶賀，中了舉人就代表有資格為官，京裡立時又掀起一輪議親熱潮，對象基本都是這次桂榜有名的。

林家自然不必說，齊家也是屢屢有人上門，以林、齊兩家的家世，即使春闈上不能提名，也足以入仕。

齊二太太親自登門給長房老太太回了份禮，笑著打聽陳允遠的消息。「三老爺快回京了吧？」

長房老太太拿著蓋碗撥動茶葉。「算著日子是快了，回來之後也該走馬上任。」

齊二太太低頭笑著。「以後三老爺在京裡任職，也能多多照應老太太。」

長房老太太笑笑。「是啊，人老了，身邊總要有個人依靠。」

旁邊的琳怡看著齊二太太的笑容，眼睛一跳。齊家是因為父親能留京且長房老太太有意過繼父親才會與他們親近——這也沒什麼不對，婚事本來就是要仔細琢磨，男女雙方都要互相掂量家世，而後才是各自品性。

說是兩個人的婚事，其實是兩家的相看。

初步的好感，只是個開始。

齊二太太伸手將琳怡叫過來。「我們家三姊兒、五姊兒常常說起六小姐，」說著笑了笑。「過些日子請六小姐過去坐坐。」

琳怡低頭笑了。

齊二太太也親切地笑道：「三姊兒還欠妳一只鐲子呢。」

秋闈過後，考生們鬆了口氣，陳家的氣氛倒是緊張了些。

蕭氏苦著臉。「也不知道老爺那邊怎麼樣，還沒有書信捎回來。」

長房老太太拈著佛珠。「再等等。福寧到京城路途遙遠，半路耽擱了也是有的。」

琳怡將茶果送到蕭氏眼前。母親說的對，父親耽擱的時間有些長了。

第七十二章

又過了五、六日，京裡為新一批舉人老爺慶賀的熱情仍舊不減。琳怡陪著蕭氏出去買脂粉，芙蓉閣前堵了好幾輛馬車，蕭氏本就心情不佳，見到這種情景便吩咐趕車的下人。「不買了，回府吧！」

蕭氏話音剛落，外面就有人恭敬地喊了聲：「戴姊姊好久不見。」

馬車外的戴婆子也應承了兩句。

那人立即隔著車廂向蕭氏和琳怡問好。

蕭氏吱一聲就再沒別的話。

馬車開動了，戴婆子才小聲回稟。「是林家的管事婆子，說來拿脂粉的。奴婢瞧著林家的小廝抱走了好大一只八角盒子。」

那麼多女眷登林家的門，林家自然要準備大批回禮。蕭氏聽了，抬抬眼睛不以為意，現在她沒有心思多想別的。

琳怡為了陪蕭氏就從長房搬回來住。

琳芳在園子裡遇見琳怡，笑得花枝亂顫。「呦，我還以為不出去宴席就見不到六妹妹了呢。」

琳怡笑著回口。「看四姊姊說的，不過就是隔條胡同罷了。」說著將新做的蜜餞遞給琳芳。「四姊姊嚐嚐，酸甜可口。」

琳芳跟著琳怡到香葉居小坐，順道吃了琳怡做的蜜餞。「咦。這裡放了什麼？」

「甘草。」琳怡坐在一旁。「甘草清熱解毒，姊姊不妨多吃些。」

看著琳怡笑咪咪的樣子，琳芳總覺得琳怡話裡有話，卻又挑不出刺來。「我問妳，三叔父去了福建這麼長時間，怎麼也不給家裡捎個信？」

琳怡喝了口薄荷茶，直言不諱。「我也不知道，許是福建水患，路不好走耽擱了。」

琳芳頓時失望。琳怡賴在長房不回來，不知道在長房搞什麼神神鬼鬼，前些日子又在長房設宴，儼然將長房當作了自己家。「妳少去長房老太太那裡。老太太年紀大了，哪有精力照顧妳。長輩不說，妳心裡也該有個數。」

琳怡驚訝地看向琳芳。「四姊姊不知道長房老太太的病好多了嗎？上次我們一起去鄭家，四姊姊沒仔細瞧？」

琳芳皺起眉頭，剛要駁斥琳怡，想到鄭家遇見的那人……一時之間心跳加快，腳又軟了些。她從前以為林家大郎已經是最俊俏的男子，卻沒想到這世上還有如此那般讓人癡迷的面容，五官精緻疏朗又貴氣得高不可攀，在鄭家匆匆見了一面，她便時常不由自主地想起。

琳怡瞥了琳芳一眼。真是中毒已深。琳怡就要將琳芳眼前的甘草蜜餞收起來。

琳芳挑起眉毛。「妳不是給我了嗎？拿起來做什麼？」

琳怡失笑。「我以為四姊不要了。」

琳芳讓銘嬰將蜜餞盒收起來，然後去吃琳怡桌上擺的，好半天磨磨蹭蹭進入正題。「妳認識康郡王？」

父親請康郡王幫忙留京的事，陳家該是傳遍了。

琳怡搖搖頭。「不認識，只是上次在鄭家見過一面。」她也不算說謊。之前認識的是鄭十九，充其量後來變成了周十九。她給康郡王行宗親禮，還不就是在上次。

琳芳有些放心，剛才面對琳怡的陰鬱表情好了一些。「聽說康郡王和寧平侯家談婚事。」

這話，琳芳不應該拿來提醒她，琳怡抬起頭。「姊姊和寧平侯五小姐關係不是不錯嗎？」

平日裡提起寧平侯五小姐，琳芳都要笑成一朵花，而今再提，琳芳臉上有了反感的表情。「不過就是相識罷了。」一定是寧平侯和康郡王兩家說親的時候透露說康郡王俊俏，寧平侯五小姐才要親眼見識。琳芳想到這裡，暗地裡冷哼。寧平侯五小姐急切的表情，真是上不得檯面，怪道人家私底下說寧平侯一家就是勛貴中的暴發戶。

如果和琳怡再親近些，琳芳定會在琳怡面前講寧平侯五小姐的壞話。

琳芳在琳怡屋裡坐得沒趣，不一會兒起身告辭。

琳怡穿戴好去給二老太太董氏請安。

二老太太董氏難得熱絡地讓琳怡坐在身邊，又吩咐董嬤嬤。「六丫頭回來了，晚上多加些菜，」說著看向琳怡。「正是長身體的時候，可馬虎不得。我這才幾日不見，怎麼就瘦了？」

琳怡笑著。「可能是天氣太熱吃不下飯。」

二老太太董氏瞇著眼睛聽了，輕微頷首。「一會兒讓人熬了解暑的藥給妳送去。」

說完話，董氏看看沙漏，慈祥地拉起琳怡的手。「回去閉閉眼睛歇一會兒。」

琳怡起身向董氏行了禮。

董氏如同每日見琳芳般，笑容始終掛在臉上。「快去吧！」

琳怡出了門。董嬤嬤端了茶給二老太太董氏喝。「上次奴婢去長房送東西，遠遠就聽到長房老太太和六小姐有說有笑的，要不是三老爺遲遲沒有回京，六小姐也不會回來二房陪三太太。」

二老太太董氏抬起眼睛。

董嬤嬤道：「我們家這些年對長房也是不錯，沒想到長房老太太放著正經的陳氏子弟不喜歡，偏疼上三老爺一家。」

二老太太董氏喝了口茶，站起身來。「讓她們先得意幾日，」說著頓了頓。「族裡那邊要抓緊辦，晚上讓二老爺過來說話。」

董嬤嬤應了，扶著二老太太去歇著。

在二房度日不如長房痛快。

就是每日聽二太太田氏誦讀佛經也要耳朵長繭，更何況隨著時間越來越長，琳怡也開始擔心父親。

蕭氏沈悶得乾脆病倒了。衡哥從書院回來，琳怡就拉著哥哥去蕭氏床前背聖賢書。

蕭氏這才稍覺寬慰。

晚上，蕭氏和一雙兒女聚在燈前說話，三個人看著跳躍的燈火總算有了些睡意，蕭氏正要吩咐下人安排少爺和小姐去歇著，譚嬤嬤掀開簾子進門，聲音比往常提高了兩分。「太太，老爺從福寧回來了！」

病得懨懨的蕭氏一下子從床上撐起來。「是、是老爺回來了？在、在哪裡？」

突如其來的消息讓琳怡也十分驚訝。

譚嬤嬤道：「聽門房傳來的消息，應該要進門了。」

琳怡和衡哥上前扶了蕭氏，譚嬤嬤又拿了氅衣給蕭氏穿上，三個人剛走到門口，就看到滿臉鬍鬚、一臉憔悴的陳允遠。

「老爺，」蕭氏高興之餘，聲音也啞了。「您總算回來了。」

陳允遠看著滿嘴水泡、讓子女攙扶著的小蕭氏。「怎麼病成這樣？」

一家人回到內室，譚嬤嬤囑咐下人去燒水來給三老爺梳洗。

陳允遠簡單清洗過後，刮掉厚重的鬍子，露出清瘦的臉頰。

趁著陳允遠清洗，琳怡低聲吩咐玲瓏。「妳和橘紅去外面看著，讓那些小丫鬟先去歇了，這裡不用她們伺候。」

不一會兒工夫，陳允遠換了身乾淨的長袍出來。

雖然進家門多時，燈光下，陳允遠的表情是悲傷、悔恨、驚魂未定，神情似是比死了還難受。

陳允遠人回來了，蕭氏終於能安下心，琳怡卻悄悄攥緊了手帕。父親是愛將心事藏起來的人，現在整個人像垮了般。「父親，福建出了什麼事？」

溫溫的茶喝進肚，耳邊傳來女兒軟軟的聲音，本來就已經承受不住的肩膀，一下子就矮下來。「我是沒事，康郡王卻遭了暗算。」

所有人都因這話驚呆了。

周十九？難不成……琳怡從來沒想過會聽到這樣的消息。周十九的身影從她眼前一掠而過。

蕭氏張大的嘴遲遲沒有合攏。「那康郡王……」

陳允遠道：「福建的清流要將這些年蒐集的證據一起交給康郡王，誰知道康郡王乘的船在江中沈了。這件事本應該我去辦……」說到這裡，陳允遠眼睛紅得冒火，拳頭也緊緊攥起來。「這是要殺人滅口！回京這一路，我就想，如果能平安進京，說什麼我也要參奏成國公！」

蕭氏這才驚懼起來。

琳怡怕的就是這個。父親能回來並不代表就會平安。「父親，康郡王他——」

陳允遠道：「我們在岸上找了幾日都沒找到，這個時節上游下著雨，水流很急，就算是會水的人也難脫身，何況康郡王的小廝說……康郡王不識水性。」

康郡王的小廝？琳怡覺得奇怪。「那小廝怎麼沒跟著康郡王？」

陳允遠道：「康郡王讓小廝跟著我進京，該是吩咐了些要事。」

不可能周十九就這樣被人陷害死了。她前世記憶裡康郡王一直好好的，可是前世記憶裡也沒有落水這一遭。

蕭氏緩過神來。「成國公連郡王都敢……何況老爺，老爺這不是要……」說著淚水漣漣。「老爺千萬不能做傻事。」

見到周十九被害落水，父親僥倖逃脫，哪裡還會顧自己的安危？這樣勸，只會讓父親鐵心追求氣節。

現在的癥結在於康郡王。

「父親，康郡王有沒有讓您回來參奏成國公？」

陳允遠心思已亂，半晌才搖頭。「康郡王讓我回京什麼也別說，可是今非昔比……」

琳怡連忙勸說。「父親還是思量思量再做打算，若是輕率決定反而做了錯事，那不是更加雪上加霜？現在還不急參奏，找人才是最正經的。」

琳怡話音剛落，只聽門口傳來丫鬟的聲音。「二老太太來了。」

二老太太董氏進了門，仔仔細細打量了陳允遠一番，然後心疼地道：「出去了個把月怎麼這般狼狽？」

第七十三章

讓二老太太董氏知曉成國公的事，就相當於讓二老太太握住父親的把柄。借刀殺人這樣的伎倆，連琳怡都已經司空見慣。

陳允遠在官場打滾這麼多年，再怎麼樣也不會犯太大的錯誤，何況他對二老太太董氏有十足的戒心。

「福建連日大雨，誤了行程，怕回京遲了就連夜趕路。」

二老太太董氏不動聲色。「回來就好，以後出去要送平安信回家，你媳婦擔驚受怕連身子都熬壞了。在外面博功名重要，這個家也不能不管不顧。」

旁邊的董嬤嬤也說道：「老太太剛才已經安睡了，忽然就作了惡夢大喊三老爺，奴婢們都嚇了一跳。」

琳怡端茶的手頓了頓。

二老太太董氏驚嚇過後彷彿真心想和兒子、媳婦話家常。「你們父親那時候，我也是整日睡不著覺，總是夢到他身受重傷。雖然現在你們沒有走從戎這條路，可是朝廷局勢也是瞬息萬變的，稍不留意，那可要大禍臨頭。」

蕭氏聽得這話，想及剛才老爺要參奏成國公的神情，深有感觸地掉下眼淚來。

董嬤嬤看了目光一閃。

琳怡站在一旁。現在的情形再明顯不過，二老太太董氏定是察覺到了什麼。這件事遮掩不住了。

陳允遠受教恭敬地道：「兒子知道了。」

「小事我不管，萬一遇到大事，你可要找我和你兩個哥哥商量，」二老太太董氏深深地看了陳允遠一眼。「我老了，不如你們年輕人還有心勁，我就想盼著家宅安寧。到了我這把年紀，你就知道半截身子入土的人，還能求什麼。如果你們父親能活著，什麼富貴榮華統統不要也罷了。」

小蕭氏眼淚直掉，陳允遠死裡逃生也頗受感觸，琳怡上前拉起蕭氏的手。

旁邊的董嬤嬤嘆氣道：「二爺和六小姐還小，不曉得三太太心裡的苦。人都說得好，不當家不知柴米貴，不養兒不知父母恩。」

董嬤嬤這句話都戳在蕭氏的胸口，將衡哥和琳怡都拉開了些。

哪個女人聽得這話不感觸？蕭氏露出幽怨的眼神。

坐了一會兒，二老太太董氏這才讓董嬤嬤扶著回去歇著。

陳允遠夫妻帶著一雙兒女將董氏送出去。

二老太太走上長廊，一眼看向董嬤嬤。「看出來沒有？」

董嬤嬤點頭。「三老爺是在福寧遇到了事。」

恐怕不是小事。二老太太董氏皺起眉頭。「再去問問看，有沒有人和老三一起回來。」

董嬤嬤道：「奴婢這就去安排。」

看老三的樣子不像是小事，雖然總是遮掩不住，早晚要說出來，還是越早知道越好。看小蕭氏那個樣子，稍不留意，老三就要大禍臨頭了。

二老太太蕭氏一定會很快打探出父親和康郡王的小廝一起回來的消息。

要想安穩過這一關，不是件容易的事。

琳怡輕握手裡的錦帕，仔細思量父親的話。按理說沒有找到康郡王，就該一直在福建找，怎麼康郡王的小廝倒提出回京？

周十九那麼聰明，該不會這樣輕易就被人暗算死。主子沒了蹤跡，小廝就這樣回京……屋子裡沒有了旁人，陳允遠說起福建的事。「福建的官兵不敢驚動，怕是就算找到了，也不會給生路，只得讓幾個相熟的官員調動家人沿著江邊往下流去找，我們就送信進京。」

在江邊熟知水性的人都知道，只要三日內找不到，基本上就沒有了活路。

福建每水患，生不見人、死不見屍的不知有多少，從前有一位和父親要好的河道就是被大水捲走了，出動了許多官兵也沒能找到屍首，家裡只能埋了一套官服做衣冠塚。

大概是父親知曉康郡王定是沒了生路，這才……

或生，或死，怎麼都能說得通。

因為前世種種，她總是怕父親和康郡王有牽連，難不成她一直小心防備的人就這樣死了？

那日，周十九從鄭家走時，明明把握十足。

「父親，」琳怡忽然想到。「康郡王有沒有說怎麼去了福建？」

陳允遠表情有些意外。「康郡王去公幹，正好路過福建給我帶家書。我看家書上是妳的筆跡，妳不知曉？」

說是為了帶家書……並沒有將實話跟父親講，也就是說周十九從頭到尾怎麼安排的，完全沒有告訴旁人。

那很有可能落水也是假象──

琳怡霍然想透這一點。周十九是皇上密派去福建的，如果這麼快就被害死在福建，皇上定會勃然大怒。

何況周十九不是一般人，是宗親。連宗親都敢殺，豈是貪腐那些罪能比的？

周十九若是早有謀算，就能藉著這件事將成國公越拽越深。

他是為達目的不擇手段的人，從前世他用父親邀功的事就能看出來，卻斷不會拿自己的性命做賭注。

「父親先別急，明日還是找伯祖母商量一下。父親不是總跟我們說，遇大事時不能慌。」

陳允遠看著目光明亮的女兒，想著往日對一雙子女的教訓，嘆口氣，女兒說得也有道理。

大周朝開國時，將京城最好的地段大多賜給了宗親。康郡王的祖父是太祖九子，自然和閒散宗室不同，要另賜府邸。

後來被革了爵位，就連正統宗室也算不上了，只能記在被革爵宗室冊上。革了爵位的宗室沒有朝廷的養廉銀，不如普通的官宦人家。

周夫人端著四色牡丹小蓋碗，嚐著碧螺春，長長的暖玉護甲不時地輕觸碗底。

「郡王爺實在不該和夫人分心，」申嬤嬤在一旁低聲道：「要不是夫人，郡王爺哪裡能承繼爵位？當年奪了爵，連府邸和田地一併收了回去，老郡王一家過得拮据，還不是老爺和夫人救濟。親兄弟骨肉也無非如此，何況老爺和老郡王並非出自同支。」

周夫人放下手裡的茶。「外面都說我們是高攀了。老郡王一家是嫡裔宗室，我們這些閒散宗室將來是要遷去盛京的。」

申嬤嬤用美人拳給周夫人敲小腿。「連太后和聖上都說了，要郡王爺仔細孝順老爺和夫人，還說老爺、夫人宅心仁厚，宗親都如此，周氏子孫只會越來越興旺。」

周夫人眉眼舒展開，卻也嘆了口氣。「話是這樣說，誰又能看得到將來？或許澈兒成親之後要自立府邸，翅膀硬了總是要飛的。」

申嬤嬤笑咪咪。「那還不是夫人說了算，郡王爺畢竟年輕，娶來的郡王妃能多大？中饋可不是小事，還不是要夫人手把手地教。」

周夫人聽了不置可否，只是眼角輕翹。「娶了媳婦忘了老娘，更何況是孀娘。澈兒那孩子心思又重，只盼望將來成了親之後，能有人和他心貼心。」

申嬤嬤一臉諂媚。「那也要是性子溫良，懂得孝順長輩的，就算不像寧平侯五小姐那樣直性子，也要像太后母家的二小姐那般……」

周夫人輕笑一聲。「妳是想得好，兒大不由爺……我看他和陳家最近走得親近，恐怕是真的要自己選媳婦。」

那個陳六小姐主意大，萬一進了門，要攪得家宅不寧，這樣的災星千萬不能要。申嬤嬤道：「奴婢前些日子才問了郡王爺屋裡的姚嬤嬤，姚嬤嬤說沒發覺郡王爺有什麼……」一個老媽子問也是沒用，要知曉也是元澈身邊伺候的大丫鬟，偏那幾個丫頭沒有一個爭氣的，哪個都沒能讓元澈入眼。

周夫人剛想到這裡，丹桂便跌跌撞撞地進屋，走到周夫人跟前。「夫人不好了！桐寧回來了，說是郡王爺在福建出事了！」

周夫人怔愣片刻，一臉詫異。「澈兒什麼時候去了福建？」轉頭看申嬤嬤一眼。「去將桐寧叫來。」

桐寧哆哆嗦嗦跪在地上，哭得傷心。「郡王爺吩咐小的去買些東西，第二日好離開福建，誰知道郡王爺坐的船就出了事……」
周夫人臉色突變，幾乎要暈厥過去。「你……你說什麼……郡王怎麼樣了？」
桐寧頭髮散亂，衣服上都是污漬，眼淚、鼻涕匯到一處，嗓子幾乎啞得說不出話，不知道哭了幾場。「郡王爺的船翻了，小的和陳家三老爺尋了好幾日也沒找到郡王爺……」
聽到這裡，屋子裡的人臉色都變了。
周夫人似是沒聽清楚，待要起身再問，身子卻突然歪了下去。
申嬤嬤嚇得臉色蒼白，上前就去看周夫人。「快！快去請郎中……夫人……夫人……」
周家一下子亂成一團。
屋子裡始終迴蕩著桐寧的話——郡王爺的船翻了。
內室裡，周夫人靠在杏黃金絲小鳳尾大迎枕上，垂下眼睛喝了兩勺申嬤嬤遞來的藥。
「奴婢問了，郡王爺是路過福建，要去見幾個相熟的朋友，這才渡江……郡王爺帶出去的官兵還在江邊找，桐寧和陳三老爺是回京報信的。」
周夫人聽著抬起頭。「福建衙門呢？衙門有沒有派人出去找？」
申嬤嬤搖頭。「桐寧一路回來已經過了這麼久，福寧到底怎麼樣……也不知道。」
「既然消息回來了就要及時報上去，」周夫人看了申嬤嬤一眼。「實情到底如何，還要問陳家。」

第七十四章

第二日天剛亮，陳允遠剛想去長房商量對策，二老太太董氏讓董嬤嬤來請。「老太太請老爺、太太過去呢。」

琳怡頂著大大的黑眼圈正好進了蕭氏的屋子，對上董嬤嬤的笑臉。「六小姐起得好早啊。」

看來二老太太董氏是打聽清楚了。

趁著大老爺、二老爺沒有出門，大家都聚在董氏的房裡。

本來大家平日裡起得就不晚，再聽說三老爺九死一生地回來，便都想探個究竟。二太太田氏這個長期茹素唸佛的人，也提著佛珠過來。

琳芳見到琳怡就問：「三叔父怎麼了？」

琳怡搖搖頭。

琳婉向陳允遠和蕭氏行了禮之後也和琳怡道：「三叔父瘦了許多。」

大家都找位置坐下，等到二老太太董氏喝了些清茶，緩緩地看了陳允遠一眼。「老三，福建的事別瞞著了，讓你兩個兄長給你出出主意吧！」

陳允遠看到這樣的陣仗也知道消息再也瞞不住，抿緊了嘴看著滿屋子投過來的目光，不知道怎麼說。

大老爺陳允寧緊鎖眉頭。「福寧出了什麼事？」

二老太太不等陳允遠回話，嘆口氣。「我只問你一樣，康郡王失蹤的事和你有沒有牽連？」

二老太太董氏的話音一落，琳芳手裡的茶水頓時潑了一半在石榴裙上。銘嬰嚇了一跳，拿著帕子上前去給琳芳擦裙子，提出要去換裙子時，琳芳卻攥緊了裙角，狠狠地瞪了銘嬰一眼，說什麼也不肯起身離開。

二老太太的話如同一道驚雷，屋子裡的人都耳邊嗡鳴聲大作，誰也沒有注意琳芳這邊。

陳允遠好半天才道：「跟兒子沒關係……」

琳怡暗自吁了口氣。

陳允遠垂下頭，接著說：「是兒子眼看著康郡王的船翻在江裡。」

琳芳的手抖成一團，嘴唇幾乎咬出血來，握著裙子看向身邊的琳怡。

琳怡垂著頭，看不清楚臉上有什麼表情。

二老爺陳允周驚訝地揚起眉毛。「三弟說康郡王出了事……我怎麼沒聽到半點消息？福建衙門調動官兵，總要有加急文書傳回來。」

陳允遠道：「是我和康郡王的家人一起日夜兼程將消息送回來。福建的公文大概還要等些日子。」更何況怕成國公一黨接著害人，他們開始並沒有通知衙門，他一路回京也像是虎口逃生一樣，拿著康郡王的腰牌累死驛站不少馬匹，覺不敢睡飯不敢吃……

二老爺陳允周一怔。「三弟糊塗啊！你這樣回來怎麼能說得清楚？這件事說小了是你失職，說大了康郡王的事與你有關也未可知。康郡王萬一有事，都察院是定要干涉的，三弟可想好了如何寫奏疏？」

陳允遠從福建回來時一心想著參奏成國公，一切都是因嚴大人徹查福建的賑災款而起……可如果不參奏成國公，裡面的許多脈絡也就釐不清楚。他更無法解釋康郡王出事之後，為什麼沒有立即知會當地衙門，而是跌跌撞撞回京送信。

陳允遠想到這裡，頓時汗透衣襟。

父親而今的情形是進退兩難，身邊又有虎狼盯著，走錯一步萬劫不復。琳怡想到那日她託周十九捎信，周十九嘴邊綻開的笑容。

她的疑心沒錯，如今就是棋無好局。

父親在福建那麼久，就算做了京官也不能甩甩袖子撇個乾淨，所以她才明知會被利用，還要去求周十九幫忙，至少能因此求得平安。

琳怡側頭去看臉色蒼白的父親。

知道了十九叔是康郡王之後，她儘量躲避與他交談，沒想到卻因此漏問了清楚。

在聰明人面前，凡事問得越清楚越容易被他左右。

她不多問，周十九也就不說，是因為他早就料到會有這一日。

琳怡攥了攥手裡的鮫紗。她想了一晚也才想透。

大老爺陳允寧也看出形勢不對。「莫不是三弟真的……不能交代清楚？」

陳允寧的話音剛落，董嬤嬤出去一趟進來道：「長房老太太來了。」

二老太太董氏略微一怔，隨即臉上又驚又喜，起身親自迎到門口。「嫂子來了，正有件事要和嫂子商量。」

二老太太董氏說完看看董嬤嬤。

董嬤嬤笑著走到琳婉幾個身邊。「時辰不早了，小姐們先去用膳。」

這是要讓她們避開。

琳婉和琳怡起身，琳芳卻皺起眉頭。「我沒胃口，三姊和六妹去吃吧！」

涉及政事怎麼可能留她們在場，琳芳是想多聽聽康郡王的消息吧！

琳婉和琳怡先走一步，董嬤嬤看著琳芳沒法子，倒是田氏走過來安撫女兒。「身上不舒服就回去歇著，」說著看看琳芳的衣裙。「這裙子什麼時候濕了，快回去換條乾淨的。」

琳芳見留下來無望，這才磨磨蹭蹭地起身出了屋子。

三個人到了院子裡，二老太太董氏的房門立即關了起來。

琳婉向琳怡問荷包的配線。

琳怡說了幾種鮮亮的顏色，琳婉道：「六妹妹說的對，全用素色也不好看。」

琳芳匆匆換了裙子回來聽得這話，一屁股坐在椅子上。「都什麼時候了，妳們兩個還想著繡什麼荷包，」不等琳怡說話，琳芳接著道：「三叔父的事怎麼樣了，妳就一點不擔心？」

琳怡將手裡的荷包遞還給琳婉。「擔心能怎麼辦？只有在這裡聽消息。」

琳芳冷笑。「妳倒是安穩。」

就算做了熱鍋上的螞蟻，又能解決什麼？

半晌，琳芳黑著臉問琳怡。「妳說人掉到江裡，還能不能活著？」

琳怡搖搖頭。「四姊問問那些見過世面的婆子。」這次從福寧來京裡走過不少水路，跟著伺候的婆子都說掉到江裡準沒命，船行深處遇到水鬼，屍骨無存。

琳芳坐了一會兒，真的找了婆子來問。

那婆子在水邊長大，淨會講一些哪家的小子去捉魚淹死了的話，提到汛期翻了船，那婆子道：「哪裡還能活命呢？水沖下去什麼也尋不到了。」

琳芳聽到這裡沒了話，偏頭過去，用絹子擦眼睛，皺起眉頭看銘嬰。「開那麼大窗子做什麼？蟲子飛進來迷了眼睛。」

屋子裡的小丫鬟忙去關窗子。

好半天，二老太太的門總算開了，陳允遠忙換官服準備去衙門。

長房老太太臨走之前去蕭氏屋裡小坐，囑咐陳允遠。「這事不容易過關，我們一家人要咬緊牙關。」

陳允遠本就抱著必死的心思，倒不懼這個，害怕的是蕭氏。

長房老太太看向陳允遠。「你記住，康郡王奉密令去福建，除了皇上和康郡王本人，誰也不能知曉這裡面的事。」

陳允遠渾身一抖，頓時來了精神。「琳怡說的是真的？所以老太太才讓琳怡寫了家書，讓兒子回京。」若不是琳怡昨晚說起這件事，他也不會在這樣的逼問下守口如瓶。

琳怡在一旁伺候長房老太太喝茶。她昨晚將周十九去福建查案的事和父親說了，就是怕父親沈不住氣，真的去參奏成國公。

父親的性子，凡是涉及朝廷的事就會立即露出文臣的風骨。

長房老太太道：「聖上想要查清此事，定會派人去詢問你，到時候你再說不遲。」

陳允遠應下來，向長房老太太行了禮，拿起官帽大步出了門。

蕭氏眼淚汪汪跟到門口，一直看到夫君筆直的身影消失在眼前。

待到蕭氏回來，長房老太太嘆口氣。「妳也要準備準備，一會兒消息傳開，康郡王家裡人說不得要讓妳們過去。」

蕭氏怔愣片刻。「那，我要怎麼說……」

長房老太太淡淡地接過話茬兒。「妳夫君都不知道的事，妳一個婦人能曉得什麼？無非是多安慰周夫人，說些寬心的話。」

蕭氏點頭道：「媳婦知曉了。」

長房老太太道：「莫要被人套去什麼話，成國公更不要提，只有上下口徑一致，這關才能過去。」

蕭氏第一次遇到這樣的大事，一時手腳冰涼。

長房老太太沈聲道：「妳畢竟是當家主母，就要能撐起事來，在福寧天災都過去了，還怕內宅這些勾心鬥角？出去之後少說話，要知道禍從口出，妳夫君能不能回來還要看妳的。妳的兒女還沒有亂，妳就怕起來，這個家要靠誰？」

蕭氏聽到這裡滿面羞愧。「老太太說的是。」

長房老太太說完話起身。「好了，我也回去想想法子。」

蕭氏和琳怡送走了長房老太太，不多一會兒傳來消息，陳允遠被扣在衙門裡問話，不能回家了。

蕭氏徹底嘗到害怕的滋味。

這事還不算完，琳怡才服侍蕭氏躺在軟榻上歇一會兒，綠萼輕手輕腳地走進來，曲膝稟告。「康郡王家裡來了位嬤嬤，要見三太太。」

琳怡看向綠萼。「妳去將那位嬤嬤請進來，我去叫母親。」

內室裡的蕭氏聽得這個消息，忙起身讓譚嬤嬤伺候梳洗。

第七十五章

蕭氏換上蔥綠色暗紋褙子，將唐嬤嬤請進屋。

唐嬤嬤進門給蕭氏行禮。「三太太，三老爺有沒有捎信回來？我們家夫人讓我問問，太太知不知道到底是怎麼回事，我們家郡王爺還能不能……」說著用袖子去擦眼睛。

蕭氏忙將唐嬤嬤讓到一邊坐了。「老爺去了衙門，再沒了消息，我們家兩位大伯去了好幾次也不讓見的，真不知道……」

唐嬤嬤掩不住失望和難過。「這可怎麼辦才好？」

兩個人說了兩句話，唐嬤嬤提起要去拜見二老太太董氏。

蕭氏將唐嬤嬤領去二老太太房裡。

二太太田氏正好伺候二老太太吃藥，看到唐嬤嬤，慈悲的臉上落下眼淚。

二老太太董氏將唐嬤嬤讓在旁邊坐了。「周夫人如今怎麼樣？」

唐嬤嬤黯然道：「我們夫人最是疼郡王爺，昨天聽了消息就背過氣去，連夜請郎中診了好幾次，郎中說只怕急火攻心，怕有痰壅之症。天不亮，老爺一邊上了摺子一邊去衙門問，誰知道什麼也打聽不出來。我們家郡王爺出了事，卻還對我們家裡瞞著……老爺、夫人也實在沒有了法子，才讓我來您這裡打聽。」

二老太太董氏聽著難過，用帕子擦了眼角。「這是什麼事？好端端的怎麼就有這樣的災禍？」說著看向蕭氏。「妳跟著唐嬤嬤過去安慰安慰周夫人。我們家老三畢竟是和康郡王在一起的，現下周夫人最想見的就是妳了。」

唐嬤嬤感激地看著二老太太董氏。「老太太說的是，我們怎麼勸夫人也不肯聽，飯也不吃一口，水也不肯喝，眼見就要將身子熬垮了。」

田氏最聽不得這些。「夫人從前聽過我講佛經，我也跟著三弟妹一起去看看夫人。」

唐嬤嬤頷首。「這樣最好不過，奴婢就回去候著了。」

田氏和蕭氏將唐嬤嬤送了出去，回來後聽二老太太董氏囑咐。「周夫人問什麼就照實說，如今老三被扣衙門，定是被猜疑和康郡王的事有關，周家才會對我們起了疑心。在周夫人面前但凡有半句吞吞吐吐，老三都不一定能順利回來。」

田氏這才明白過來。「老太太的意思，周家是要興師問罪？」

蕭氏聽得興師問罪幾個字，心裡不由得一抖。

二老太太董氏捏著銀薰球，眉毛皺在一起。「不然能有什麼？恐怕是老三在福建做得不妥當被周家知曉了。康郡王出事那麼久，老三都沒有上報當地朝廷，就這一件事足夠被御史彈劾。」

蕭氏本來就強撐著身子，一根羽毛落下來都要垮掉，何況這樣的話。

琳怡在房裡聽說了二太太田氏和琳芳也要跟著去周家。

二老太太董氏怕周家威嚇不夠，還要讓田氏這個煽風點火的，只是這火要搧得恰到好處，又不能任由蕭氏亂說，將整個陳家都牽連進去。

橘紅道：「這可怎麼辦？」

能怎麼辦，長輩的安排還能反對不成？

外面下了雨，玲瓏拿了件青色金盞花小氅衣來。「去康郡王家裡，我們要怎麼準備？」

琳怡道：「就像平日裡去宴席一樣，選件素淡的褙子，」然後指指頭髮。「還是梳個雙螺髻吧！」

大家收拾妥當，門房傳話馬車也備好了。

琳怡陪著蕭氏一起往外走，毫不意外地在垂花門遇見了二太太田氏和琳芳。

琳芳穿著鵝黃色曉月雲陽斕邊鑲珠交領褙子，梳著單螺髻，用藍田玉的雙蝶簪固定了，下著白芙蓉宮裙，蒼白著臉不施胭脂，比往常嬌弱得可憐。

相比之下，琳怡的穿著就普通稚氣。

幾個人一起坐馬車去了周家。

馬車到了東城，趕車的下人便不敢大意，要知道附近住的除了宗室就是勛貴，衝撞了哪個都擔待不起。

好不容易到了周家，幾個人下車進了門。

周家內宅安靜得嚇人，所有的丫鬟、婆子全都垂著頭走路，誰也不敢多說什麼。

唐嬤嬤將陳家女眷迎去應春堂。

走過長廊，需要上三段臺階才能上了抄手走廊，到了廊上微微眺望就將下面的小花園收在眼底。

唐嬤嬤道：「這是我們郡王爺書房，夫人一早就過來了，說什麼也不肯走。」

聽到是康郡王的書房，琳芳不由得多看了幾眼周圍，種的都是挺拔的翠竹和奇異的草木，果然不見花團錦簇。琳芳看著微怔。上次從鄭家回來，她就偷偷去和母親打聽康郡王，她想著哪日會來康郡王家裡作客，卻沒想到會是這樣的情形。

唐嬤嬤悄悄地抬起頭看陳家兩位小姐。

陳六小姐臉上沒有什麼表情，陳四小姐將帕子捏成一團，紅紅的眼睛四處張望，唐嬤嬤一怔，和她想的有些出入。

到了書房門口，琳芳就看得更加仔細了。誰的書房，外面的題字就是誰的筆跡。

外頭的竹簾輕輕掀開，屋子裡傳來一陣嘆息聲，然後是誰在勸說。「夫人可要看開些，外面傳來的消息也不一定作準，說不得過幾日郡王爺就回來了。」

周夫人聲音沙啞。「好端端的船怎麼就翻了？我夢見澈兒渾身水淋淋的，等著我們救呢……」

唐嬤嬤通報了一聲，周夫人才知道是陳家女眷來了。

周夫人虛弱地半躺在貴妃榻上，面容憔悴，顯得有些消瘦。

琳怡跟著蕭氏向周夫人行了禮。

「快起來吧，」周夫人眼看著蕭氏。「陳三太太請過來坐。」

蕭氏這才坐了過去。

周夫人瞧著蕭氏，就又想起康郡王，拿起帕子遮著嘴唇嗚嗚哭起來。

蕭氏忙上前去勸。「夫人您可要保重身子。」

周夫人一把拉住蕭氏，抬起頭來，眼巴巴看著蕭氏。「陳三太太有沒有聽陳三老爺說起來，到底是怎麼一回事？我們元澈怎麼就去了福建？三老爺是不是親眼看著船沈的？」

周夫人好像一無所知的模樣。

這麼簡單的問題，蕭氏不可能回答不出，只得照著長房老太太囑咐的唱本，說出來。「昨晚老爺回來只說康郡王落水了，要奏報朝廷，其餘的什麼也說不出來，就連我們家老太太問了，也是沒問出什麼。到底是怎麼樣，我也不知曉……今早老爺又匆匆忙忙去上衙，我們一家也是等著老爺回來再問，衙門裡卻傳來話說，老爺被扣下了。」

周夫人無力地靠在引枕上，輕喘著氣，半晌才問起來。「聽說是三老爺一早就和元澈說過福建的事，三太太也不知曉？」

康郡王和父親都不在場，沒有人能和周夫人對質，周夫人說什麼就是什麼……

蕭氏心裡發虛，轉頭看了一眼琳怡和二太太田氏。

二太太田氏不明所以地看過來，反而讓屋子裡更加靜寂。

「這是什麼時候的事，我怎麼沒聽老爺說過？」蕭氏乾脆一問三不知。

周夫人抽噎道：「看來這事只有陳三老爺自己知道了。三老爺來找過元澈幾次，恐怕是和福建有關，聽說這次去福建賑災，本來是陳三老爺回去，是元澈推舉了嚴大人……」言下之意是父親求到了康郡王，康郡王才從中斡旋。

這樣說下去，就將父親推到風口浪尖，福建的事就成了父親一手操控。

琳怡看了一眼蕭氏，蕭氏沈著頭什麼也不說。

她在姻語秋先生和長房老太太那裡還聽過些政事，蕭氏卻對這些一竅不通，自然不知曉即使閉口不言也會大禍臨頭。

單周夫人這一句話，足以害死父親。

琳芳不知道什麼時候湊了過去，拿起帕子給周夫人擦眼淚。

周夫人拉起琳芳的手。「四小姐……也是……慈悲心腸。」琳芳心中更是難過，若是康郡王沒出事，她定然會得周夫人喜歡……

門口隱隱約約傳來一陣窸窸窣窣的聲音。

周夫人說這些話的時候，果然有人在外面。

琳怡剛想及這裡，屋子裡的丫鬟就要出去迎客。

這時候再不說話，就來不及了。

琳怡用袖子一遮，眼睛頓時紅地掉了眼淚。

周夫人才低頭喝了口茶，就聽得一個微弱的聲音道：「周夫人，您就給我爹爹一條活路吧！」

周夫人頓時眼皮一跳，睜開眼睛看向屋子裡跪下的陳六小姐。

門外的腳步聲也停下來，想來是在側耳仔細聽吧！

琳怡嗚嗚咽咽地哭。她一個小小的弱女有什麼話是不能說的，周夫人再厲害，也不能和她一個十幾歲的孩子爭辯。琳怡這樣想著，哭聲變得無比地懼怕。「我爹爹在福寧落下腿疾才想要回京休養，所以長房老太太求人在京裡給父親謀了個職位，爹爹這次回去只是要與新任的官員交代公事，所以才沒有回福寧賑災，康郡王去福建斷不是我爹爹害的啊……」和康郡王能撇多清，就撇多清。

康郡王是王孫貴胄，他們不過是沒落勛貴，周家有意壓他們一頭，他們也只得跪下求生。

第七十六章

哽咽哭的聲音如此刺耳，蓋過剛才她隱忍的哭聲，無論誰進屋來看，都是十幾歲的女孩子因父親的事嚇得手足無措。

琳怡的眼睛越揉越疼，眼淚更是止不住地流。「父親從福建回來報信，就被衙門扣住了，夫人現在又這樣一說，我父親不是沒有了活路？

「我父親已經是京官，福建的事和父親沒有了半點關係，父親在福寧公事已經交代好，返京途中遇到郡王爺，郡王爺的船翻了，夫人沒見過汛期的時候，江水湍流別說是人，就是房屋也能被沖散的……順著河道一轉眼就沒了……父親不管不顧地找了幾日也沒找到……」

外面的人應該能從她的話中聽出裡面的意思。父親是主動要辭去福寧的差事進京的，若是一心繫著福建的事，何必走這一遭？

周夫人的話說得不清不楚，乾脆她也說得迷迷糊糊。

周夫人要說成是康郡王被人陷害，她就偏說汛期水災……

人為陷害可以將父親和康郡王綁在一起，天災卻是誰也意料不到的。

周夫人說那些她們無法辯駁的，康郡王出事時的情形，周夫人也不能隨便猜測。

周夫人目光一閃冷峭，卻立即變成了哀傷。「這孩子快起來……外面的事妳小孩子哪裡知曉，就連我……也是被蒙在鼓裡……」

琳怡搖搖頭。「平日裡，我定是不敢求夫人，可事關父親……我們好不容易回了京……」說著去看田氏。「和祖母、兩位伯伯一家人還沒團聚幾日……就、就……父親早晨走的時候，還託兩位伯伯一定要照看家裡，今天早晨父親說的話，二伯母也聽到了……」說著仰起頭來向二太太田氏求助。「是不是二伯母？」

「二伯母還說唸經能消災，大家誠心求拜，說不得郡王爺就回來了。」周家人本來沒請二太太田氏，田氏跟著過來還不是打著要唸經的口號。既然如此，關鍵時刻就要盡人事，而不是作壁上觀。

田氏還沒說話，旁邊的琳芳坐不住了，拿起姊姊的威風。「六妹妹妳怎麼能頂撞夫人，大人的事妳哪裡懂得？夫人怎麼說，妳聽著就是了，哪有我們插嘴的分兒。」

琳怡這才抬起怯生生的臉。「夫人您聽……連我四姊姊都這樣說了……」隨便誰都能訓斥他們一家。

琳芳大怒，還要說話，卻被二太太田氏看了一眼，只好忍下來。

二太太田氏一臉為難。

蕭氏起身去攙扶琳怡。「夫人不要生氣，我不會說話……我家六丫頭也是擔心她父親，這才衝撞了夫人。」

陳二太太田氏以慈悲為懷，也該關心照顧弱者。「六丫頭年紀小不懂事，夫人萬別生氣，我們不過是私下裡說說，最終都要看朝廷怎麼處置。」

方才的言辭激烈變成了現在的隨便說說，田氏還真的會解圍。

田氏想要和周夫人交好，便拿身邊的人做棋子。

和宗室交好能如何，還不是與虎謀皮，哪日不小心就要陷進去。她現在雖然得罪了周夫人，卻沒有落人口實，怎麼算都划得來。將來周十九回來，那就是他們自家的事。

周夫人溫和地道：「六小姐快起來吧，地上涼，年紀小的女孩子哪裡受得住？」

蕭氏掉著眼淚將琳怡扶起來，兩個人才坐下。

外面的丫鬟就來道：「寧平侯夫人和建國侯夫人來了。」

原來外面的是兩個侯爺夫人，勛貴之間都有聯繫，周夫人那番話是想要透過兩個夫人傳到成國公耳朵裡。

琳怡想到這裡不禁嘆氣。周十九真是悲哀，周夫人關鍵時刻只是想著要怎麼在這件事裡獲利，完全沒有擔心周十九的死活。

陳家女眷向兩位侯爺夫人行了禮。

兩位侯爺夫人邊安慰周夫人，邊不動聲色地打量屋子裡的陳氏母女。

一個懦弱，一個幼小，周夫人是有意要將整件事賴在陳家頭上。

建國侯夫人忽然想起來問蕭氏。「三太太，妳們在福建那麼多年，有沒有被水沖走卻安然無恙的？」

蕭氏急忙迎合著點頭。「有、有的。」

琳怡也跟著道：「發了洪災，有不少被沖散的家人，後來又聚在一起的。郡王爺吉人天相……」

聽得這話，周夫人忍不住又掉下眼淚。琳芳在一旁奉茶倒水，儼然一個稱職的媳婦。

不一會兒，田氏提出要講經，正合了周夫人心意，這樣在周家一整天，田氏母女倆和周夫人親近了許多。

從周家回來，琳怡徑直去了長房。

「怎麼樣？」長房老太太遞了一碗銀耳蓮子羹給琳怡。

「虎穴狼窩，」琳怡將周家的事說了。「周夫人不像表面那樣喜歡康郡王這個姪兒。」

長房老太太並不意外。「那是自然，不是親生的兒子又拿了爵位……要知道宗室裡的爵位，沒有了嗣子是要從旁支過繼的，康郡王這支沒有了後嗣，爵位會落在誰家可想而知。康郡王若是死了，周夫人只需撇清弊處，坐享其成。現在最大的弊處莫過於和成國公為敵，周夫人說成是妳父親拉著康郡王查福建，也就是說不是周家在算計成國公，頂多算是受妳父親蒙蔽，才做出這樣的舉動。」

琳怡揉揉酸疼的眼睛，雖然洗掉了辣粉，可還是不舒服。「所以這是要置父親於死地。父親若是死了，整件事一了百了。」琳怡說完擔憂地看著長房老太太。「就算我反駁了周夫人，父親在衙門仍舊危險。」

「那也未必，」長房老太太伸手整理孫女的衣衫。「康郡王出了事，鄭家和林家都似驚弓之鳥，皇上那裡他們自然會去說。」

雖然琳怡也知道這個道理，可心裡仍舊擔心害怕。

長房老太太誇讚琳怡。「妳這一跪，跪得好。好讓周夫人知道，我們家雖然沒落了，也不是那麼好欺負的。」

琳怡想到今天周夫人看她的眼神，總之這件事過後，大家還是少見面的好。

長房老太太看著琳怡將銀耳蓮子羹放在一邊，懨懨地道：「這是父親最喜歡吃的。」

長房老太太嘆氣。「妳老子這次就算能安穩回來，也要掉層皮。」

周夫人坐在透亮的黑木椅子上，除去臉上厚厚的脂粉，頓時沒有了憔悴的模樣，只是微皺眉頭，表情深沈。

申嬤嬤彎腰道：「陳四小姐向奴婢問這邊有沒有郡王爺的消息，陳六小姐倒是什麼也沒說，」說著目光閃爍。「奴婢瞧著那六小姐不是好相與的，句句與夫人針鋒相對，仗著年紀小就一哭二鬧三上吊。」

能跪下來說出那些話，她從前真是小看了她。周夫人眼睛翹起來。「她能這樣膽大，八成是得了消息……」

申嬤嬤轉轉眼睛。「莫不是郡王爺沒事？」

周夫人冷笑。「他什麼時候和我有過真話，就算是要給成國公設圈套，也不會事先知會我。」

申嬤嬤束手道：「那要怎麼辦？」

周夫人道：「等著看吧，戲作足了自然會有消息。」

康郡王在福建落水的消息傳開，京城裡一下子炸開了鍋，不時有人悄悄向陳家下人打聽消息。衡哥在書院整日被人圍著問，蕭氏向娘家求救也不見有什麼成效，陳允遠自從上次進了衙，就再也沒能回家。

有人說康郡王是被人陷害，也有人說犯了鬼神，各種各樣的消息撲面而來。

鄭七小姐哭了好幾次，給琳怡寫的書信也都是康郡王從前的事，琳怡這才知道康郡王的身世挺坎坷的。所以說王孫貴冑也有傷心的事，不過是表面風光罷了。

惠和郡主因此大病了一場，鄭家唯一的好事是，貞娘在第二次打罵鄭三爺屋裡的丫鬟，差點讓丫鬟跳了井之後，鄭老夫人忍無可忍將貞娘母女送回褚家，貞娘在鄭家作威作福的日子到頭了。

鄭家的意思是選妻選賢，若是褚家顧著兩家婚約，就從族裡選品性賢良的女子來和親，到時鄭家絕無二話。

褚氏族裡果然有人想要攀這門親事，卻不想被貞娘母女知曉了，貞娘母女罵族裡人為了眼前利益與鄭家一起欺負她們孤兒寡母。褚家的事一時之間也鬧得街頭巷尾人盡議論，褚氏族裡打成一團，鄭家反倒落得了清靜。

長房老太太和琳怡提起此事。「那老東西當了多少年的主母，這點事還能難得住她？」這事要是發生在父親被關之前，琳怡大概會有精神唏噓一番，現在卻沒了這個精神，只等著福建的事出結果。

好在沒有讓人等太久。

伴著一場秋雨，從京城調去福建尋找康郡王的官兵奉皇命打開福建幾地的官庫，看到的是只放了半庫的庫銀。

福建的案子正一步步被揭開，陳允遠終於從衙門裡回來了。和陳允遠一起來陳家的，還有一位不速之客。

第七十七章

陳允遠被折磨了個把月，面容清瘦，身上的官袍寬大得像麵袋掛在身上，走起路來腳下虛空，三步一晃，見到蕭氏和一雙子女，恍如隔世般。

想到在衙門裡聽到的種種傳言，朝廷裡有位大人死諫，請求聖上徹查福建一案，直指有些勛貴把控地方，實則要分離我大周土地。那言官從太祖帶著親信浴血奮戰征討得來江山，說到成祖親征三次穩固大周，高宗守業艱難，若是大周土地有半點差池，上不能面對幾位先皇，下對不住黎民百姓，直到將當今皇帝說得也流了汗，這才肯罷休。

就是這樣的言官，同樣被人當場潑了污水，說他為了博得言官名聲不敬皇帝，那言官當日下朝在宮門口足足跪了三個時辰，直到曝曬暈厥。

陳允遠不禁心裡感嘆。論口才論堅韌的心志，他的確比不上言官。言官直言不諱沒錯，關鍵時刻還要靠滿嘴的伶俐語保命。長房老太太說得好，沒有清流的骨頭，他還是要乖乖做他的沒落勛貴。

這次在衙門裡見到皇上遣下來的使臣，他也是以陳家從前的功勛作保，拿祖宗發誓說自己忠心耿耿，在關鍵時刻吐出康郡王在福建是為人所害的真言，得到皇上的庇護，熬了些時日，終於平安歸家。

陳允遠在套間裡看著蕭氏為他換衣衫，坐在椅子上又喝著女兒親手分的茶，滿足地嘆息一聲。還是回家好啊。

他這一次，雖然開始差點選了條死路，好在他不是個關鍵時刻點不透的人。在長房老太太仔細分析之後，選了一條能活命的大道。

琳怡給父親奉了茶，又給客人也倒了一杯。

椅子裡的客人氣質絕佳，穿著文士長衫，舉手投足都透著書香門第的風姿，全然讓人想不到能夠僱傭賊匪做出下賤的事。

鑑於上一次林大老爺將父親送回家引出了戲子的風波，蕭氏這次多了些提防，生怕林大老爺又帶來什麼波瀾。

林大老爺只是一味誇讚陳允遠。「陳兄好風骨，這幾日大家私下裡都在誇讚陳兄。要知道福建的事能被查出來，都是陳兄的功勞。」

話說得這樣露骨，生像是知曉所有來龍去脈。

「哪裡……哪裡……」陳允遠搖手。「和我沒有關係，那是嚴大人參奏了福建。皇上明察秋毫，動用了親兵，這才有了這樣的結果。」

林家開始就被裹在其中，仗著在朝廷裡的關係也算是能撈到些好處，只是在眾多參奏的清流言官中就不算出挑，畢竟林家只鬧出了和賊匪有牽連的醜聞，難怪林家這時候出來套關係。

琳怡坐在旁邊聽父親和林大老爺寒暄，冷不防地看到林大老爺向她看了一眼。

「陳兄養了一雙好兒女。聽我那口子說，陳六小姐和我家三姊兒年紀相仿。」

這句話讓琳怡的血液一下子從身上褪了乾淨。

林大老爺在前世說了一模一樣的話，而後就聽說，林家正式來向父親提親。

林家暗示了幾次，她都想法子拒絕了，怎麼從前的事仍舊會照常發生？

似林家這樣的書香門第，沒有些把握，家裡的長輩不會出面談及婚事，特別是身為一家之主的林大老爺。

因為一旦拒絕，兩家就要交惡，甚至還會影響兩族交往。

陳允遠也是一怔。

林大老爺接著道：「陳兄好好休養幾日，過些時候我來請陳兄過府深敘。」

這次連蕭氏都聽出不尋常來。

林大老爺起身告辭。「青哥這幾日病得厲害，否則也跟著一起來拜會了。」

多重要的話，要臨走之前單提起來。林正青又用了什麼手段？

送走林大老爺，陳允遠進了內室，蕭氏跟過去服侍，衡哥和琳怡多時不見父親，也在一旁湊著說話。

蕭氏端詳著陳允遠精瘦的臉頰。「老爺這幾日可是受苦了。」

陳允遠嘆氣道：「你們也都瘦了。」

這樣一句話就讓蕭氏紅了眼睛。

蕭氏這個把月雖然度日如年，卻也算是承受住了二老太太董氏施加的壓力，閉口不提陳允遠的事，沒有鬧出亂子來。陳允遠看在眼裡悄悄感嘆，小蕭氏終於有了些亡妻的作風。

蕭氏拿了軟靠，想要陳允遠躺下來歇著，陳允遠卻擺手拒絕，提起精神來問衡哥的功課。本以為衡哥會受這件事影響課業少不了退步，誰知道結果卻大大出乎陳允遠意料，衡哥反而因此奮發，比從前進益了不少。

一場事過後，家裡所有人多多少少都有些改變。

為了要陳允遠歇著，衡哥和琳怡各自回去房裡。

蕭氏就坐在一旁給陳允遠揉捏小腿。想及這次的牢獄之災，陳允遠眼睛微澀，過了好一陣子才緩過神來。

蕭氏看在眼裡。「老爺怎麼和林大老爺一起回來？」

「林家有個故交之子在皇上面前保我出來，林大老爺大概是這樣得的消息……」

蕭氏頷首。「那我們倒是欠了林家的人情。」

「林家長子今年秋闈拿了第一，怎麼聽說好像得了鬱症？」陳允遠突然提起這件事。

蕭氏倒是沒聽說類似傳言。「老爺從何而知？」

陳允遠道：「林大老爺在我面前說的。」

林大老爺臨走之前第二次提起林家長子的病，陳允遠就覺得更奇怪。「琳怡和林家長子可見過面？」

蕭氏道：「見過幾面，都是在宴席上。」

陳允遠思量了一會兒。「有工夫妳問問琳怡，別是這裡面有我們不知道的事。」

蕭氏立時明白過來，忙擺手。「不可能，老爺安心吧。琳怡想來持重，連長房老太太都誇她，這些日子要不是琳怡幫襯，這個家哪裡能這樣平安？」

陳允遠哪裡不知曉女兒的脾性，只是……

「問問也無妨。」他總覺得林大老爺意有所指。

蕭氏頷首。「老爺心裡不踏實，我還是讓人去林家打聽打聽。」

陳允遠想了想。「也好。」

琳怡回到房裡將玲瓏叫來道：「妳乾娘對京裡可都熟悉了？」

這段時日，琳怡有意讓玲瓏的乾娘注意京裡各處的動靜，多認識些各家的下人，將來以便於出去打聽消息。

玲瓏道：「上次聽乾娘說識得了不少同鄉，還出去聚在一起吃過兩頓飯。」說著話，她給琳怡換了件杏黃色的軟緞衣裙。「我去將乾娘叫過來？」

琳怡坐在炕上。讓玲瓏的乾娘去林家？琳怡幾乎要拿定主意，最後關頭卻反悔。「以後再說。」

這時候不能輕易動作，萬一被人察覺，反而落下把柄。

林大老爺說出這樣的話，父親、母親該會去打聽。

前世她嫁進林家，也是林家人先說服了父親。她要好好想一想，當時到底是怎麼一回事，林家彷彿託了陳家的長輩，到底是哪位長輩幫了忙。

琳怡慢慢思量。她始終沒有將前世所有的事都釐清楚。

林正青燒死她後，要求娶的陳家女是誰？

林家到底在盤算些什麼？

陳允遠回來了，二老太太董氏欣慰地點頭。「是陳家祖宗保佑。」

琳芳拿了荔枝在碧紗櫥裡吃，不時地飛眼看琳怡，過一會兒終於忍不住低聲道：「我父親這些日子忙得腳不沾地，三叔父這才放了出來。」

二伯父還真是本事不小，本來在一旁看熱鬧，聽說父親放回來了，立即就一臉辛苦地報功，將他這些日子跑的關係說了一遍。「能託的人都託了，總算是功夫不負有心人。」

二老太太董氏更補充，二太太田氏不眠不休地在佛堂裡禱告，也是佛祖顯靈。

任誰聽得這話都會有幾分相信。

有了二老太太董氏不住嘴的誇讚，陳氏族裡定會有人稱讚二伯父這個兄長做得好。二老太太董氏早就想好了，就算父親能回來，也要撈上些好處。

怪不得二老太太董氏會喜歡二太太田氏，二太太田氏的佛經總是能關鍵時刻給整件事添些顏色。

琳芳嫌棄丫鬟剝荔枝慢了，將盤子遞給琳怡。「幫我剝一些。」

如今二伯一家是她們家的恩人，琳怡只得挑了一個最大的荔枝放在手裡細細地剝。

琳芳臉上揚起一抹得意的笑容。

難得這時候還有荔枝吃，家裡得了一盤荔枝，傳下來的話是給幾位小姐都送去些，但食盒送去她屋裡，提籃子的嬤嬤卻笑著道：「這是四小姐最愛吃的。要說這荔枝火性大，旁人還吃不服，只有咱們府裡的四小姐能有這口福。」

玲瓏、橘紅兩個丫頭立時氣得七竅生煙，荔枝也沒有留下。

玲瓏見到琳怡就說：「誰沒見過呢，我們在福建有的是荔枝吃，犯不著和她置氣去。」

琳怡將胖胖的荔枝剝好，琳芳伸手來接。

琳怡卻一伸手送進自己嘴裡，邊吃邊皺眉。「太甜了，這盤都吃了腰上又要粗兩寸。」

本來要發作的琳芳聽得這話，盯著琳怡瞧。「當真？」

旁邊的玲瓏接話道：「四小姐不知道，三老爺同僚家的小姐有位愛吃荔枝的，那腰身足有水桶粗呢。」

琳芳皺起眉頭，立即放下手裡的荔枝，拿起旁邊的軟巾來擦。

琳芳這段時日一直心情不佳，昨日起卻突然高興起來，琳怡不經意地提起來。「四姊姊今天好像挺開心。」

提起這個，琳芳臉上一紅，拿起帕子笑起來。「妳不知道……聽說康郡王……」

第七十八章

琳芳眉飛色舞，說到關鍵時刻剛好住了嘴，扶扶鬢間的宮紗小芙蓉，端起旁邊的茶來喝，等著琳怡主動來問。

那只小芙蓉的紗花，周圍不是用金色絲線鑲邊，而是真正嵌了層金箔，這樣精緻的頭花，琳怡在周夫人頭上見過。

周夫人送來這樣的東西，琳芳又這般開懷，像是喜事要來臨了般，看來周十九有了下落，大概過不了多久滿京城都會知曉。

看著琳怡自在地挑梅子來吃，琳芳不覺有些掃興。「周夫人說要請母親和我過去作客呢，」說著眼睛一亮，看向琳怡。「沒請六妹妹嗎？」

琳芳笑吟吟的模樣，看來周夫人將周十九能平安回來，歸功於二太太田氏的吃齋唸佛。不見琳怡配合捧她，琳芳眼睛越瞪越大。「我跟妳說話呢！」

琳怡轉頭看過去。「四姊小點聲，長輩們還在外面議事。」

琳芳氣得差點將水杯扔在地上，礙於有長輩在場又不好發作。

還好琳婉做了和事老。「四妹妹還吃不吃荔枝？丫頭已經剝了一碗了。」

外面，長房老太太正好將話說到點子上。「有空我們去趟宗長家裡，你這次族裡也沒少幫忙，總要過去謝謝。」

陳允遠自然應承。

外面說完話，碧紗櫥裡的小宴也該散場。

琳怡幾個才走出來，長房老太太又想到一件事，問蕭氏。「我聽袁家大奶奶說，妳和林大太太走得近些。」

蕭氏道：「媳婦和林大太太從小識得，所以一起聚了幾次。」

長房老太太不置可否，將身邊的帖子遞給蕭氏看。「林氏族裡來帖子了，要宴請我們。」說著看一眼琳怡。「林老夫人很少辦這樣大的宴席，你們夫妻倆要好好準備準備。」

蕭氏難掩錯愕，陳允遠雖然也驚訝，這時候卻不敢表露出來。

夫妻倆不說話，眾人將目光齊齊挪向了琳怡。

陳大太太放下一盤子蜜桃，直起身來。「林大郎不是今秋的解元嗎？」說著嘴角一彎，酸酸地看著蕭氏。「這麼多的舉人老爺，才出一個解元，真真的前途無量。」

靠著科舉上位的書香門第，最是重讀書好的子弟，怪不得林老夫人會出面。二老太太董氏道：「書香門第規矩大，你們小心些。」

蕭氏心思本就七上八下，聽得二老太太董氏的話，出了一頭的冷汗。

眾人說了會兒話出去。

大太太扶著二老太太董氏去歇著。「林家這樣大動干戈，真的就看上了六丫頭？」

二老太太董氏坐在軟榻上輕瞇起眼睛。「老三回來的時候，也是林大老爺送回來的。」

大太太仍舊不甘心。「三叔什麼時候攀上了林家，竟然走到了長輩議親這一步？林大郎將來定會考中進士，進了翰林院就是儲相，三叔有了這樣的女婿，那將來……老太太您可不能不管啊！」說著想起自家的女兒。「六丫頭才多大，上面還有兩個姊姊沒有議親，怎麼就先一步……老三一家是故意打我們的臉啊！老三沒有將老太太這個母親放在眼裡，老太太怎麼還能忍氣吞聲？媳婦在外面聽說，有些人家將老爺和二叔當作庶出，否則林家怎麼敢繞開老太太……琳婉在長房陪著長房老太太那段時日，長房老太太不是不喜歡琳婉，而是……」

二老太太董氏向來不喜歡大媳婦這張只會哭喪的嘴，可是聽到最後也揚起眉毛。「而是什麼？」

大太太這才吞吞吐吐。「長房老太太時常和六丫頭說起趙氏的好處，說趙氏名聲好，陳家的晚輩都跟著臉上添光。」

說別的二老太太董氏還能忍，提起趙氏，二老太太再也聽不下去，一掌拍在矮桌上。「趙氏以未亡人的身分嫁入陳家，那是因為她前面的姊姊在新婚之夜沒有落紅被退婚，趙氏一族的女子眼看就要都去做姑子，趙家才想出這樣的法子逼著她做貞婦！」說著冷笑起來。「名聲？他們趙家的女人都是做了婊子還要立牌坊。這麼多年，老三怎麼都沒去陳家認親？還不就是怕被往事髒了身，要說名聲，不過是沒有人去揭從前的傷疤罷了。」

大太太臉上一喜。「那就揭出來，這樣林家就不會要六丫頭了。」

聽著不爭氣的媳婦出的主意，二老太太董氏道：「那是上一輩的事，妳恐怕旁人不說我們董家為了正妻的名分，抹黑趙氏？」

大太太整個人蔫了下來。「那要怎麼辦？」

怎麼辦？二老太太沈下眼簾。「還沒真的嫁過去，妳怕什麼？」

琳芳負氣趴在田氏懷裡。

龔嬤嬤在旁邊笑著道：「四小姐小心些，太太肚子裡還懷著小少爺呢。」

琳芳緊緊地抱著田氏。「母親有弟弟不要琳芳了。」

龔嬤嬤諂媚地笑著。「哪會呢，太太知道四小姐愛吃荔枝，又讓人去西市買了一盤回來，正在次室裡冰鎮著呢。」

提起荔枝琳芳更加氣憤難平。「一盤荔枝，就那麼一個又紅又大的也被琳怡搶去吃了。」

龔嬤嬤親自伺候琳芳脫了鞋。「六小姐怎麼能這樣，明知道荔枝運到京裡比金子還貴的，她吃什麼。」

「現在不只是要吃荔枝，」琳芳眼睛裡滿是紅血絲。「她還要嫁去林家了，將來林大郎有了前程，琳怡還不定要如何囂張！」

想起林正青，琳芳就忍不住發抖。若是將來林正青和琳怡成親，將她故意落水一節說了，琳怡還不拿出來說，到時候她臉面往哪裡擺？

「母親，說什麼也不能讓琳怡嫁給林大郎——」

蕭氏悄悄將琳怡帶去內室問：「妳見過林大郎嗎？」

琳怡頷首。「都是在長輩房裡，所有人在一起見過。」她自然不能提林正青叫她小名一節，這樣蕭氏恐怕也要亂起來。

蕭氏嘆氣。「奇怪，林家怎麼會一門心思要和我們家結親？」

到底為什麼？琳怡道：「會不會是因為政事？父親這次算是立了大功，將來說不定能得了賞賜。」

琳怡正說著話，陳允遠撩開簾子進屋。兩人顯然有話要商量，蕭氏讓琳怡先回去歇著。

屋子裡沒有了旁人，蕭氏忙過去問：「老爺，你說怎麼辦才好，聽說請了不少的人，我們又不能當眾拒親。雖說琳怡年紀小，林大郎年紀也不大啊……」

陳允遠皺起眉頭。「去林家打聽清楚沒有？林大郎怎麼病了？」

「聽說是族裡子弟一起出去吃酒，回來路上受了風，所以一直在房裡養著，林家這段日子也是大門緊閉拒不待客的，這會兒才好了些。」說到這裡，蕭氏緊張地猜測。「該不會是要娶我們家琳怡沖喜吧！」

陳允遠沈吟不語，半晌才道：「明日妳還是帶著琳怡去趟長房，看長房老太太怎麼說。」

琳怡和橘紅一起做了會兒針線，到了晚上，玲瓏才從長房帶回了消息。「林大太太做壽，所以擺宴，聽說請了不少的人，京裡的達官顯貴有好幾位，只是咱們家最全，幾位長輩都下了帖子。」就算林大太太做生辰，也不用將親朋好友都請去林家祖宅。

長房老太太這兩日本要帶她去族裡串門的，林家這一請，只好耽擱下來。

「長房老太太說明日小姐過去，再仔細商量。」

琳怡點點頭，讓玲瓏和橘紅撤了燈去歇著。

這件事不簡單，像是一個請君入甕的局。

琳怡想了想又爬起來，將玲瓏叫進屋。

隨著燈光越來越近，屋子裡的陰影漸漸退散。琳怡心裡油然生出一個奇怪的想法。是不是她被前世的事左右，反而猜偏了呢？

「玲瓏，四小姐那邊怎麼樣？」

玲瓏想起來就痛快。「四小姐回去發了好大的脾氣，連荔枝也不吃了，全都便宜了丫鬟。」

琳芳向來看她不順眼，這也合乎情理。

琳婉不用說了，從二老太太董氏那裡回來，一直跟她在香葉居小坐，提也沒提林家的事，只是偶爾露出羨慕的表情。

表面上看來，家裡的一切再正常不過。

琳怡道：「從二老太太房裡出來後，家裡有誰出去過？」

玲瓏一怔。「這奴婢沒有問。」

琳怡前世見識了二老太太董氏一家的手段，現在不得不小心。「明日早晨妳將屋子裡的被子拿出去曬，順便問一問。」

玲瓏打聽消息的本事越來越厲害。

第二天，琳怡臨去長房之前，玲瓏果然打聽清楚。「大老爺出去過，很晚才回來。」

大老爺陳允寧……

二老太太董氏明顯喜歡二老爺陳允周，現在陳允周拿了護衛一職，按照長房老太太的想法，二老太太董氏爭到爵位也會給陳允周。

家裡只有大太太表面上不服氣，陳允寧彷彿並不在意似的。

萬一陳允寧背地裡也在爭爵呢？

也許林家不是為了要議親，而是要讓她出醜。林正青攥著她的把柄，上次沒有當著眾人面說出來，是因為時機未到。

第七十九章

蕭氏讓人將新做好的小襖、褙子、石榴裙拿給琳怡，玲瓏從其中選了件青色石榴紅妝花褙子穿上。

琳怡讓橘紅去拿來昨天讓人新做的酸棗仁酥皮點心，一盤盤的吃食很快就將食盒放滿了。玲瓏低聲道：「小姐去長房才像是要回家。」

琳怡帶著兩個丫頭去垂花門坐車，走到園子裡，琳芳正和三、四個丫鬟玩花球，幾趟跑下來，琳芳已經香汗淋漓。自從收到周夫人的請帖，琳芳的飯量大減，變著法地在花園裡灑汗，這般費心思，是想要宴席上驚豔，博君一笑。

蕭氏和琳怡到了長房老太太房裡，蕭氏迫不及待地將林家宴請的事說了。琳怡在一旁低著頭，說不發愁是假的，林家弄出這麼大的動靜，三兩句話是打發不掉。

小蕭氏雖然木訥，卻十分聽話，長房老太太乾脆也不繞圈子，當著琳怡的面直接問蕭氏。「你們夫妻倆怎麼打算？」

小蕭氏道：「要不是林大老爺夫妻心術不正，其實這門親事還算不錯，」說著看了一眼琳怡。林大郎畢竟前程不錯啊，至少在外面，大家都會羨慕她尋了個好女婿，只是老爺眼睛裡揉不得沙子，她也怕琳怡過去之後要受委屈。

多少人家賣女博前程，琳怡在福建也聽說過官宦家巴巴將自己家的庶女送去配了商家子弟，換來大筆的聘禮打通關係升遷。好多大戶人家都有共識，生了女兒就是做這般用途的，辛辛苦苦將孩子養大，總不能做了賠本買賣。父親對這種行為向來不齒，小蕭氏少算計也是她的好處，從來都是對他們兄妹仔細照顧，琳怡慶幸有這樣的父母。

長房老太太握著佛珠仔細思量。「回去了先不要聲張，我來想想辦法。」

蕭氏聽得這話微微鬆了口氣。長房老太太這樣說，大概就是有主意。蕭氏坐了一會兒就回去二房。

琳怡扶著長房老太太去了內室。

長房老太太喝口茶，抬起頭來正色看琳怡。「六丫頭，妳說實話，妳有什麼把柄落在林家手裡？」

長房老太太對她向來和顏悅色，鮮有這樣嚴厲。長房老太太現在還只是猜測，若是知曉林正青能喊出她的小名，不知道是會相信她，還是會對她失望。

她要怎麼說……

琳怡低頭道：「上次我們一起去袁家，孫女在園子裡遇到林大爺。林大爺突然看出孫女的小名，還讓孫女解釋為什麼會時時避開他，更威脅孫女假以時日要知曉孫女的生辰八字，當眾說出來，讓孫女嫁不得人。」

長房老太太驚訝地握住手裡的佛珠。「混帳……林氏一族怎麼出了這樣的子弟?!」氣到急處頓時咳嗽起來，琳怡急忙上前拍撫長房老太太後背，長房老太太臉色從蒼白到異樣潮紅，額頭上起了一層冷汗。

長房老太太身子不好，琳怡就怕會這樣。

白嬤嬤聞聲過來，忙要去拿藥丸。

長房老太太說不出話只是揮手，半晌才順過氣。「下去吧……我還……死不了。」她怎麼也想不到林大郎儀表堂堂，竟能做出這等事來。

六丫頭的五官皺在一起，眼眶下還有黑黑的眼圈。長房老太太知曉琳怡的脾氣，小事從來難不倒她，這次是真的犯了愁。若是私相授受，絕對不會有這樣的神情。

長房老太太長吁幾口氣，合了合眼。「怎麼不早些跟我說，這都過了多長時間了。」

「孫女以為是因之前拒過林家，他氣不過才危言聳聽、胡亂羞辱人的，以為不搭理就能過去了。後來聽說他考中了解元，多少好親事等著他，想必不會再來威脅我，以後只要防著他就是了。我始終不知曉我的小名他如何知道的，所以我也不敢輕易和長輩說。」這是實話，她心裡也知道林正青不肯罷休，早晚要有這一趟，卻也不知道該怎麼說。

琳怡說著鄭重地道：「孫女寧可青燈古佛，也不肯嫁這樣的人。而且……我覺得林家不是真的要說親……否則怎麼還會請那麼多客人上門。」

長房老太太長嘆一聲。「那妳準備怎麼辦？爭個魚死網破？真的丟了名聲？」

琳怡將頭靠在長房老太太身邊的大炕上。「我才沒那麼傻。他們要害我，我就迎頭受著不成？性命是自己的，和他們魚死網破太不值得了。」

可是要脫身談何容易。

琳怡懨懨地道：「林家若是正經要結親，我們家也只能答應了。」

長房老太太道：「將來要面對那樣的公婆和品行不端的夫君……」

琳怡道：「好在知己知彼，也好防範。」說著端茶給長房老太太。

長房老太太看著琳怡調皮地吐吐舌頭，忍不住失笑。「妳這孩子倒會編排祖母了。」

琳怡將話說得輕鬆，是怕長房老太太氣壞了。

長房老太太道：「昨日我就想了，林家想要結親，不如我們早一步和齊家談好了親事。」

「祖母看上了齊家，可是齊家眼睛高，不會讓流言蜚語染身，這個時候他們不會答應的。」齊家的規矩是比較大，琳怡早就想透了這一點。

長房老太太頷首，她擔心的也是這個，齊家什麼都好，就是一窩子酸儒。

「總會有法子的。」琳怡脫掉鞋上了炕，幫長房老太太揉捏起腰來。前世她讓林家欺負了這麼久，該是反抗的時候，讓林家嚐嚐她的酸甜苦辣。

長房老太太半眯起眼睛。「既然有了主意還不快說。」

琳怡垂下臉。「我也是才想到。」要不是經過了前世，她還記不得。

前世成婚時，她生母身邊的嬤嬤主動找上門要陪著她嫁去林家，也算是照應她的身子。

蕭氏聽了那嬤嬤的話，沖喜能將身子沖好，也就應允了林家，提前半年將她嫁去了林家。

當時她就知道，那陸嬤嬤實則是想跟著她這個弱女發財，否則當年生母亡故，她們舉家要去福寧，那陸嬤嬤怎麼哭著鬧著要留在京裡。礙著蕭氏的面子，她本想成婚後找機會發落陸嬤嬤，誰知道進了林家，陸嬤嬤事事聽從林家安排，她被燒死那日，她就乖乖領著房裡所有丫鬟去吃酒席了。

「我的小名是母親臨終前取的，母親身邊的嬤嬤該是記得。」

長房老太太眼睛一亮。「妳說的是……」

琳怡道：「我們去福寧前，放出陳家的那位陸嬤嬤。」

林家要潑在她身上的髒水，她敬還給林家。

「好，」長房老太太整理琳怡的髮鬢。「我就幫妳演這齣戲。」

不只是要度過這一關，更要讓林家斷絕了利用她和父親的念頭。前世她擋了林正青和陳氏女的好姻緣，這世她就遠遠地躲開，好讓林正青與他心儀的陳氏女早日送做一堆。

長房老太太從頭到尾佈置一番，吩咐白嬤嬤打聽那陸嬤嬤一家的下落，中午吃了午膳，長房老太太才打發撐著眼睛的琳怡。「快去睡覺吧！」

琳怡歡快地跑去休息，一閉眼睛就睡到了晚飯時。

吃著最愛吃的松鼠桂魚，看著碗邊用糖稀打的小麻雀，還是在長房的日子最好過。長房老太太瞧著琳怡饜足的表情，嘴邊不由自主地彎起笑容。

吃過飯，祖孫兩個在一起說話。「鄭七小姐有沒有給妳寫信？」

琳怡搖頭，惠和郡主病了之後，鄭七小姐的信就少了許多。

「聽沒聽到康郡王的消息？」

琳怡道：「聽琳芳說了半句，彷彿有了康郡王的下落。」

「這個人不簡單，上了一封奏摺，給福建的官兵叫苦呢。」長房老太太吃了口功夫茶。

給福建官兵叫苦……

不是應該徹查福建的軍餉嗎，怎麼反而替福建說起話來了？

「要知道福建官府雖然吃軍餉空額，可是福建的兵士加起來也比普通的省分要多，要是一下子被人鼓動起來，那可是大事，」長房老太太道。「康郡王說福建的兵士所拿的餉銀才不過別的省分的一半，詢問朝廷是否知道此事。」

康郡王是要擾亂軍心。

長房老太太接著道：「還問朝廷，福建軍官沒有朝廷分發下來的住所，朝廷是否知曉。這樣一來，被蒙蔽的福建軍官，反抗朝廷之前定要弄個明白。孤身一個人在福建，端的是這份勇氣，別說宗親，就算當朝重臣又有幾人能做到。」

老太太說的對。琳怡剝南瓜仁放在嘴裡，永遠不會算計漏的人，最會利用人心，在他身邊說不得哪日就淪為他的棋子，他的那盤棋太大，需要犧牲的棋子實在太多。

一將功成萬骨枯，誰都想當將軍，誰來做白骨？

到了晚上，琳怡正準備早些上床睡覺，玲瓏也抱著香香的枕頭傻笑。「小姐那只杏花枕，翻出來的時候滿屋子香氣呢，將箱子裡的枕頭都染了味道。」

橘紅拿著羊角宮燈過來，笑著道：「快別冒傻氣了，沒看到小姐都睏倦了。」

躺在床上，琳怡舒服地嘆口氣。長房老太太特意讓人做了新床，大約知曉她睡姿不好，床是加寬加大的，她睡上去格外安穩。

玲瓏剛要將燈端下去，出去送水盆的橘紅又返回來。「小姐，三老爺來了。」

琳怡從床上爬起來。這麼晚了父親怎麼會來長房？

她讓玲瓏伺候著穿好衣服，提著燈去長房老太太房裡。

白嬤嬤在門口攔著，只讓琳怡自己進了內室，撩開簾子，琳怡就看到屋子裡有個人被裹成了粽子的模樣。

這是誰？父親帶了什麼人過來？

沒想到屋子裡還有旁人，琳怡正想要不要退出去。

那人轉過頭來，拿著手帕捂嘴打了個噴嚏。

琳怡忽然想到《西京雜記》中一段話。東海都尉於台，獻杏一株，花雜五色，六出，雲仙人所食。

他墨黑的髮鬢鬆散，面色稍顯病態的紅潤，眼睛清澈如被洗滌般，青色的長袍露出半邊，當真是白非真白，言紅不若紅的一朵杏花。

周十九不該是正站在五色雲朵上，展展衣袖呼風喚雨的嗎，怎麼會堆坐在她家椅子上？

琳怡上前，端正地向周十九行禮。

周十九好聽的嗓子不在了，而是帶著濃濃的鼻音。「起來吧。」

被這人算計了這麼久，父親甚至為此受了牢獄之災，終於有一日看到他這般狼狽。不知怎麼，心裡難掩舒暢。

周十九第一次看到陳六小姐嘴角輕翹，表情是難得痛快，再想及下人來向他回話，陳六小姐在嬸娘面前跪下委屈地哭喊，說是陳家和他沒有半點關聯。他才「出事」，她就撇了個乾乾淨淨。

她心中真切的想法只有一瞬寫在臉上。

周十九收回目光。「回京的路上，看到了董長茂董協領。」

董長茂？長房老太太看向陳允遠。「你舅舅進了京？」

陳允遠一怔。「這……沒有啊……舅舅沒來家裡。」

董長茂是二老太太董氏的弟弟，在京外任協領職，怎麼會突然進京裡來？或許是奉了密詔，這樣就不能和京中家人來往。

周十九咳嗽了兩聲。

長房老太太急忙道：「郡王爺先去歇著，我這就讓人去請郎中過來。」

周十九微微一笑，不客氣地看向琳怡。「聽聞陳六小姐師承姻語秋先生，我和姻家大郎相識，知曉姻語秋醫術了得。我回京一事旁人並不知曉，還是不要請郎中，陳六小姐隨便開張藥方讓人煎來就是。」

這是發號施令，讓她連拒絕都不能。

琳怡才要開口，陳允遠已經道：「小女只是會寫小方子，恐怕耽擱郡王爺的病。」

周十九不疾不徐地拒絕。「只是淋了雨，沒有大礙，還是福建的事要緊。」說著眼睛裡閃爍出璀璨的光芒。

玲瓏去磨了墨，琳怡坐上炕幫長房老太太添了些茶水。「伯祖母，康郡王要住在我們家？」

長房老太太頷首。「康郡王回京的事，外面人不知曉，怕消息透露出去，妳父親只能連夜將他帶進我們家。等到福建的事有了底，也就好了。」

周十九在京裡應該有許多去處，難道一個堂堂的郡王爺連個莊子也沒有？再不濟，惠和郡主也能照顧他周全，怎麼偏偏來到陳家？

「伯祖母，」琳怡服侍長房老太太吃了口秋梨膏。「孫女覺得在我們家裡不妥當，」說著向外看了看。「只怕到時候二房會知曉，萬一誤了郡王爺的大事，我們不是成了罪魁禍首？」

長房老太太半眯著眼睛。「聽蘭我已經讓人看起來了，現在又是入夜，妳父親悄悄帶人進府，郡王爺始終遮著臉，應該無大礙。只是將郡王爺安排在偏院的西宅子怕是委屈了。」

說著看了琳怡一眼。「這件事對妳父親有好處，福建的事成了，少不得妳父親一份功勞。妳沒聽到郡王爺說董氏的弟弟進了京，董氏一家就是那禿鷲，向來是不肯落了好處，我們再不爭，恐怕要被姓董的吃了。」

周十九就是這樣，一開口就能咬住別人的脈門。

明知道他們家對董氏一族極度防備，就有意無意地提起。

現在連長房老太太對周十九也十分感激。

第八十章

「去吧，去寫方子，讓人早些熬了。」

琳怡這才揮筆寫了疏風解表的小方子，廣藿香、菊花、連翹、地黃、板藍根、地骨皮，這樣的緩藥，婦幼皆宜。

方子才寫完，跟著去伺候康郡王的雪禾來道：「客人有些咳嗽，老爺讓奴婢拿些小姐做的梨膏過去。」

那是她親手熬給長房老太太的，放了不少的冰糖、蜂蜜。一個大男人吃什麼梨膏。

琳怡抬起頭。「梨膏哪裡管用。」

玲瓏看著自家小姐從開始的漠然，到現在的關心。不知道怎麼，小姐這樣的變化讓她背後有些發涼。

「廚房裡還有豬肺吧？」

豬肺？

雪禾和玲瓏都是一怔。豬肺倒是有，那是買來給院子裡的野貓吃的。

雪禾道：「今天早上吳三媳婦才留了一個。」吳三媳婦是一等心善，最喜歡照顧小動物。

那可是治病的好東西。「家裡不是還有南杏和北杏仁嗎？放些南杏、杏仁、薑，煮好了給郡王爺送去。」

北杏仁是苦的，要泡好幾日才能做小鹹菜用的，平日裡下人都吃不了兩口，拿來給客人吃……這……雪禾面有難色。豬肺和酸杏、苦杏仁煮在一起，味道可想而知。

「這是止咳的好方子，煮好之後讓客人一口氣吃了，多蓋幾床被子，等到汗出透了，人也就好了。」

雪禾還站在一旁愣著。

琳怡露出溫和的笑容。「福建那邊但凡咳嗽都吃它養著，是極好的。良藥苦口利於病，這總比藥好。」

看著和善的六小姐，雪禾鬆了口氣，笑著道：「也就是六小姐，旁人說了，奴婢可不敢去做。」

等雪禾走了，玲瓏才悄悄問：「小姐，咱們什麼時候喝過豬肺湯啊？」聞起來又腥又臭的東西，誰能喝得下？

琳怡將方子上的墨跡吹乾。這個只能去問周十九了。前世父親出事，她多少次遣人求見周十九，周十九連門也不曾開個縫，現在他自己找上門，她當然要盛情款待。

一碗帶著異樣味道的湯送來。

康郡王身邊的陳漢皺起眉頭。「這是什麼東西？」

本來要矇混過關的雪禾，只得硬著頭皮道：「是豬肺湯。」

看著眼前大塊頭臉色黑下來，不敢置信地看著雪禾。「你們府裡吃豬肺？」

誰吃豬肺——

雪禾急忙解釋。「藥膳……是藥膳呢，尋常吃不到的，用溫火燉了好久，六小姐說了，客人吃了出些汗也就好了……您就放心端過去吧。」

眼前的人不為所動。

雪禾只得接著道：「我們家老太太平日裡吃的酸棗仁點心、秋梨蜜膏都是六小姐囑咐我們做的，長房老太太吃了之後身子好了許多。我們家小姐是有名的女先生弟子，聽說客人也是知曉的。」不然怎麼能讓小姐開方子呢。

聽到屋子裡咳嗽的聲音，陳漢嘴角一抽，將湯接過去，讓小丫鬟退下。

雪禾和雪梨不多話，只在外面的鹿頂房子裡守著。

燈光下，裹在被子裡的人昏昏欲睡。陳漢將湯送上前。「郡王爺，要不然小的嚐一嚐……」

一雙眼睛霎時睜開，陰影下的面容帶著濃濃的倦色。能做酸棗仁點心、秋梨蜜膏、桂花酸梅湯，到他這裡就做了豬肺湯……陳六小姐對他還真是格外關照。

「爺，這……吃不吃得？」

客隨主便，看到康郡王點頭，陳漢盛了一勺送到康郡王嘴邊。

鹽也沒有放，真難喝。俊秀的眉毛微皺起來，不過似是有杏仁和生薑，的確能祛寒止咳。一口氣將湯喝了，才知道原來到了肚子裡的湯汁也會不停地頂到喉嚨上。

周十九裹緊被子，眉毛舒逸地展開，彷彿絲毫不在意。「陳漢。」

廊下的人立即出來躬身道：「爺。」

「去謝謝陳六小姐，一定站在廊下，親口謝完才能回來。」

「是。」陳漢的身影越走越遠。

被折騰了一圈，長房老太太特意交代讓丫鬟送一碗甜湯給琳怡。

喝過湯，肚子裡暖洋洋的，琳怡也躺在枕頭上一覺夢周公去了。睡到半路，玲瓏卻來道：「康郡王讓人來謝小姐。」

她的夢再一次被打斷。「讓他回去，說我知道了。」

玲瓏吞了口唾沫。「他一定要在廊下親口向小姐道謝……」

故意的，知道她睡下了還這樣安排。

「不管他。」

問題是那大塊頭沈著黑鍋底的臉，一直站在院子外，想想都覺得可怕，這一晚誰也別想睡了。「小姐，他一直在那裡，會不會被人發現啊？」

長房既然接待了康郡王，就要負責保密，當然不能鬧得人盡皆知。琳怡無力。「讓他進院子來吧！」

不一會兒，低沈的聲音從院子裡傳來。「我們爺將湯全都喝下了，多謝六小姐款待。我們爺說，進了陳家就要隨著陳家的規矩……」

這話……分明是來傳達什麼意思的，卻只說了半句。

第二天早晨，長房老太太讓聽雪禾去煮什錦雞片粥，琳怡才想起來那碗雞片是她昨天煨好，冰在泉水裡要孝敬給長房老太太的，這下好，便宜了貴客。

吃過飯，祖孫倆在屋子裡說話。

過了正午，長房老太太派出去的人才回來稟告。「沒有打聽到舅老爺的消息。」

從三品的外官進京如果不是被皇上傳召，那就相當於是死罪，舅老爺已經不惑之年，不會這樣做出這種危險的事來。

那就是被傳入京。

琳怡想到一件事。「前天晚上，大伯父獨自一人出去過，不知道與這件事是否有關係。」

說到陳允寧，長房老太太微微揚起眉毛。「董家人自然是喜歡妳大伯父。」攬著孫女細說。「二老太太董氏和妳祖父在川陝時，生怕不能回來京裡，將來也就只能依靠董氏一族，所以董氏早早就給妳大伯在董氏族裡找了門親事定下。後來董氏回來京裡，看到京裡的閨秀花了眼，就想著給妳大伯討門更好的親事。董氏的心思是，娘家那邊打斷骨頭連著筋，京裡她們一家卻無依無靠，若是能找門好親家，對她和妳大伯都是有益。」長房老太太說到這裡輕笑起來。

「畢竟是一家人，最是瞭解對方的心思。董氏一族連招呼也不打，就將沒有及笄的女兒送來京裡，反正是姑表親，就讓二老太太將妳大伯母又當媳婦又當女兒，在二老太太董氏面前侍奉兩年，就和妳大伯成親。二老太太董氏沒法子，也就將姪女留下了，想著過兩年若是有好親事給姪女說了，姪女嫁個高門，妳大伯也能再說親事。結果沒想到妳大伯是個癡情種，將妳大伯母認作了未婚妻般看待，兩個人花前月下有了牽扯，二老太太董氏只得咬牙將這門親事做了。」

想到陳允寧成親那天，董氏笑得抽筋的樣子，長房老太太就覺得痛快。

琳怡道：「所以董氏一族就喜歡大伯一家。」董氏族裡既然嫁過來一個女兒，就不能白白浪費了這個關係，董氏一族當然願意讓大伯承爵。

她前世臨死前也不知道到底是哪位伯父拿了爵位，莫不是二伯父和田氏都失算了？這樣想起來，琳婉父女還真是相像，平日裡都是不聲不響。

推算下來，林正青要娶琳婉就合情合理了。

說完話，琳怡陪著長房老太太去花園裡散步，其實是看西宅裡的食客。

經過一晚的休息，周十九又是神清氣爽起來，只是眉毛很好看地彎了一下，然後看著桌子上的官服。

「在福寧的時候刮破了，還不知道要怎麼修補。」

琳怡沈下眼睛，裝作沒聽到。四爪的蟒紋缺了條腿也沒什麼，不正好見證康郡王是如何艱苦地死裡逃生？想到這裡，她抬起頭，臉上多了笑容。「白芍姊姊手藝好，讓白芍姊姊看看能不能繡補上。」

周十九彷彿早就知曉她會如此說，漆黑的眼睛故意沈下來思量。「讓許多人知道不太好。」

琳怡早有準備，將玲瓏叫過來。「我的丫鬟也會，郡王爺不棄，就讓玲瓏在院子裡簡單補好了再回去。」在她的地盤上就要聽她的安排。為周十九補衣服，日後說出去還當她想要攀龍附鳳。

長房老太太道：「丫頭手藝糙，還望郡王爺不要嫌棄。」

「哪裡，」周十九似是想到了什麼，含笑道：「這官袍是落水才壞的，來之不易，補個五、六成就好。」

他輕翹的眉角如同黑夜裡的月光，又似枝頭將要化開的冰雪，半暖還涼。

林家宴請的日子很快就來到了。這段時日，福建情形緊張，京裡的氣氛也壓得人透不過氣來，終於聽說解元爺的母親辦生辰，大家都卯足了勁兒要在宴會上露個臉。

長房老太太在門口看到長長的賓客名單，裡面未出閣的小姐就占了一半，林府裡更是鶯鶯燕燕聚在一起，滿眼的衣香鬢影，哪裡能順風順水地將親事談成？

琳芳添了不少的衣裝頭面，大大的牡丹挑心溜著金邊，花心是一大塊寶石，垂底用瓔珞做了流蘇，還好琳芳脖子夠粗，否則真要被壓斷了。

琳婉穿著青色妝紗氅衣，遠遠看去如煙似霧般，臉上施了粉，顏色比平日裡亮幾分。

琳怡還像平常一樣，只是身邊多了個能說會道的陸婆子。

三個人一起簇擁著長輩進了林家，林家老宅用青石雕了影壁牆，上面沒有吉祥的圖案，而是寫滿了林家子孫的題字。林大太太拿著鮫扇，笑指影壁牆上右上側的一塊。「這是留給青哥的。」

旁邊的夫人笑道：「如今大郎是桂榜排首，將來定博個兩榜出身。」話是這樣說，從前也有人得了解元卻在春闈落榜。

聽著周圍人都在誇讚林正青，琳芳看向琳怡的目光不時帶刺，琳婉恭謹柔順，只陪在長輩跟前，眼睛連周圍也不敢多看一眼。

琳怡頗有些不放在心上。

林大太太皺起眉頭看陳六小姐，表面上像是個木頭做的人，其實更能做出下作的事。青哥也不知道到底是怎麼想的，竟被陳六小姐迷得團團轉。

林家後院看似沒有怎麼修葺，實則處處透著文人雅士之情，一處竹林竟然就在園子中央，裡面擺著漂亮的石墩，已經有一群小姐圍在石桌前喝茶。

琳怡抬眼看過去。

冤家路窄，海御史家七小姐正和一位穿著蹙金紗芙蓉衫的貴小姐說笑。

那位貴小姐抬起頭來。

寧平侯五小姐。

大家都湊在一起了。

第八十一章

到了花廳拜見過林家和各位長輩，屋子裡的女眷大多是和林家有些交情的，袁家、齊家不在話下，還請了不少的顯貴，如寧平侯孫家。

林大太太早早就將寧平侯夫人讓在林老夫人旁邊的主位上。寧平侯夫人笑得仰起頭。「這麼多夫人在，我怎麼好坐過去，還有幾位老太太呢。」

眾人將視線掃向陳家兩位老太太。

長房老太太先笑著道：「您是誥命夫人，我們還能跟您爭不成？您踏踏實實坐就是，看誰敢說出二話來？」

屋子裡的女眷都笑了，海御史夫人道：「我反正是不敢，就算敢也是心裡想想，說不出口啊。」

寧平侯夫人故意板起臉。「瞧瞧，這位置坐了還燙人呢，大家都編排起我來了。」

林老夫人穿著海棠色枝葉妝花褙子，頭戴醬色抹額，旁邊簪著梅花萬壽簪，手上是一串碧璽佛珠，看起來慈眉善目。琳怡前世嫁給林正青前，就聽說林家老祖宗最是和藹。

林老夫人果然笑道：「夫人放心安坐，軟墊上長不出一副牙齒來。」

寧平侯夫人就被逗得提起帕子捂嘴笑。在場的女眷道：「還是林老夫人英明。」

女眷陸陸續續進門，半天才算齊全了。

寧平侯夫人和眾人寒暄之後，眼睛一轉，目光落在陳六小姐身上，笑著向長房老太太道：「聽說老太太身邊添了個妙人，還真是又漂亮又溫婉。」

漂亮、溫婉這兩個詞用在琳怡身邊的琳芳、琳婉身上正合適，琳怡被兩人一左一右夾在中間，哪能在這上面出挑。

琳怡對上寧平侯夫人的目光，彷彿看到寧平侯五小姐翹著小臉告狀的模樣。

長房老太太卻和藹地笑起來。「我這福氣是從弟妹那裡借來的。都是弟妹教養得好，將六丫頭送到我跟前，平日裡多虧六丫頭在我床前奉藥，我這條老命才又結實了。」

長房老太太這樣一說，二老太太董氏也不得不開口。「老嫂子說笑了。」

大家說著話，林老夫人單看著琳怡，笑咪咪地伸手。「我還是第一次見陳六小姐，好孩子過來，讓祖母瞧瞧。」

這話一出，就算來之前不知道怎麼回事的，現在也看出端倪來。

琳怡握著團扇走上前去，當著眾人面斂衽向林老夫人輕輕下拜，身形端正平穩，端的是好禮儀。

林老夫人笑著點點頭。「好孩子，果然出息。」

長房陳老太太露出滿意又欣慰的笑容。

女眷們看著林、陳兩家長輩臉上的神色，再看陳六小姐那不敢看人的眼睛。林、陳兩家這門親事八成要成了。

周十九坐在院子裡翻書。

陳漢抹著汗，氣喘吁吁地跑過來。「爺，阮婆子打聽清楚了，陳家兩位老太太、太太、小姐都去安慶林家，彷彿是為了兩家的婚事。」

林、陳兩家的婚事。難怪陳家上下天剛亮就起來忙碌。

陳家長房老太太那般在意，林家相中的應該是陳六小姐。

「爺，要不要再去打聽？萬一到時候陳家依靠旁人……」

長房老太太臨走前來向他說明，當時旁邊的陳六小姐目光是一片清澈，提起林家的時候，她的嘴唇微微上揚。那笑容傲氣中帶著自信，顯然已經有十足的把握。

「我們等著就是。陳允遠耿直，不會做出表裡不一的事，所以福建那些清流才會相信他。」這就是清官的好處。

「老夫人，大爺、二爺、四爺、五爺來拜見了。」

林氏族裡來了好幾個男子。

屋子裡的小姐們都被請去碧紗櫥裡。

林老夫人身邊的嬤嬤將琳怡領到最前面坐了，林家幾位小姐陪著坐在一旁，琳芳臉色更加陰沈下來，趁著眾人不注意狠狠地盯了琳怡兩眼。

小姐們開始捂著嘴竊竊私語，主題都是這門親事能不能談得成。

琳怡握著扇子，想及前世時，她也是如此張望了林大郎一眼。當日，她就是握著扇子擋在臉前，羞怯、忐忑地看到那抹不真切的影子。若是從前的一切果然在林正青腦海裡留下一抹痕跡，那麼她就盡可能讓林正青記起更多些。

外面響起腳步聲，丫鬟、婆子將竹簾緩緩放下。

琳怡拿起扇子遮住臉頰。

林正青請安的聲音傳來，琳怡心裡一慌，不小心掉了手裡的帕子，帕子落在地上，丫鬟急忙去撿，琳怡接過來輕聲道謝，卻羞得不敢抬起眼睛。

林正青起身看了一眼碧紗櫥。

影影綽綽地看到陳六小姐，一柄花開並蒂扇，四周鑲著細細的羽毛，那隻未染蔻丹的手緊緊握著扇柄，似是十分緊張，和從前幾次見面大不相同。

大約是知曉了婚事才會如此？

女人的心思無非是那些細小的算計，要嘛仗著膽子靠過來，要嘛欲擒故縱，他從來沒有認真去想過。

陳六小姐的舉動他只是覺得奇怪，原來也是這樣的伎倆。這樣的情形才和他預想的不謀而合，就該是這樣。

碧紗櫥裡，琳怡鬆開緊攥的手指。

前世林正青登門幾次、苦苦求親的時候，她以為林大郎果然對這門親事有幾分在意，她還當自己是何其幸運，而今她要將這些都還給他——

林家男子回去前院，小姐們才從碧紗櫥裡出來。

林大太太換了件嫣紅小鳳尾妝花褙子，笑著張羅。「小姐們不要拘著了，我讓人在碧雲亭裡擺了宴席，請小姐們自去玩吧！」

在長輩面前就要一絲不苟，大家自然都不願意一直陪坐到開了宴席，聽得這話，屋子裡的鶯鶯燕燕就都出了門。

漢白玉式的高臺加築在池塘裡，上面蓋了八角小亭，林家雖然處處高雅，卻也不忘記奢華，讀書的根本還不是要求高官厚祿。

琳怡才坐下，周圍就又響起竊竊私語聲，齊家兩位小姐也不似往常一樣看著她眉開眼笑，而是表情有些沈悶。

長房老太太才和齊大太太表露了結親的意思，沒想到林家卻鬧出定親的事來，也難怪齊家人會覺得面上難看。雖說婚事是結兩家之好，萬一出了紕漏，兩家就斷了往來，這樣的例子也是常有的。

琳怡和齊家兩位小姐很談得來，主動過去和齊三小姐說話。「姊姊最近如何？」她寫了兩封信給齊家小姐，齊三小姐只回了一封。

齊三小姐終究爽利，嘆了口氣。「還不是那樣。哥哥秋闈沒有考好，被父親教訓了一頓，就關在房裡準備春闈。我們姊妹也被限制在家，少了出來。」

以齊二郎是該考得更好，可是乙榜第三十八名也不算差了，別人家都張燈結彩大宴賓客，沒想到齊二郎倒挨了罵。

「父親說——」齊三小姐想要說話，卻被齊五小姐拉了一把，齊三小姐也就住了嘴。

有林家在中間，終究是多了層隔閡。

琳怡乾脆換了話題。「我做了兩只蝴蝶荷包。」說著從玲瓏手裡拿來。「是給兩位姊姊的，用的是編好的五色線，上次道婆來我們家裡說，今年用五色線是極好的。」

齊五小姐看著那精緻的荷包，臉上一紅，歉意地看著琳怡。「其實……我和姊姊……」

琳怡頷首，微有些嚴肅。「我知曉，無論什麼時候我們都是好姊妹。」

齊三小姐怔了怔，笑了。「看看妳們倆，要酸死個人呢。」

齊五小姐和琳怡相視而笑。

幾句話過後，齊三小姐還是忍不住漏了底。「我父親說，哥哥前程未定，不准提旁雜的事讓他分心。」

所謂的旁雜事，就是婚事吧！

對於書香門第來說，科舉比什麼都重要，這樣說話也是無可厚非的。

琳怡這邊和齊家兩位小姐說話，田氏帶著琳芳、琳婉認識了許多作客的女眷。寧平侯五小姐穿了一件蔥綠碎花緞邊裙，看起來十分俏麗，琳芳笑著在旁邊誇讚。「五小姐穿什麼都好看。」

寧平侯五小姐最喜歡旁人誇她美貌，每次她穿新衣裝，京裡的貴族小姐都要仿效，現在琳芳當著眾人面誇她的新裙子，自然說到她的心坎裡，加上往日的情誼，兩、三句話過後，寧平侯五小姐和琳芳就拉起手一起去園子裡賞花，琳婉自然而然也跟在她們身邊。

寧平侯五小姐突然想起來。「聽說林家看上了妳們家的六小姐是不是真的？」

琳芳頓時一臉黯然。「是真的，林大郎現在是解元，將來定會中了進士，能有這樣的夫婿，六妹妹好福氣。」說到這裡，琳芳特意乜了一眼寧平侯五小姐，寧平侯五小姐的眉毛果然擰了起來。

琳芳和寧平侯五小姐相處久了，頗瞭解寧平侯五小姐的脾性。「……林大郎儀表堂堂，聽說京裡沒有哪家公子能及得上……林家長輩說我六妹妹性子溫婉賢淑，不愧是大家閨秀，配得上讀書人的門第。」

寧平侯五小姐豎起眉毛，冷笑。「她還溫婉賢淑……」

陳六小姐還溫婉賢淑？

上次在清華寺，陳六小姐刺耳的聲音彷彿還在寧平侯五小姐耳邊迴盪。

一個在鄉下養大、沒有半點規矩的小姐，竟然有了這樣一門讓人羨慕的親事。

「就算要結親，也該是妳們姊妹倆。」寧平侯五小姐一臉怒其不爭的表情看著琳芳。

琳芳哂然一笑。「五小姐知道，我向來是嘴笨的，不討長輩喜歡，六妹妹出口成章，旁人誰能及得上？我做事也沒有六妹妹大方，自然是……再者六妹妹纖細，比我面貌姣好。」說到面容纖細，寧平侯五小姐不是最厭棄自己稍圓的下頷。

「四妹妹，」琳婉謹慎地向周圍看。「妳不要亂說，六妹妹人很好的。」

看著琳婉一副唯唯諾諾的模樣，寧平侯五小姐心底更是冒出一股邪火。當日鄭七小姐還不是這樣維護陳六小姐，才讓她在眾小姐面前出醜。

最重要的是，陳六小姐若是溫婉賢淑，她就是驕橫跋扈，陳六小姐占盡了鋒頭，假以時日，她還不淪落成別人笑柄？

她不能讓陳六小姐好過。

「妳們就這樣等著讓人欺負？」寧平侯五小姐睜大一雙杏眼。「枉妳們還在京裡長大。」

琳芳垂下頭。「我們在京裡長大的，確然不如她們在旁處的見識廣。我這妹妹可是林家主動來提親的呢，家裡的長輩也是嚇了一跳。」

寧平侯五小姐似是聽出了什麼。「難不成……是……」

琳婉嚇得臉色蒼白。「寧平侯五小姐可不要亂說，我們家的女子都是本本分分的，絕不會有別的……寧平侯五小姐快別說了，就當是我求求妳，」說著看琳芳。「四妹妹，妳還愣著做什麼？」

「急什麼急，」寧平侯五小姐笑道。「妳們又不是親姊妹，妳怕什麼？我聽說六小姐的親祖母，名分也是不清不楚的。」

琳婉怔愣在那裡，不知道說什麼才好。

寧平侯五小姐這時候整理一下衣袖，十足地興致。「走，去看看妳們那位春風得意的六妹妹，說不得今天我們還有好戲看呢！」

琳怡和齊家小姐正說笑，頭頂傳來懶洋洋的聲音。「呦……遠遠看來我當誰那麼顯眼，原來是陳六小姐。」

琳怡梳了單螺髻，上面配了套金盞花的頭飾，乍看過去不顯眼，仔細看來那金盞花的花瓣隨著琳怡的動作在輕顫。

果然是精心打扮。

寧平侯五小姐和琳芳、琳婉與琳怡同桌坐下。

林家的丫鬟很有眼色，忙又擺上兩盤蔬果。

寧平侯五小姐翹起嘴唇低聲道：「六小姐來京裡時間不長，倒是覓得了一門好親事。聽說林大郎才貌雙全，六小姐與我們說說，你們是何日相識的？」

若是手帕交的小姐私下打趣還算尋常。

琳怡驚訝地看向寧平侯五小姐和琳芳。「寧平侯五小姐是聽我四姊姊說的吧？我沒怎麼見過林大郎，倒是四姊姊出去宴席的時候見過幾次，四姊姊還見過康郡王呢……」

說起康郡王，琳芳立時變了臉。

寧平侯五小姐也是一怔。

「寧平侯五小姐不妨問問我四姊姊，周夫人這兩日還請了四姊姊過去作客。」

第八十二章

琳怡看著寧平侯五小姐詫異的表情，想著前幾日琳芳在她面前笑著看她的模樣，一絲不差地傳遞給寧平侯五小姐。「周夫人沒請五小姐嗎？」

寧平侯五小姐的臉色從驚訝到憤怒，旁邊的琳芳嚇了一跳，回過神來忙去向寧平侯五小姐解釋，手剛放過去就被寧平侯五小姐甩開。

琳芳尷尬地左右看了一下，低聲下氣。「我還沒來得及和姊姊說。」

琳怡沒想到惹了禍，忙改口。「寧平侯五小姐不要生氣，前些日子康郡王下落不明，我四姊姊去勸慰周夫人，這才……」話不說到底，剩下的就讓寧平侯五小姐自己去問琳芳。

琳怡眨著眼睛去看琳芳。琳芳敢在寧平侯五小姐身邊煽風點火地害她，難道是認準了她不會反抗？

琳芳不是沒來得及說，而是壓根兒不想告訴她。寧平侯五小姐冷笑，她還奇怪林家要陳六小姐做媳婦，琳芳怎麼沒有一點難過，原來琳芳早就攀上了高枝，自認為能比陳六小姐嫁得好。

琳怡不想在一旁看戲，就拉起齊家兩位小姐。「我們去那邊看丟花球吧！」

齊三小姐立即同意。「好呀，我和妹妹好久都沒有玩了。」

齊五小姐抿了口茶，站起身來隨著琳怡和齊三小姐一起走了。
眼看著琳怡和齊家兩位小姐說說笑笑地離開，琳芳的眼睛就要瞪出來。
琳怡沒有邀請琳婉一起去，琳婉只得在一旁陪坐，看著寧平侯五小姐向琳芳發火。「四妹妹好重的心思，我在妳身邊竟沒有看出來呢。」
琳芳勉強笑。「五姊姊寧願相信六妹妹，也不肯信我？難得我們這般要好一回。」
寧平侯五小姐不動容，琳芳作勢去擦眼睛。「我要怎麼說……」琳芳想哭卻又不敢哭，恐怕被旁邊的女眷看到，日後在人前抬不起頭來，可是若是讓寧平侯五小姐認準她要惦記著康郡王，定不會善罷干休……
琳婉開口解圍道：「五小姐，妳錯怪我四妹妹了。」
寧平侯五小姐乜了琳婉一眼。「妳們都是姊妹，我是信誰的是？」說著目光轉向琳芳。「妳倒說說，妳六妹妹說的話是不是真的？」
琳怡說的自然是真的。
琳婉伸手去拿桌子上的茶杯，不敢說話。
寧平侯五小姐看也看出端倪來。
琳芳倒是想出了好藉口。「周夫人要聽我母親講佛經，我是陪著母親去的。上次看到康郡王是在鄭家，」說著拖上琳婉。「三姊姊也在那裡，我們只是遇到了低頭行禮，後來才知道是康郡王。」

琳婉輕輕頷首。「是……這樣。」

陳三小姐太過老實，根本不會撒謊，要不是想要幫陳四小姐也不會勉強應下來。寧平侯五小姐暗自冷笑一聲。

亭子裡的小姐玩起花鼓來，鼓聲中夾雜著歡聲笑語。

這般情景，可不是正好說話嘛……

琳芳低聲哀求，使出渾身解數，總算讓寧平侯五小姐開懷一些。

兩個人遠遠走開一旁，寧平侯五小姐道：「妳倒是說說，康郡王長相如何？」

寧平侯五小姐終究敵不過好奇。

要說實話？寧平侯五小姐不就是聽到傳言說康郡王長相英俊這才想要看的嗎？琳芳道：「和外面的傳言……」說到這裡鬼使神差。「姊姊應該看過林大郎，比起林大郎……」

寧平侯五小姐聽了半句話，追問：「怎麼樣？」

琳芳支支吾吾。「差不太多……」

差林大郎不太多？

「呦……這麼說，妳那六妹妹可撿到寶了，」說著不忘了譏諷琳芳。「妳可要仔細些，別貪大丟了口中食，做個餓死鬼吧！」說著將帕子甩在琳芳臉上。

平日裡聽到寧平侯五小姐惡毒地說旁人，琳芳總覺得心裡舒暢，而今這話落在自己身上，也是心頭發堵，都是琳怡那個死丫頭害她！

「妳的準妹夫剛才我也沒瞧到，不過依我看，妳那六妹妹倒是被迷住了。」
那個人也不是不好，只是讓人想起來就顫抖。
雖然目光陰森可怕，卻有一張漂亮的面孔，說話雖然冷漠，嚇唬人的時候卻像小孩子一樣，嘴角邊的笑容一時諷刺一時如沐春風。
「妳六妹妹會不會和林大郎私下見面？」
寧平侯五小姐突然問起這個，琳芳很快頭腦一轉。「說不得會啊！」看琳怡在碧紗櫥裡嬌羞的模樣，她總覺得六妹妹和林大郎不似表面上這般……他們私下裡見過也不一定。
寧平侯五小姐叫來身邊的丫鬟。「妳去盯著，有消息了回來告訴我。」
琳怡拉著齊家兩位小姐遊園，林家的丫鬟在前面熱情地指路，生像是要將整個林家都帶著遊一遍。中途，小丫鬟指著一處桃林。「……府裡最清靜的地方，裡面修了亭子，有曲水流觴，是我們家老老太爺建的呢。」
曲水流觴，這樣的地方是供家裡男子作詩玩樂之處。
「小姐們要不要去瞧瞧？」
琳怡笑著拒絕。「還是算了。」
似是看出小姐們的擔憂，那丫鬟很貼心地道：「小姐們別怕，家裡的少爺們都在前院，不得進後宅呢，不會有人打擾。」

那種地方太清靜，誰能說得好。

「還是算了，」琳怡挽起齊三小姐、齊五小姐。「我聽那邊有鼓聲，看來是大家玩傳花了，我們也過去湊個趣。」

齊三小姐贊同。「對了，我還帶了彩頭來，」說著拽起袖子露出裡面的鐲子來。「我們下棋去。」

那丫鬟也不深勸，又引路將琳怡幾個帶回去。眼看就要走回亭子，丫鬟笑著蹲下身給琳怡擦繡鞋上的塵土。「六小姐，奴婢叫藍蝶，就在旁邊伺候。妳有事就囑咐奴婢無妨，奴婢一定辦得妥當。」

林正青用她的小字和生辰八字來要挾她，這個藍蝶顯然是林正青支使來的，若是她想和林正青見面，只要讓這個藍蝶去安排。

現在這種情形，好像是要見上一面問清楚才妥當。

尋了個機會，琳怡看向身邊的玲瓏。「妳去和剛才伺候的丫鬟藍蝶說一聲，一會兒我要去曲水流觴看看。」

玲瓏應下來。

琳怡問橘紅。「陸婆子呢？」

橘紅冷笑道：「已經和林家的婆子說上話了，奴婢瞧著她還收了人家好多東西。」什麼鐲子、釵子一併收進懷裡。「逢人就說，她是看著小姐長大的，是小姐身邊最親近的人，也不嫌臉紅。」

自從陸婆子「想起」陳家六小姐，就彎彎繞繞找到小蕭氏，在小蕭氏面前說起蕭氏這個亡姊，兩個人都掉了眼淚，從此之後，陳家大門就向陸婆子敞開了。這一點和琳怡前世經歷的一般無二，只不過提前了些時日。

陸婆子到琳怡身邊，就常說起琳怡生母的事，動輒就掉下傷心淚。琳怡因此也敬著她，讓她進屋伺候，就算玲瓏、橘紅也要經常聽陸婆子嘮叨，這樣下來，陸婆子的氣焰越發囂張，不管不顧起來。

琳怡點點頭，算是知曉。「別讓她做出什麼出格的事。」園子裡女眷多，手腳不乾淨會給陳家丟臉。

她和眾小姐一起作了幾首詩，偏是不巧這幾次都落到崔御史家小姐對下闋。寧平侯五小姐放下鼓槌。「哎呀這可怎麼好，索性我們崔二小姐也是位才女，定能對得出來。」

崔二小姐有些鬱鬱寡歡，詩興也不如平常，不免對得有些零散，寧平侯五小姐捉住了把柄笑著道：「遇到了大才女，小才女就有些時運不濟了。」

崔二小姐怨恨地看了琳怡一眼。

海七小姐就冷笑一聲。「那是因為崔家姊姊身子不適。」

琳怡和海七小姐有口舌之爭時，崔二小姐在旁邊幫襯海七小姐，可如今看來，崔二小姐好像更加恨琳怡。

琳怡前世要嫁給林正青之前，可沒少聽到林正青被眾女視為如意郎君的傳聞，這位崔二小姐不會是其中一員吧……

誰教最近京裡的紈袴子弟太多，林正青這個大蒜就格外熏人。

宴席擺好了，女眷們各自落坐。吃過飯後，小姐們聚在一起笑話哪位小姐宴席上出了醜。

崔二小姐和丫鬟說了幾句話，不一會兒，撇開眾人獨自行動。

琳怡目光閃爍。在琳芳身邊時間長了，格外瞭解這種撇開眾人、私下行動的伎倆。不管崔二小姐是不是要有所動作，這時候確實是離席的好時機。

琳怡看向玲瓏。

玲瓏上前伺候琳怡去更衣。

寧平侯五小姐和琳芳互相看看，難掩眼中的笑容。

在琳怡身後的丫鬟玲瓏穿了身深藍半臂，格外顯眼。寧平侯五小姐拉著琳芳悄悄地跟了過去。

這樣躲躲藏藏，終於到了曲水流觴。寧平侯五小姐和琳芳藏在一叢牡丹花後，等到前面腳步聲越來越遠，琳芳覺得壓制不住胸口怦怦亂跳的心臟，想起她私會林大郎的事來。

六丫頭和林大郎私會讓寧平侯五小姐撞見了，寧平侯五小姐定會說出去，六丫頭名聲受損也就罷了，難免會牽扯林大郎……林大郎對她那般舉動，她想過多少次若是能報復，心中也是痛快，可真的到了這時候，她又害怕，林大郎會不會當著眾人面將她那件醜事揭出來？就算無憑無據，她也不敢和林大郎對質，生怕從那雙黝黑的眼睛裡出來一隻小動物，齜出森白的牙齒狠狠地咬她一口。

琳芳正在猶豫，寧平侯五小姐已經等不及，一把抓起琳芳，往曲水流觴走去。剛走到旁邊，只聽裡面傳來嬌滴滴的女聲，隱隱約約。「大郎，你不知……」

寧平侯五小姐眼睛立即一亮，不管三七二十一就要往裡面闖，琳芳向後退了一步，兩個人來回拉扯，琳芳頓時摔在地上。

寧平侯五小姐看著摔倒的琳芳，腦子一亂。方才彷彿聽到裡面提起「康郡王」，卻沒有將整句話聽了清楚。

康郡王怎麼了？

寧平侯五小姐豎起眉毛，正瞧著地上不爭氣的琳芳。

裡面傳來長長地「啊」一聲。

又有驚訝的聲音道：「這是怎麼回事？大爺，你怎麼在這裡？」

琳芳剛站起身，就被寧平侯五小姐扯了過去，兩個人進了曲水流觴，果然看到一身青袍的林正青皺著眉頭負手而立。

林正青旁邊、用帕子捂著嘴的竟然不是陳六小姐，而是崔二小姐。

另外一旁的是幫忙辦宴席的林二太太和陳家長房老太太。顯然剛才問林正青為何會在這裡的是林二太太。

這樣的場面完全出乎寧平侯五小姐意料，琳芳更沒想到在這裡遇見長房老太太。

琳芳還沒上前說話。

陳家長房老太太低沈的目光已經掃過來。

寧平侯五小姐環顧了一圈，曲水流觴一下子聚了這麼多人，偏偏就沒有陳六小姐。

陳六小姐去哪裡了？

崔二小姐手足無措地立在那裡，精緻的臉上都是驚懼和羞憤，狠狠地打了個寒顫彷佛才清醒過來，可還不知道要怎麼辦才好。

林二太太正要說話，陳家長房老太太已經道：「四丫頭，扶我回去歇著。」顯然是不想再摻和這件事。

林二太太心裡一凜，立即想到林、陳兩家的婚事。如此看來是談不成了。

林正青看看壓著怒氣的陳家長房老太太、抽噎哭泣的崔二小姐、迷惑不解的寧平侯五小姐、驚訝的陳四小姐，再想想藍蝶來傳的話，他眼前浮起的竟然是陳六小姐緊緊握住扇柄的手。

他以為陳六小姐對自己冷淡是欲擒故縱，卻沒想到她今日從頭到尾都在仔細謀算，要的就是現在這一幕。

陳家長輩目睹了他和崔二小姐私會，定不會再答應這門親事。

女人就算再聰明，對他來說也不過渺小得如一隻小老鼠，他自以為抓住了那隻小老鼠，卻被牠狡猾地逃脫了。

第一次，他真正嚐到了被女人陷害的滋味。

第八十三章

崔二小姐想要奪路而逃，卻發現兩條路被人堵得死死的，滿心羞愧讓她顫聲辯解。「我也是……賞花……才遇到……大郎……」

剛才崔二小姐哆哆嗦嗦說的話已經落到林二太太和陳家長房老太太耳朵裡，現在再強辯也是沒用。

陳家長房老太太不置可否，讓陳四小姐攙扶著慢慢走出了曲水流觴。

崔二小姐用帕子蒙住臉，也嗚嗚咽咽地衝了出去。

這下子，只剩寧平侯五小姐和林二太太面面相覷。

林二太太目光閃爍，聲音儘量平和。「寧平侯五小姐和崔二小姐一起來的？」

這樣一來，崔二小姐私會林大郎就變成了她們不小心在園子裡遇到林大郎了。寧平侯五小姐急忙否認。「不是、不是，我們是聽到這邊有聲音才過來的，」說著向林二太太行了禮。「二太太沒別的事，我就……走了。」

真是一副高臺看戲的模樣。

寧平侯五小姐帶著丫鬟離開，林二太太將目光掃向林正青。「青哥，這到底是怎麼回事？你不是喜歡陳六小姐，要娶陳六小姐的嗎？怎麼偏和崔二小姐……還讓陳家長房老太太瞧見了，這婚事可如何談是好？」

二嬸不是一直盼著他出醜嗎？好了、好了，不用演戲了，他都知道，用不了一炷香時間，這些事就會傳到祖母耳朵裡，然後震驚整個林家。修身齊家治國平天下，他連修身都做不到，就算考上進士又能如何。

陳家想得周到，這時候沒忘了利用林家的內鬥。

君子不立危牆，無論他怎麼解釋，這裡面都會有他的關係。

「怎麼回事？」林老夫人變了臉色。「是真的？青兒真的和崔二小姐……」

林二太太話說得恰到好處。「青哥倒是沒說什麼，壞就壞在這事正好被陳家長房老太太撞見……我們就是想遮掩也過不去。」

陳家長房老太太吃了宴席後就覺得身子不舒服，想要活動活動消消食氣，林大太太是壽星，自然不能跟著過去，幫著擺宴的林二太太就去作陪。

林老夫人勉強穩住心神。「怎麼就去了曲水流觴？」

「是因為，」林二太太低聲道：「陳家長房老太太想向我打聽青哥身邊的事。」長輩相看了孫女婿，免不了還要向人打聽孫女婿的性子、喜好，這都是無可厚非的，說這樣的話自然要挑安靜的地方。

「媳婦就想著邊走邊說，就……走到了園子裡。半路上，還看到陳六小姐急著來尋陳家長房老太太，想必是聽到了陳家長房老太太身子不適，過來問安的。」

林老夫人想起陳六小姐緊張、羞怯的模樣。「那陳六小姐也看見了？」

「那倒沒有，」林二太太道：「陳家長房老太太讓陳六小姐回去前面看雜耍，陳六小姐就離開了。」

林二太太皺起眉頭，表情有些苦澀。「光是陳家長房老太太看到了也還好，大不了我們求求陳家不要將事說出去。我們兩家也是要談親的，說不得陳家還能諒解，只是……沒想到，被寧平侯五小姐和陳四小姐碰了個正著。」

林老夫人驚訝地坐直了身子。「妳說什麼？讓寧平侯五小姐看到了？」

寧平侯家可是出了名的破嘴，無論到哪裡都要嚼旁人的舌根，上次寧平侯五小姐就是譏諷陳家才和鄭七小姐吵起來。

林二太太面有愧色。「都怪我沒有看住……這才出了這種事。我提點寧平侯五小姐出去不要亂說，不過……」

林老夫人抬起眼睛。「她沒有答應。」寧平侯家就是看戲還要四處吵嚷的人。

林二太太嘆氣道：「早知道不該請寧平侯夫人和小姐過來。」

請寧平侯夫人和小姐的是林大太太。

大媳婦向來自以為是，想從別人身上算計到好處，卻要惹出一身騷。從前她為了算計二房，從府裡挑出長相出挑的丫鬟要討得老二喜歡，沒想到那丫鬟卻和老大有了首尾，否則哪裡來的庶子庶女？

林二太太為難地四周看看。

林老夫人厭棄道：「有什麼話妳就說，遮遮掩掩的做什麼？」

林二太太這才道：「媳婦也不是搬弄是非的人，只是……媳婦聽說，大哥、大嫂不是想聘陳六小姐。」

林老夫人抬起眼睛。「這話是怎麼說的？不娶陳六小姐來議親做什麼？」

「大嫂的意思，那是因為青哥和陳六小姐私下裡……大嫂才被逼無奈。之前為了對付成國公，您到處託人，最後想到了個法子從福建入手，還是大嫂自告奮勇要去和陳三太太攀關係，沒想到這事最後變成了大哥慫恿賊匪作惡，沒有拿到半點功勞。」

提起這個林老夫人就氣不打一處來，本來是兩家聯手的好事，卻將林家置於尷尬的境地。

林二太太道：「我們家後代子孫中難得有青哥出息，家裡人哪個不想護著青哥，所以揭發成國公這樣危險的事，本應該我們老爺去辦，就算有罪過下來，我們老爺也想擔下，可是大哥、大嫂不肯相信我們，生怕我們搶了功勞。」

林老夫人沈著臉看著錦席上精美的花紋。

「大嫂說要為青哥聘了陳六小姐，我還以為大哥、大嫂是想要緩和與陳家的關係，沒想到另有緣由在。我聽大嫂說，陳家立了功說不得要復爵，青哥怎麼也要娶個勛貴家的嫡女，陳六小姐算不得什麼。要知道陳家二老太太的娘家在川陝可是赫赫有名的，福建的事，動用兵馬還是要動用邊疆的……」

「住嘴！」林老夫人震怒，一掌拍在矮桌上。「她竟然打這樣的主意，還將我蒙在鼓裡?!陳家爭爵與她有什麼關係，她要做這樣下作的事——」

「您沒看出來，陳家長房老太太有意要將陳六小姐留在身邊嗎？陳家的爵位是長房承繼的，說不得大哥、大嫂和陳家族裡有了往來。」

怪不得大媳婦剛剛和她說這門親事恐怕做不得了，林家從來沒有娶過少婦德的女子進門，原來是抱的這個心思。今天宴請了這麼多賓客，大家都知曉了林家要聘陳家六小姐，若是親事不成，大家自然會打聽原因，到時候將陳六小姐失德的話傳出去，陳家族裡哪裡會容得這樣的女子做長房長孫女？

林老夫人冷笑道：「去將妳嫂子給我叫來，我倒要聽聽陳六小姐失德之處在哪裡。」

不一會兒工夫，林二太太將林大太太領進屋。

林大太太吃了酒，臉上一抹嫣紅，顯然一直在宴客的她還不知曉到底發生了什麼事。林二太太悄悄退到屏風外，仔細聽著裡面說話。

林大太太笑吟吟地輕扶鬢間的紗花。

林老夫人看似漫不經心。「喝了多少酒？不怕外面人笑話。」

林大太太笑著亂顫。「是寧平侯夫人非要我喝，我總不好駁了她的好意，要知道寧平侯夫人第一次來我們林家作客呢。」

大禍臨頭尚不自知。

林老夫人半合著眼睛。「妳覺得陳六小姐怎麼樣？」

這話一出，如同驚雷般在林大太太頭上炸開，林大太太立即垂頭喪氣起來。「我正要和老夫人說，這門親事還是看看再說。」

林老夫人故意挑起眉毛。「妳這話是什麼意思？不是已經看好了嗎？」

「媳婦也是才知道的，原來陳六小姐和我們家青哥早已經相識，輕易就將自家的小名告訴了青哥。您也知道我為什麼急著給青哥說親，就因為青哥前些日子喝醉之後，回家嘴裡總念叨一個女子的名諱，我還以為青哥跟哪個丫鬟做了不齒之事，慌忙將青哥屋裡年紀稍大的丫鬟都換了一遍。老爺說青哥長大了恐對那些事有了好奇，乾脆就定下親事，再給他正經收個通房，以免將來被什麼狐媚子迷了去，媳婦這才想到了陳六小姐……」林大太太說著頓了頓。「剛剛青哥才跟我說了實話，青哥嘴裡念念不忘的女子，竟然就是陳六小姐。陳六小姐的小名就叫阮阮。」

林大太太說到這裡，眼睛紅起來。「青哥將來還要爭個前程，若是娶了這種品行不端的女子，將來鬧出醜事來可如何是好啊……」

原來拿了陳六小姐的小名作文章。

林老夫人壓住怒氣。「這麼多賓客都知道了我們兩家要結親，妳就將婚事擱下，日後怎麼向旁人解釋？」

林大太太眼角冰冷起來。「陳家自己女兒做出的事，陳家該是知曉，否則怎麼會痛快地答應了結親。別說現在我們沒有定親，就算定了親悔婚又如何？諒陳家人也說不出什麼。」

想得那麼簡單，林老夫人冷笑起來。「妳是今天才知曉陳六小姐的小名？妳是剛剛才有了這樣的打算？妳以為陳家趕著和我們家結親？恐怕就算妳跪著求陳家，陳家也不會答應將陳六小姐嫁進我們家。今日妳請來的賓客，不是看陳家的笑話，而是看我們家的笑話。」

林大太太輕蔑的表情立即僵在臉上，詫異道：「娘，您這是在說什麼，我們家裡哪有什麼笑話？就算有青哥的錯，也是咱們青哥年少不更事。自古以來錯的都是女人。」

林大太太還在得意，只聽腳下「啪」地一聲，粉彩蜜桃小捧碗掉在地上摔得粉碎，林大太太立時嚇得一激靈。

林老夫人道：「一個、兩個都是人家小姐的錯，妳兒子就行止端正；人家陳六小姐沒有規矩，崔御史家的小姐也是不顧廉恥！」

林大太太險些嗆了氣。「娘，媳婦不明白……」

「不明白……」林老夫人冷笑。「青哥和崔御史家二小姐在園子裡私會，被陳家長房老太太、陳四小姐、寧平侯五小姐撞見了，妳還洋洋得意地和寧平侯夫人說旁人閒話，明日妳就要成了旁人的飯後餘談！」

林大太太脫力地沈坐在椅子裡，睜大了眼睛。「娘……這……是誰說的……我怎麼……」

林老夫人沈著臉。「等妳聽到，恐怕滿園子女眷都知曉了。妳還想說陳家姑娘的錯處，這門親事談不成，陳家正好將妳兒子的好事抖出來，妳還是想想，是去求陳家答應親事，還是問問崔御史夫人，崔家二小姐有沒有許配旁人?!」

林大太太一下子酒醒了，臉頰蒼白沒有血色。「我……我……我去求寧平侯夫人……別將話說出去……青哥和崔二小姐……」

林老夫人不聲不響，半晌才道：「那妳就去問吧！寧平侯夫人答應幫妳保守秘密那是最好。」

林大太太想想寧平侯夫人在人前說的那些閒言碎語，也知道此事行不通，哭喪著臉看林老夫人。「娘，青哥可是我們林家將來的希望，您不能眼看著不管。」

這還沒有封侯拜相就鬧得整個林家顏面掃地，就算將來有了出息，這樣的爹娘在身邊恐怕也沒有什麼好事。陳六小姐看起來聰明伶俐，不卑不亢又謙和恭謹，青哥若是能娶了陳六小姐，說不得前程還能平坦些。

林老夫人神色一遠。「妳看上了陳家哪位小姐？」

林大太太臉上一僵。「這……媳婦……」

果然有其事。

「那妳就去和誰商量，鬧到這個地步該怎麼收場？」
林大太太立時哭喪著臉僵在那裡。

第八十四章

最終還是林二太太出面將陳家長房老太太、陳家二老太太、蕭氏請去林老夫人房裡。

兩位老太太坐穩了，林二太太笑著將琳怡領去外間吃茶果。琳怡看著林二太太眉眼中的笑意，顯然這件事林二太太沒少煽風點火。

琳怡先在外間歇著，裡面兩位老太太笑著說起話來，蕭氏和林大太太偶爾交流一個眼神。林大太太酒氣上撞，只覺得耳邊嗡嗡直響，幾乎聽不清楚林老夫人說的話。

陳家長房老太太開始沈默不語，而後慢慢道：「老姊姊，今天我就說了實話，六丫頭在我眼裡不似旁人，我老東西只要有一口氣在，我都要照顧她周全。」

陳二老太太董氏也笑道：「老三一家在福寧受了不少苦，總算回到京裡來，一雙兒女都極討長輩歡心，六丫頭又是極出挑的，將她幾個姊姊都比了下去。」

陳二老太太這樣一說，緩和了屋子裡緊張的氣氛。

陳家長房老太太卻不是面子軟的人，目光一閃。「六丫頭年紀小，我還想著多留身邊幾年。」這話一出，拒絕的意味已經十分重了。

陳家長房老太太先聲奪人，陳二老太太也有些驚訝，彷彿對這裡面的事一無所知，奇怪地看向對面的林大太太。

自從青哥考中了解元，上門巴結她的不知道有多少，哪個不是小心翼翼地試探。陳家算是什麼東西，陳三老爺不過是有從五品的官職，現在落在京裡也是討個閒差，她肯要陳六小姐做媳婦已經格外委屈，沒想到陳家卻還拿捏起來，別以為是握住了青哥什麼把柄。陳六小姐也不是什麼清白的閨秀，這樣故作姿態，不過是想多要些聘禮。林大太太想到這裡，微微一笑。「陳老太太放心，我們家是大族，自然是虧待不了六小姐的，將來等到青哥金榜題名，高頭大馬地街上一走，那是拿什麼也換不來的。」林大太太不由自主地將自己心裡期盼的場面說出來。

看林大太太眼角輕賤的模樣，還以為陳家非要高攀林家不可。

林老夫人望著酒後失德的大媳婦皺起眉頭來。陳家好歹曾是勛貴之家，哪裡能受得了這般奚落。

陳家長房老太太輕笑一聲。「林大太太的話未免有些大了，大爺能金榜題名，那是林家的福氣，旁人可是沾不來的。」說完就要拂袖起身，蕭氏見狀已經上前去扶。

兩家結了親，也是陳家的風光。林大太太剛要說話，林老夫人已經開口打斷道：「大媳婦今日生辰多吃了幾杯酒，老太太萬要見諒，」說著想起青哥俊秀的外表，陳家長輩看著，說不得還會改變心意，就喊身邊的嬤嬤。「將大爺叫過來。」

陳家長房老太太就擺手。「我身子不適，還是早些回去歇著，林老夫人千萬莫要驚動他人。」

子。

林老夫人心裡不由得嘆氣。這門親事看來是做不得了。陳家這邊不行，只得再想別的法子。

眼看著陳家人就要大搖大擺地離開，林大太太頭腦一熱。「要不是為了兩個孩子，我也不會作這個主，孩子們做出荒唐的事，我們做長輩的才要擔待著！」

這話是什麼意思？

陳家二老太太董氏抬起眼睛看向林大太太。「林大太太，這樣的話可不是亂說的。」

林老夫人狠狠地瞪向林大太太。「這是喝多了，竟然當著客人面耍起風來，」說著吩咐身邊嬤嬤。「快扶著大太太去歇著。」

林大太太卻不管不顧起來。「娘，這話要說透了，否則對誰都不好，我們青哥將來要名聲，陳六小姐也要嫁人不是？」

蕭氏臉色也變了，軟軟地開腔。「林大太太，妳這是什麼意思？」

陳家長房老太太也握住佛珠盯著林大太太。

林大太太搶著將林正青「病」了的事說了。「我還以為是自家出了亂子，後來才知道青哥喊的女子小名竟然是陳六小姐的。」

蕭氏手也顫抖起來。「妳說的小名是什麼？」

林大太太道：「聽說是阮阮，也不知道是不是這兩個字。」

女子取的小字和男子的小字差不多，不過女子的是父母取好，平日裡並不往外叫的，為的是換名的時候寫在庚帖上送去夫家。

二老太太董氏目光不由得一閃。六丫頭的小名，她彷彿記得是六丫頭生母蕭氏取的，大家也叫過一陣子，就是這兩個字。她抬起頭看向小蕭氏，平日裡怕事的小蕭氏臉上更多的是驚訝、疑惑。

蕭氏抬起頭道：「大太太這是從哪裡聽說的？怎麼就認定是我們家六姊的小名？」說著向陳家長房老太太和二老太太董氏討主意。

陳家長房老太太道：「這事非同小可，自然要說個清楚。」

二老太太董氏也是這個意思。

蕭氏這才轉頭問林大太太。「這件事，大太太可向旁人說起過？」

林大太太見陳家人態度軟下來，得意地翹起嘴唇。「別說妹妹和我是從小的姊妹，就算換作了旁家，事關女子聲名，這種話我自然不能出去說了。」

蕭氏第一次看到林大太太這般嘴臉，心裡也發涼，卻攥住帕子穩下心神。「六姊的小名不能輕易說的，可是不弄清楚倒像是我們的錯處。」思量片刻，蕭氏似是想起什麼，從腰間解下一只金絲鑲邊的荷包。「這是我一直貼身佩帶之物，我們家的兩位老太太都是見過的。我們才來京裡的時候，六姊生了大病，我去清華寺添香火，給兩個孩子各求了支平安籤，回來的時候就繡了小名放進荷包裡，清華寺的僧人囑咐要隨身佩帶，明年才能拿下來。我口說無憑，還是請幾位老太太看看，我家六姊的小名是什麼。那平安籤上有朱砂寫的日期，那時候，我們六姊可還沒見過林大郎。」

蕭氏問林家人要了剪刀將荷包拆開，拿出裡面的平安籤給幾位長輩過目，林大太太也想去看，蕭氏已經將平安籤收回來。

林老夫人目光複雜，二老太太董氏看了也是一怔，倒是長房老太太嘴邊露出笑容來。

「我家六姊的小名確曾想叫阮阮，那是老爺和姊姊給取的，在京裡也叫過些時日。老爺上任去了福建，六姊屢屢生病，有一次萬分凶險，我就請了當地的陰陽先生來瞧。陰陽先生說六姊沒了生母，命格上缺一數，虛添小字添威壯氣才能順利養大，於是老爺就將六姊的小字改了。」

林老夫人想著陳六小姐的小字。元元，「元」字可不是元氣的意思？陳三老爺顧念亡妻，在原來的字上改過才成的。

蕭氏口氣一改。「媳婦現在倒是疑惑，六姊棄之不用的名字是誰傳出去的。」

林大太太沒看過那支平安籤，蕭氏的話也就聽得糊裡糊塗，於是看向林老夫人。

「娘……」

林老夫人被氣一梗，臉色鐵青，厲聲道：「跪下！雖是自己當了主母，卻連規矩也忘了，人前失禮讓人笑話，這事若是不向陳家長輩說個究竟，妳就別起來！」

林大太太瞪大眼睛看林老夫人，林老夫人威容不減。

陳家長房老太太拿起茶來喝，蕭氏忙旁邊伺候。

屋子裡靜寂無聲，林大太太哀戚地喊了兩聲。「娘。」

林老夫人也不答應。

蕭氏垂下眼睛。林大太太安排今日的宴席，分明是不想給琳怡活路。只要想到這一點，蕭氏也裝作視而不見。

直到林大太太真的要跪在地上，陳家長房老太太才道：「算了吧，林大太太也是一時失察，現在大家說了清楚也就罷了。」

林老夫人一臉歉意。「都是我平日管教不嚴。」

陳二老太太董氏笑著道：「老夫人平日裡已是不易，年輕人哪個還沒犯過錯。」說著示意身邊的嬤嬤將林大太太重新攙扶回椅子上。

陳家長房老太太臨走之前，拉住林老夫人說了幾句貼心話。「親事雖沒談成，兩家情誼還在，若是有什麼風聲，還要林家幫忙周旋。」這話的意思，林大郎和崔二小姐的事，陳家不會主動傳出去。

林老夫人滿臉感激。「只是委屈了六小姐。」

陳家長房老太太道：「老姊姊放心，此事我自有計較。」

林大太太滿身冷汗，咬牙將陳家兩位老太太、小蕭氏送出門，轉頭就忍不住吐了一身的污穢。

林老夫人嫌惡地揮手。「將大太太送回屋裡好好養著，別再出來吹風。」然後吩咐身邊的嬤嬤。「剛才說的話，誰也不准傳出去半句，否則絕不輕饒。」

琳怡贏了齊三小姐的手鐲，齊三小姐又要押了自己的髮釵，齊五小姐笑著拖了姊姊。「好了、好了，姊姊別把衣物都輸了，可要沒法見人。」

時辰不早了，林家開始送客，齊三小姐大呼不痛快，拉著琳怡。「這裡地氣不對，我是屬火，這裡三處環水殺了我的士氣，明日去我房裡，定要輸翻了妳。」

琳怡聽了忍不住笑。「好，我一定去妳房裡，瞧瞧妳都讀些什麼雜書。」

看著琳怡跟著陳家長輩離開，齊三小姐悄悄嘆口氣，拉著妹妹低聲道：「陳六小姐要是做了我們嫂嫂該多好啊，這麼好的媳婦，父親、母親還要猶豫，要是便宜了別人，將來必定後悔。」

齊五小姐看看左右，拉扯姊姊。「莫要亂說，小心壞了六小姐聲名。」

齊三小姐聽得這話免不了垂頭喪氣。

回去的馬車裡，長房老太太拉著琳怡的手。「我看這件事和妳兩個大伯父脫不了關係，林家不會無緣無故地害妳。」

林正青是攀上了二老太太董氏那邊，所以才會對她下這樣的黑手。

這種情形可不和前世發生的事正好吻合？

長房老太太道：「崔御史家二小姐怎麼會在曲水流觴？」

這也是她沒想到的。

長房老太太看向琳怡。「崔御史家小姐提起康郡王——」

第八十五章

說到康郡王，琳怡抬起頭來。「崔二小姐和林大郎說康郡王？」這是鬧的哪一齣？

不可能將所有事都算計周到，今天她防著海御史家的小姐，沒想到崔二小姐卻跳了出來。

崔二小姐不知道從哪裡得來林大郎的消息，獨自一人悄悄靠過去私會，這下子倒是讓琳怡少費了周折。崔二小姐和林正青也因此被長房老太太和林二太太堵個正著。

長房老太太道：「崔二小姐說，妳父親和康郡王交好，現在局勢不明，讓林大郎小心被牽扯其中。」

這崔二小姐也是個重情重義的，沒忘了這時候通風報信。

不過以崔二小姐的性子，只是找了個藉口去和林大郎說話，她想想也知道，林家若是準備和陳家結親，自然已經將這些想了進去。

「這件事過後，外人更會將妳父親和康郡王劃成一黨，」長房老太太說著看向琳怡。「我看康郡王是宗親中難得的俊才……六丫頭，妳怎麼想？」

琳怡看著長房老太太頗有深意的目光，說出自己的心裡話。「我覺得父親還是離康郡王遠些才好。這次雖然有了康郡王幫忙，我們家才能平平安安，可是以後呢……父親為人耿直，很容易就被人利用，康郡王是有宗爵的人，這樣的人經手的事必然都是十分難辦的，跟著他做好了也不一定會前途無量，做不好定會下場淒慘。」

長房老太太聽得嘆氣。「這就是女人和男人的不同。女人只想家宅安寧，衣食無憂就算最好的了，男人卻永遠想著更高的位置。」

琳怡拉著長房老太太的手，幫長房老太太揉捏虎口。「孫女看來，和康郡王能遠就遠些。」

六丫頭這話也不是沒有道理。不過哪個長輩不想給自己的兒孫說門好親事，這次康郡王來家裡躲避，她也能看出來康郡王對六丫頭印象不差，既然六丫頭沒有這個心思，也就罷了。可恨的是齊家，總是躲躲藏藏，這次聽到些風聲，乾脆問也不問，灰著一張臉生像陳家欠了他們什麼。齊二太太沒有壞心，卻生了一副小肚雞腸。要不是六丫頭生就寬懷大度，她還真不會考慮齊家。

琳怡岔開這個話題，說起林大太太。「照祖母這麼說，林老夫人確實惱了林大太太。」

長房老太太冷笑。「就算再惱，心裡到底還是護短。林老夫人這般發放林大太太，無非是想讓我們息事寧人，林老夫人也知道我不會真的讓林大太太跪下，否則我們兩族日後就真的要斷了來往。再說，就算我不開口，二老太太董氏也會做這個好人，我就算千般不願，也不能便宜了董氏。」

看著長房老太太臉上的笑容，琳怡也能想到剛才在林老夫人屋裡，二老太太董氏怕被林家牽連，話也不敢說的樣子有多讓人痛快。

「這下好了，妳母親回去就能正大光明地收拾房裡的幾隻耳朵。」

家裡出了這麼大的事，為了以防萬一，蕭氏會將身邊不放心的下人通通趕出去，這一件倒是借了林家的光。

蕭氏在人前真正做了回主母，將平日裡裝神弄鬼的林大太太嚇得冷汗直流，這一次是對付了林家又對付了二老太太董氏一家，沒讓她想到的是琳婉從頭到尾都十分冷靜，沒有參與琳芳的事，更沒有打聽林正青。

難不成琳婉不想嫁去林家？

陳家的馬車越走越遠。

林正青在林老夫人房裡聽訓斥，眼前卻浮起陳六小姐低頭垂目的影子，眼睛含著微笑，挽著陳家長輩，眼睛不抬地從他眼底下走開。

「所幸崔二小姐身上還沒有婚約，既然如此，你就娶了她。」

娶了崔二小姐。

林正青心裡一笑。「孫兒有錯，就憑老祖宗安排。」

林老夫人看向旁邊的林大太太。「明日妳去趟崔家，問問崔家長輩的意思。動作要快，免得讓醜事傳出去，青哥還有幾個月又要下場了。」

林大太太揪著一塊帕子使勁地揉。「娘……就……沒有別的法子了？青哥不過只是見了崔二小姐一面，並沒有別的……」

林老夫人眼睛輕翹冷笑。「妳既然看不上陳六小姐，現在不是正合了妳心意？還是妳想攀上陳二老太太娘家做靠山？與殺人不眨眼的武夫謀利，妳就不怕哪日糊裡糊塗做了刀下鬼？」

林大太太還想辯駁，看看一臉鐵青的林老夫人，隱忍地吞了一口唾沫。

最終崔、林兩家的事在寧平侯夫人賣力講解下，弄得滿城皆知。

眾人唏噓這位解元公的婚事真是一波三折。

林家上下打點，崔家也沒閒著，崔御史訓妻教女的戲碼不間斷地上演，一會兒傳崔二小姐被打死了，一會兒傳崔二小姐悲憤之中投繯自盡，一會兒崔家又準備了馬車要將崔二小姐送去寺裡修身養性。

一日之間就有三種不同的傳言在下人嘴裡傳開。

被此事波及的三家中，陳家最為安穩。陳三太太回去之後整治了內宅，在陳六小姐的貼身婆子身上搜出了林家的東西，陳家立即差人將東西物歸原主，然後將陸婆子趕出陳家。

要不是念及陸婆子曾在陳三老爺正室身邊伺候，陳家早就動用了家法。

林家也行動迅速，林老夫人出面，崔、林兩家正式談起了婚事。在京裡土生土長的崔二小姐總比從福寧來的陳六小姐強。

林家雖然擔些名聲，也不算太吃虧。崔家小姐有錯在先，崔家的嫁妝定會不少。

林家、崔家在臺上扮角，陳家慢慢也成了看客。

琳怡張羅著給長房老太太布菜，長房老太太沒忘了問她一聲，西園子裡的客人怎麼樣。

琳怡道：「是咱們府裡年長的廚娘做飯，每日按時送去，您就安心吧！」長房老太太從前就是吃這廚娘做的飯菜，直到琳怡過來長房照顧，長房老太太才讓白嬤嬤另尋了手藝好的新廚娘。

新廚娘雖然手藝好，但沒有從前的老人嘴嚴，琳怡覺得還是穩妥些為妙。

最年長的廚子，那不是就會幾道老得變不出花樣的京菜嗎？長房老太太眼睛微抬，看著自己面前精緻的八段素什錦，翡翠丸子、果仁切雞、蟹黃豌豆，吩咐白嬤嬤。「將這幾個菜悄悄送去西園子。」

那可都是她督著廚娘做的飯菜，琳怡道：「祖母，咱們這樣送過去，恐怕被人生疑，還是讓客人忍幾日，畢竟京裡的風聲緊著。」

長房老太太想想覺得有道理。

於是長房老太太的每日一次遊西園，就變成了晚飯之前。

病人早就扔掉了厚重的被子，張揚地在院子裡的石桌上畫山水。烏黑的長髮鬆鬆地綰成髻，眯著眼睛似笑非笑，動作卻十分鄭重，右手執筆左手掩袖，不論筆鋒如何遊走，只是手腕擺動，身體立如山松。

陳允遠早早就給琳怡兄妹請了先生，琳怡提筆練字的時間並不少，卻自認做不到這一點。

周十九放下手裡的筆。

琳怡上前去見禮。

大家見面多了，稍稍隨意起來，琳怡伺候長房老太太在旁邊的錦杌上坐了，然後站在一旁垂頭斂目。

長房老太太剛要詢問康郡王的病如何了，眼睛看到石桌上的畫卷，臉色也變得難看起來。「郡王爺這是畫的……」

周十九清澈純淨的眼睛一瞥，笑道：「我看西園子長廊上雕了一半的圖案，似是鄭國馨的『青山留春圖』，這幅圖我在宮中見過兩次。」

提到這個，長房老太太眼睛有些紅。

允禮也是見過鄭國馨的真品，才想描下來讓工匠雕在廊上，結果畫沒描完，允禮就病了。允禮沒了之後，她也沒有精神再修西園子，就將允禮畫了一半的畫讓工匠雕上去，這西園子就鎖了起來。

長房老太太說起這個，眼睛有些發澀，用絹子擦了擦眼角，才道：「唉，一晃都是好多年前的事了。」說著又去看康郡王描的「青山留春圖」。「市面上見到的淨是贗品，聽說與真品實有出入，郡王爺是看過真品的，定錯不了，可否留與我讓人仿一張？」

周十九笑得親和。「是我閒來無事才仿作的，老太太若是喜歡就留下。」

這可正對長房老太太的心思。長房伯父沒畫完的畫，請外人來續，長房老太太覺得心裡不是滋味，族裡的年輕人，長房老太太又不想去託。擇日不如撞日，這次園子一開，也全了畫作，就像老天送來個慰藉般，這比他們晚輩說多少吉祥福壽的話都有用。

從前長房老太太對康郡王是因對待宗親，必要恭敬、小心，經過這件事，似是多了些私裡的交情。

陳允遠再次在長房老太太面前誇讚康郡王時，琳怡明顯看到了長房老太太的認同，只不過長房老太太做事鄭重，嘴上不會輕易說罷了，要不然本來想要康郡王搬去莊子的話，長房老太太說說就罷了，沒真的就去安排。

琳怡拿著小夾子剝松仁。給長房老太太做的松仁點心送去了西園，周十九個大男人看到糕點竟然也不推辭，這果仁都是她用筷子沾蜜親手捲的，為了孝敬老太太，她只能又讓玲瓏拿些材料再做些。

琳怡將糕點捲好放在蘇子葉上，裝好盒子，送去長房老太太房裡。

長房老太太房裡氣氛有些低沈。

陳允遠坐在椅子裡皺著眉頭喝茶，長房老太太吩咐白嬤嬤收拾行裝。

第八十六章

父親什麼時候來的，她怎麼一點也沒聽到消息？

琳怡將盒子遞給白芍，向陳允遠行了禮，然後跟著長房老太太進去內室。

長房老太太坐在紫檀椅子裡，轉著手裡的佛珠，看著琳怡。「明日一早我們就去族裡住些時日，我要和族裡宗長商量過繼之事。」

琳怡坐在長房老太太身邊。「是不是福建那邊有了消息，所以我們要躲出去？」

長房老太太嘆口氣。「什麼都瞞不了妳。妳父親說福建來了官員，晚上就會悄悄過來，讓我在府裡打點一二。」

福建過來的官員甄向晨，來京裡是為了見周十九。

鎏金紋福葫蘆開口吞吐著安息香，長房老太太的手微攥圓頭雲紋的扶手。「妳父親聽說是福建報急，具體如何還不知曉。」

福建報急，是成國公動手了。

周十九這般算計，還是沒能悄悄將成國公拿下。

長房老太太嘆氣。「成國公三代元勛，手握兵權，又是我們大周朝中少有擅水戰的武將，京裡多少達官顯貴只能逢迎他，妳父親偏挑了這麼一塊硬石頭。」

琳怡奉茶過去。「也不能怪父親，父親到了福建之後，只能選要不要投靠成國公，不投靠就是死敵。」

長房老太太輕挑起眼睛。「朝廷不准官員結黨，但凡六品以上的官員，哪個不站位？就算不依附權貴的，也給自己劃作清流，不說別的，聯姻還不就是這般……早晚要經此一劫。」

前世，他們一家沒能闖過去，不知道這次能不能換來好結果。

長房雖大，伺候的下人並不太多，這些年，長房老太太留在身邊的大多是世僕，於是有些事安排起來也容易些。

到了晚間掌燈，陳允遠領著人從後門進了陳家長房。

琳怡想要去聽聽父親和那人都說了些什麼，長房老太太思量片刻，讓白嬤嬤將琳怡領去屏風後。

雖然陳允遠和那人說話的聲音低，琳怡還是聽了大概。

這段時間又有倭寇來犯，福建徹查賑災款，福建官員人人自危，駐軍也是人心渙散，結果硬讓一百倭寇攻破臨海的一座城池。福建水師沒有了成國公指揮就像一隻紙老虎，不能再為大周朝效力。

朝廷是要對付倭寇還是要整頓福建？若是要對付倭寇，如今就離不開成國公，於是現在的局勢很明顯，國家還需要成國公，如嚴大人、陳允遠這樣想要參倒成國公的人只能是死路一條。

「就算朝廷另派武官去福建，不一定能指揮動福建水師。培養水師不是一時半刻的事。」言下之意，成國公拿福建水師威脅朝廷，陳允遠等人絕無勝算。

琳怡從屋子裡出來，將裡面的話說給長房老太太聽。

長房老太太道：「怎麼不接著將話聽完？」

琳怡搖搖頭，依偎在腳踏蹬上給長房老太太捶腿。「康郡王在我們家裡這麼長時間，等的就是來報信的人吧！福建的清流畢竟還是信父親的。」所以但凡肯有人來通消息，必然會來尋父親。

接下來自然是要將西園子裡的貴客說出來。

「康郡王是利用父親和福建清流的關係。」

長房老太太頷首。「我何嘗不知道如此？事到如今，我們家也只能依靠康郡王。光靠父親，更不能順利度過難關。」

父親這時候也該將康郡王抬出來了，否則福建那邊就真的沒有心思再和成國公周旋。

那邊的陳允遠果然聽到甄向晨道：「康郡王之前上摺子給朝廷，可真有替福建軍士叫苦之意？」

說到這個，陳允遠不假思索地點頭。「是真的，這些年福建受成國公之苦。水師辛苦，朝廷每年多撥銀子犒賞，發到軍士手裡不過十之一二，福建軍士還要感念成國公的恩情。康郡王上了摺子，一直在暗中等消息。」

甄向晨眼睛一亮，彷彿又看到了希望。「陳兄此言當真？」

陳允遠道：「那還有假？我此刻便可向你引薦。」

陳允遠在家裡謀劃大事，琳怡伺候長房老太太休息。

白嬤嬤低聲道：「六小姐去歇著吧，這裡有奴婢就好了，西園子那邊恐怕一晚都沒個結果呢，六小姐這樣要熬壞了身子。」

說的是，乾等著也是無用。琳怡點點頭，順手將剝好的松子仁放進嘴裡，出門的時候才發覺，吃進去的是殼。

就算回去休息，誰又能睡得著。

第二日，玲瓏早早讓廚房煮了雞蛋給琳怡敷眼睛，但琳怡哪有這個心思，多撲了些粉便去長房老太太房裡聽消息。

陳允遠熬了一夜，反而比昨天多了些精神。經過周密安排，甄向晨在陳允遠珍藏的小絹子上按下血手印。

「甄向晨總是武官，回去之後聯絡定能有所收穫。」

長房老太太已經猜到這個結果。「那你決定要怎麼做？」

「兒子……」陳允遠抿了抿乾燥的嘴唇。「朝廷要成國公平倭，成國公定會以我們這些人做由頭百般推諉，可眼下國事為重，兒子就想上了奏摺，只要成國公能大獲全勝，兒子就任憑成國公發落。」

之前他就說過類似的不成功便成仁的豪言壯語，不過當時被長房老太太劈頭一陣責罵，這時再說出來，仍舊心有餘悸。畢竟自己若是不能回來，蕭氏和一雙兒女還要長房老太太照應著。再說長房老太太在他心裡已經是唯一的長輩，不得長輩應允，就算硬著頭皮去做，也始終有所顧慮。

琳怡捏著帕子，心跳如鼓，眼睛也逐漸酸澀。

長房老太太想得出神，半天才道：「從前你是有勇無謀，現在總算明白了箇中道理。大丈夫不到最後一刻，如何也不能捨棄自己的性命，就算大義捐軀也是權宜之計。」

陳允遠道：「長房老太太安心，就算是有一線生機，兒子都不會放棄。」

退一步讓成國公自以為陰謀得逞，成國公能否從福建得勝歸來，最終要看陳允遠等人的計謀能不能達成。

這件事又繫在康郡王身上。

陳允遠說完話，就有丫鬟來報。「西園子的客人來了。」

周十九換了件青藍銀邊長袖，腰上鑲金邊又做繡紋嵌玉錦帶，高大的身影遮擋住半霽日光，進屋坐在陳允遠對面，離琳怡不過幾步之遠。他嘴角含著微笑，氣度從容，彷彿一切盡在掌握。

作為旁人仰仗的人物就要定然，要有足夠的沈靜、果敢，泰山崩於前而面不改色，否則難免要讓追隨者恐慌。

是以這世上出身高的人不少，做成大事者確實不多。

陳允遠也收起了之前稍顯軟弱的表情。

周十九現在傷養好了，人也等到了，是準備走了吧！

他不主動說，長房老太太也不好問起周十九的打算。

琳怡站起身，主動去一旁摘了窗前的薄荷葉，滾水沖泡了壺薄荷茶，用點彩梅朵青花茶碗盛了，又用梅枝篩漏碗撇了碾碎的桂花花瓣，在茶面上做出梅枝的圖案，親手奉給周十九、長房老太太和陳允遠。

大周朝已經不興喝茶沫，可是誰又能拒絕帶著清香軟糯的花瓣？一進門就看到陳六小姐站在角落裡神色懨懨，活像是一隻被拔了爪牙的老虎。

大約真是喝茶潤喉，周十九放下茶杯，聲音清澈。「我會自請跟著成國公去福建。」

長房老太太臉上難掩驚訝。去福建那兒比在京裡還要凶險，福建有戰火，刀劍不長眼，萬一有了閃失，那可和成國公無關。

琳怡目光中也一閃驚訝。在她印象裡，最後關頭衝鋒陷陣的都是小人物，宗親、重臣只會躲在後面受利，就算前面出了差錯，也會有替死鬼。康郡王前世不就是這樣讓父親擔下所有的過錯……

她抬起頭，正好對上周十九那雙光亮、清澈的眼睛。

周十九要收拾包裹離開。

琳怡帶著丫鬟將長房老太太交代的禮物送上去。

一大盒禮物，看樣子是特心準備，就像之前送了一套難得的頭面請他幫忙。

看著她心甘情願地蹲身行禮，像往常一樣將禮數做得標準周到，臉上更沒半分輕誚的意思。

這樣的殷勤其實是想要他一句準話。

周十九笑容文雅俊美，面容如玉不摻雜色。「我會讓人在京裡照拂妳父親，直到我從福建回來。」

琳怡恭謹地再向周十九行禮。「陳家感念郡王爺恩德。」

和之前在鄭家時一樣，既謝他，又和他保持距離。

她眼觀鼻鼻觀心。「郡王爺放心，父親耿直，不會出半點差錯。」

意思是讓他不要將陳允遠當作棄子。

周十九乾脆坐下來，揮揮手讓身邊的陳漢先退去一旁。「這裡是陳家，有話可以直說。」

琳怡輕抿嘴唇。「我父親為人直率，郡王爺上次在江裡遇險，我父親就沒能理解郡王爺的苦心，回來差點就直接參奏了成國公，若是那時貿然行事，定是壞了郡王爺的大計……這次郡王爺去福建，請多叮囑我父親。」

朝廷的事，周十九畢竟知曉得最多，他不說，到了緊要關頭父親拿什麼自保？

「妳是氣我沒有和妳父親明言？」

第八十七章

既然都已經站在同一立場，許多事就該說個清楚。

「我是想和妳父親說，只是沒料到那日就落江。」周十九眉梢一翹，眼眸幽深。「而後，礙於身邊眼線，乾脆不做解釋。」

陳家長房老太太是見過世面的人，想必陳允遠就算參奏成國公，陳家長房老太太也會阻攔，何況陳允遠還生了這樣一個良善柔和的女兒。

那麼周十九是真的落江了。琳怡用懷疑的眼神詢問周十九身後的隨從。

黑臉大塊頭果然有惱怒的表情。這事是真的。

陳六小姐總是知曉怎麼才能打探到實情。周十九假作什麼都沒察覺。「情勢轉瞬即變，誰也不能擔保不會出差錯。」這次光靠和他撇開關係已經不能自保，想到這裡，他目光中帶了些許輕笑。

琳怡做了個萬福。「那就祝郡王爺福建之行平穩安全。」

這次是不帶任何虛言。

朝堂上很快開始熱議倭寇。從山東到福建、廣東沿海，倭寇出沒無常，前朝抗倭本見成效，卻因後期國力衰微，前功盡棄。大周朝在福建、廣東組建水師，是為了徹底剿滅倭患，這些年，國家投入大批軍力就為了打擊倭寇，以及與倭寇勾結的海盜。

朝堂上的老臣聽說福建又遭倭寇騷擾，全都老淚縱橫，張口就能說出前朝倭患肆虐時流劫數省，所到之處燒殺搶掠無惡不作的慘劇，跪求皇上前車之鑑。要行海戰，朝廷上可用的人才不多，加上成國公安排妥當，朝廷想要點將抗倭一時竟然無人可用，天子震怒之下，朝堂上開始有人將矛頭指向在福建查貪墨的嚴大人。

從朝堂到內宅，人人談倭色變。

內宅裡的婆子嚇唬小丫鬟都說倭寇就是厲鬼變的，所以刀槍不入，許多小丫鬟聽了這樣的話，到了晚上不敢睡覺，第二天無精打采。琳怡屋裡的小丫鬟就因此差點將開水潑在玲瓏身上，讓玲瓏好一陣訓。

琳怡揮揮手讓玲瓏算了，既然害怕就調到外間守夜，反正要整夜亮著燈，小丫鬟忙叩謝琳怡，從此之後就在琳怡屋裡專心伺候，琳怡給她取了名，叫胡桃。胡桃雖然膽子小，人卻很機靈，長房老太太帶著琳怡去族裡，琳怡就將胡桃一起帶上。

若論大宗，琳怡所在的是陳氏三房，宗長由長房的伯父擔任，陳氏族人不在外任官的，大多遷去了通州三河縣。

琳怡跟著父親長期在福寧，還沒去過大族裡，就算是琳婉、琳芳也是極少去的。這次二老太太董氏乾脆讓長房老太太將琳婉、琳芳都帶，因還要請族人出面保下陳允遠，蕭氏也就一同跟著。

車。

這一路上，蕭氏心神不寧，長房老太太就將蕭氏帶在身邊，琳怡和琳婉、琳芳同一輛馬車。

琳怡臨走之前接到鄭七小姐的信，在馬車上總算有了時間翻看，才知道原來鄭七小姐的哥哥也考中了舉人，不過就是排名不大靠前罷了。惠和郡主看到康郡王全鬚全尾地回來了，痛哭一場，只念周家祖宗保佑，身上的病也漸漸好了。

信到末尾，鄭七小姐向琳怡問松子酥的做法，琳怡想到每日送去周十九跟前的點心，嚇了一跳，轉念一想，鄭七小姐也吃過她做的松子酥，應該是個巧合。

琳婉偶爾和琳怡說上幾句鄭七小姐，琳芳在這方面沒有話題，不過倒說起了崔二小姐和林正青的婚事。「那種人真是不要臉，還能巴巴跟人成親，早該選條白綾吊死算了。」

聽到死這個字，琳婉臉色變得難看。「四妹妹快別胡說。」

琳芳譏笑。「我可是說真的，」然後看了眼琳怡。「我前日在寧平侯府作客時，寧平侯五小姐還說，崔御史這次又要參奏三叔父呢，說三叔父和福建那個嚴大人一樣，為了追名逐利、陷害忠良。」

崔家這次又是被誰鼓動？難不成是姻親林家？

琳怡不動聲色地看了琳婉一眼，琳婉正側著頭仔細地聽琳芳說話。

總算到了通州，已經有族裡人來迎接。

琳怡幾個簡單整理一下衣裙就下車行禮。

來的是族裡的一位兄長，在族中行七，還有長房的兩位伯母。長房的伯父因事纏身就沒能過來，大家就回去族裡一併見了。

陳氏一族在三河縣已是很有名了，大片大片的房屋幾乎連在一起，只要進了縣城，見到的大多都是沾親帶故，就算是有意記著也是認不全人，只得留著腦子記主要的族人。

縣城裡沒有京城繁華，卻是景致極好的，族裡的女眷也都看著親切，琳怡幾個很快被讓到堂屋裡，和幾位族中姊妹說笑。

長房屋裡叫琳霜的姊姊和鄭七小姐性子差不多，聽說琳怡幾個來了，拿著鞭子就徑直來見，大家看到她時，她下身還穿著長褲，長房的三太太李氏忙吩咐丫鬟給琳霜換衣服。

琳霜笑著道：「有什麼打緊了，都是自家姊妹，我還能嚇著她們不成？」說著眼睛滴溜溜地在琳婉、琳芳、琳怡臉上打轉，然後伸出手指。「讓我猜猜三房長老太太要過繼誰做親孫女，」話音一落，就指在琳怡身上。「一準兒是這位妹妹。」

三太太李氏將帕子打在琳霜手上。「這猴兒，越發不像話了，隨便拿手指指點點，也不怕幾個妹妹笑妳。」

琳霜吐吐舌頭，笑著跑出去。「我換衣裙也就是了。」

琳芳是做足功課來的，打聽了一下琳霜行幾，就小聲和琳婉、琳怡說：「瞧她那粗俗樣，怪不得要嫁給鄉野村夫了。」

陳家的女兒哪至於嫁給鄉野村夫？琳霜是說給了通州一個家境殷實的員外家，那員外家裡養著大片果林又有良田千頃，是貨真價實的小地主，雖然沒有嫁給什麼名門望族，可是遠離勾心鬥角，生活起來才更自在愜意。

陳家的大長房一直守著祖業過日子，琳怡此行才真正知曉宗長的辛苦，將所有族人籠絡在一起過並不容易，不是東家有事就是西家需要幫忙。單說祖宗分下來的田產，到了春秋兩季，宗長也要幫忙張羅，若是哪家不及時播種，有時候需要宗長尋人去僱長工、佃戶，更別說平日裡生計瑣事。琳怡才到了一會兒，就有兩個族人來找長房人評理的。這樣比起來，還是走出去博功名的族人過得愜意，功成名就可以衣錦還鄉，還不被族人拖累。

現在琳怡幾個就是族裡姊妹羨慕的對象。

琳霜換好了衣服，陳三太太李氏吩咐琳霜帶著琳婉幾個逛逛祖宅，琳婉、琳芳不是第一次來，對琳霜的解說不感興趣，只有琳怡結實將陳氏一族的發展史聽得津津有味，坐在馬車上走了個時辰，才大致將陳家走了一圈。

大家從馬車上下來，族裡同齡的姊妹又迎出來幾個，彼此互相東拉西扯地介紹，一下子好不熱鬧。

領頭的琳丹是宗長的女兒，和琳芳相同年紀，生得眉目清秀，人也格外高眺，笑著走過來就道：「別淨圍著人，三房的姊姊、妹妹一路上也累了，先請進屋裡歇一會兒。」身邊的姊姊妹妹聽了話都住了嘴，將琳怡幾個領進院子裡的東廂房裡歇著。

丫鬟、婆子新薰了被褥，將琳怡三個安排在同一個屋子裡。

琳丹道：「好歹靠一靠，一會兒還有得鬧呢。」說完笑著去拉琳婉說話。

琳怡和琳芳在裡間裡換衣裙，聽得琳丹在外面笑出聲。「妳總算是來了，妳託我養的魚都大了許多……我上次讓人給妳帶的東西，妳可用了？」

琳婉將腰間的香囊拿出來。「用了，自己家染的線極好。」說著塞了琳丹些東西。「我還給妳帶了東西……」

琳芳在一旁撇嘴冷笑。「瞧瞧人家，比自家姊妹還熱絡呢。」

琳怡幾個歇了一會兒，又換了衣服出來，也快到了宴席時間。

陳家大宅裡張燈結綵，族裡的堂屋不知擺了多少桌，光是互相拜見就鬧了幾個時辰，吃過宴席後，小姐們拉著手私下裡說話。

這時，琳怡才發現琳婉在族裡不是一般地受歡迎，一會兒就聽到有人喊：「婉姊姊，幫我看看針線，上次妳教我的花，我還繡不好呢！」

然後是一陣奚落的聲響，琳婉用帕子掩住嘴笑個不停。

憨憨的少女道：「不管，這次再教我一回。」

琳芳自然也有要好的姊妹，族裡好詩書的都來找琳芳，不一會兒，琳芳就被拖去詩會了。大家本要拉琳怡一起去，在琳芳灼熱的目光下，琳怡笑著拒絕。「我不太會作的，姊妹們先去玩。」

琳芳這才露出了笑容。

詩會上，琳芳要保持獨占鰲頭。

第八十八章

最後，琳霜和琳怡兩個說悄悄話。

因要成親了，琳霜屋子裡搬了半空，琳怡悄悄地問：「婚期訂在什麼時候？」

琳霜道：「明年開春。」

這麼快？琳霜才滿十五歲。

琳怡安慰琳霜。「不是嫁得不遠嗎？聽說兩家以前也是認識的。」這樣的話，私下裡應該是見過面的吧！

琳霜也不瞞她。「平日裡雖然走動得好，誰知道嫁過去又會怎麼樣？就算互相見過，也不過是在長輩面前說幾句客氣話，真正的情形還要以後才知道。妳不在族裡不知道，就算沾著親的，成親之後也是打打殺殺，遠的不說，二房的姊姊才嫁給堂哥三年，前兩日被夫家送回來，病得已經剩下一把骨頭……」說著嘆氣。「總覺得沒有多少好日子過了。」所以乾脆將沒有玩夠的都變著法地玩了痛快。

琳霜說到這裡，讓丫鬟找了條新做的褲子給琳怡。「我們去跳石子路。」

客隨主便，琳怡就穿上了褲子，陪著琳霜去了院子裡。

琳霜笑道：「一見面就知道妳是個爽利的，三房長老太太眼睛辣得很，定是要妳做孫女。妳那個三姊裝神弄鬼，四姊驕橫跋扈，都不是什麼好相與的主。」

看穿琳婉的不止她一個啊。

陳家三房的長老太太李氏則坐在大房長老太太房裡說話。

兩位老太太說了些體己話。

大房長老太太道：「我看弟媳身子骨倒是好多了。」

三房長老太太李氏欣慰地點頭。「多虧了六丫頭在我跟前解悶。」

說起這個，大房長老太太眼睛一亮。「這麼說，妳是下定決心要過繼老三一家？」

三房長老太太李氏也不瞞著。「上次我給老嫂子寫信就是這個意思，說什麼我也要讓宗長答應……族裡總不能眼看著我們三房長房絕了嗣。」

大房長老太太沈吟片刻，臉上露出為難的表情。「恐是不大容易，妳也知道二老太太董氏……」

三房長老太太李氏冷笑一聲。「我這可是在幫她，她不願意，就將族譜拿來說道說道，看她生的那兩個兒子到底是嫡出還是庶子。我們家的老太爺若是尚在，怎容她這般禍害陳家？」

陳氏三房的這樁公案鬧了幾十年都沒個結果，三房長房一棵獨苗沒了，二房也只留了一個獨子，就算當年二老太太董氏不帶著兩個兒子回京，恐怕陳家族裡也要出面將二房的兩個兒子接回來，總要有子孫傳宗接代。現在二老太太董氏再不濟也是繼室，長房要過繼二房的子孫，也得要二老太太董氏一起商量。

不過看樣子，三房長老太太是有備而來，不達到目的不會善罷干休。

兩個老太太說著話，宗長陳允寬進屋裡來。

陳允寬向兩位老太太行了禮，坐在一旁。已經當了七、八年的宗長，陳允寬身上已經有了宗長的穩重和威儀，雖然身為晚輩，卻也能掌握住大局。「明日祭祖的事宜都準備好了，就等老太太發話。」

三房長老太太李氏道：「我哪裡敢作主，都要聽宗長的，宗長安排，我老太太跟著就是。」

陳允寬笑了笑，並不接話。「怎麼不見三房的弟弟？」

三房長老太太李氏冷笑。「不用跟我打謎語，我就直話直說，祭祖之後就將族譜請出來，按照上面的排行，我要給長房過繼繼子，既然你們不肯聽我的，就按照規矩來。」

大房長老太太拿起矮桌上的茶來喝，只等陳允寬說話。

「老太太，您準備怎麼安排？是要過繼哪個弟弟？這件事還要知會族裡耆老族人，要族人都點了頭，這過繼的文書才能寫成。」

三房長老太太李氏乾脆半合起眼睛。「族譜順位寫的是誰，那就是誰。」

陳允寬為難地道：「老太太您要想了周全，按照族譜順位寫的承繼，嫡長子不能做繼子。」

三房長老太太李氏抬起眼睛看向陳允寬。「那我問你嫡長子是誰？若是三老爺，就讓族裡的長輩在場，將三老爺陳允遠的名諱後寫上嫡長子，那麼他的兩個兄長就是庶子。」

一下子將所有問題都推給族裡。

要嘛同意立了陳允遠為繼子，要嘛將二老太太董氏生的兩個兒子陳允寧、陳允周作庶子。

這怎麼行……

陳允寬半晌不能開口。「老太太，現在二老太太已經是繼室……」

「繼室在正室牌位面前還是妾，那就在宗祠祖宗牌位前問問二老太太，陳允寧、陳允周、陳允遠，哪個是嫡長子？」

陳允寬和母親對望了一眼。「既然老太太這樣說，那就……」話音剛落，只聽外面傳來焦急的聲音。「我們三房的長老太太在這裡嗎？」

是大太太董氏。董氏怎麼到族裡來了？

丫鬟上前打簾將董氏讓進屋中，董氏給老太太和陳允寬行了禮，然後焦急地道：「老太太不好了，三叔……三叔被朝廷抓了！」

陳允遠被抓了?!這是怎麼回事——

三房長老太太臉色頓時變得難看。

大太太董氏道：「我們家老太太已經四下託關係救三叔，可……這次的事非同小可，老太太讓我來族裡找長房老太太商量，看看能不能求求鄭家和惠和郡主幫忙？」

大太太董氏話音剛落，蕭氏臉色蒼白地進屋。「老爺……怎麼了……」

大太太董氏急急地道：「還是福建的事。現在御史、言官紛紛上摺子，說三叔等人陷害忠良，三叔聽了消息就上摺子喊冤，更指成國公十條罪名。成國公聽聞此事病在家中，不能去福建平倭。朝廷現在正是用人之際，平倭之事沒有旁人能上任，三叔又上了摺子，說成國公有意拖延戰事，就是要以此威脅天子……這摺子一上，三叔就被摘去了頂戴，關進大牢！」

蕭氏聽得這話，腳下一軟，幾乎站立不住。

三房長老太太也驚得幾乎不能言語。

大太太董氏還要說話。

大房長老太太忙阻攔。「讓老太太緩口氣再說。」

正說到這裡，讓人攙扶著的小蕭氏似是反應過來，聲音沙啞。「老爺……我要回去……」說著伸出手。「快……快來車……送我回去！」

——未完，待續，請見文創風056《復貴盈門》3

步步謀略／攻心至上

重生+宅門頂尖好手

雲霓

復貴盈門

重生、宅門、權謀、婚姻經營之道的
磅礡大作！
除了鬥智鬥力，還要在婚姻中鬥心！
因為家宅平安，
才有將來的富貴幸福——

文創風 054 1

記得那晚，她的洞房花燭夜，本該是喜氣洋洋、一樁美事，
但揭了紅蓋頭之後，接下來的一切非她所想，而她，誤將小人當良人——
未婚夫婿為了私利，將她迷昏，一把火燒了新房，還有房裡的她，
可憐她至死才省悟，原來溫婉單純絕非優點，卻是令別人掐住自己的弱點！
許是命不該絕，她再次醒來竟是重回十三歲，
當時，日子還那麼美，父母恩愛幸福，她和哥哥無憂無慮，
但如今，她深知風平浪靜之下暗藏了驚濤駭浪，
既然讓她得了機會扭轉自己與家人的命運，怎能放手？
那些曾傷過害過她陳家的人們，她六小姐陳琳怡全都記下了，
該守護的，她定要護個周全；
該閃避的骯髒事，就去髒了別人吧！
這一世，她要心慈手不軟，絕不重蹈覆轍——

這一生，她定要活得比害她的人更精采！
眼看該要的幾乎要握在手上了，
偏偏殺出了個康郡王，亂了她精心安排；
他，這前生的仇人，
究竟能助她一臂之力，
還是令她全盤皆輸……

文創風 055 2

此生再見那無緣的未婚夫林正青，她早沒了與他執手一生的心思，
那份放火燒了她以成全自己的陰狠心思，更令她只想離他遠遠的；
怎知，她不想見，他卻自己纏上來，還拿她的小字威脅她？!
她雖不明白他的用意，但如今見招拆招並還他一招已非難事，
他想捉她把柄，也要掂掂自己斤兩……
重生之後，鬥人心算計、使些手段把戲對她已不是難事，
怎奈她心思如何機敏剔透，仍有一個人教她看不清——康郡王；
這個曾令她陳家破敗、將父親當作棋子般玩弄的男人，
心思詭譎且深不可測，行事狠厲又無情，
此生再見，她只得謹慎再謹慎，步步退讓只為求全，
但他似乎不吃這一套，倒顯得她小心思太多；
既然如此，他要自己送上門，她怎能不「盛情款待」……

婚事來得措手不及，
還讓人鬧得京裡沸沸揚揚，
這康郡王不在家，依然能讓她過得不安心；
他想用婚姻將她握在手心，
卻不代表她不能翻出他掌握……

文創風 056 3

鬼門關前走了一回，如今她只想護著家人平安順遂，
對自己的婚事，她也看得透澈，不求富貴榮華，只求平凡度日，
誰知康郡王非要橫插一手，竟然使計求得皇上賜婚！
這下她不想嫁也要嫁，同時還得應付其他姊妹、眾家女子的明槍暗箭；
她從未想過要當個郡王妃，但既然受了周十九「陷害」，
非得做王妃不可，她也絕不示弱——
王府一入深似海，他的日子比她在陳家的更是驚險，
雖然雙親早逝，可上有表面和藹、暗裡借刀殺人的姨母，
旁有對王位虎視眈眈的表兄弟，下有等著看他笑話的周家族人，
偏偏他又在成親之際得了戰功，這下他倆的婚事張揚無比，
怕是更刺了某些人的眼……
萬幸她在娘家受過諸多「訓練」，這成親後的日子，
無論會怎麼波濤洶湧，她也是要將它過得順風順水——

重量級好書名家／

非我傾城　墨舞碧歌

文創風 032　8之1〈逆天〉

即便秦歌不愛她，但在王墓考古遇見盜墓者時，他捨命救了她是事實，
於是，當那個神秘的女子説他的前世是千年前榮瑞皇帝以後繼位的東陵王，
説若當時不修陵寢，秦歌就能重生時，她毫不遲疑地同意回去逆天篡改歷史，
當見到東陵太子時，那與秦歌一般的容貌讓她確定了他便是下任東陵王，
他承諾娶她，不料後來成為太子妃的卻是她的異母姊姊——傾城美人翹眉！
為了當面問他一問，也為了讓東陵派兵援救她母親陷入爭戰中的部族，
即便被下毒毀去絕世容顏，她仍攜二婢逃出，前去參加皇八子睿王的選妃大典，
八爺上官驚鴻，一個左足微瘸、鐵具覆面的男人，她無論如何都得成為他的妃……

文創風 033　8之2〈醜顏妃〉

翹楚在太子府等待出嫁前，她的夫婿睿王卻親眼目睹太子吻了她，
而在隨後發生的行刺太子事件中，她為救太子，讓刺客誤以為他才是太子，
結果他因此受了傷，也一併褪去人前溫和不爭的假面，露出陰鷙狠戾的模樣，
她這才驚覺，他以前所有的溫情以待都是在作戲，娶她也不過是別有目的，
不過無妨的，此生只要完成來東陵及救母的任務，其他的都不重要，她不需愛情，
誰知她意外發現書房的秘密，進入一處地穴，看見一個俊美無儔的男人，
那分明是太子的臉，但他身邊不離身的鐵面卻昭示他是她的爺、她的丈夫！
老天，秦歌的前世究竟是太子上官驚灝，還是遭她背叛過的睿王上官驚鴻？

文創風 036　8之3〈佛也動情〉

他是萬佛之祖飛天，本該心如明鏡、無慾無求的，
不料在親手接生了翹家二女若藍後，命運之輪便啟動了，
明知不可，他卻悄悄對貼心善良的她動了情，
他很明白這是不被允許的，因此他一直掩飾得很好。
對誰都好、看似有情卻無情，是他向來給眾神佛的印象，
直至他的佛殿祝融肆虐，她為救寶貴典籍而喪命，
至此，他再做不來喜怒不形於色，
為免她魂飛魄散，當下他使計讓兩大古佛施展捕魂咒救她，
事後，他及天界一干動了愛恨嗔癡念的眾神佛皆得下凡歷劫，
他成了睿王上官驚鴻，而若藍則化為翹楚，
倘若再愛上她以致歷劫失敗，那她將灰飛煙滅，於是，他只能對她狠了……

文創風 037　8之4〈爺兒吃飛醋〉

大婚前先是與他的太子二哥曖昧不清，大婚後又和九弟夏王眉來眼去？
想不到翹楚這姿色平平的女人，還真有活活氣死他的本事！
她那破敗身子毒病一堆，沒幾年命好活了，竟還有閒功夫到處勾搭他的兄弟？
民間姑娘、勾欄場所的花魁，幾時看九弟真心對待過一名女子了，
而今不僅一直戴著她給的荷包，還贈她千年白狐做成的名貴狐裘，這算什麼？
怎麼著，難不成九弟這次竟看上了自己的嫂嫂、看上他用過的女人嗎？
只是，他這個好弟弟似乎忘了一件事——翹楚是他的女人！
即便他上官驚鴻不愛，他上官驚驍也休想染指她一分一毫，
不論是死是活，這輩子她翹楚都只能是他八爺的妃！

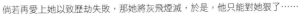

文創風 040　8之5〈衝冠一怒〉

翹楚失蹤了！上官驚鴻知道，必定是太子將她縛走了，
為了立即救出她，他不顧五哥勸阻，點兵夜闖太子府，
他很清楚，此行若搜不出翹楚，父皇必定大怒，
而這些年來他辛苦建立的一切也將毀於一旦，但他管不了這許多，
毀了便毀了吧，他無法慢慢查探，他絕不讓她再受一點苦！
為著能早點救出她，甚至連九弟他都找來幫忙了，
只因他曉得夏九素來喜愛翹楚，定能完成所託，
然則，他終究是慢了一步，她被灌了滑胎藥，大量出血！
他早已立下誓言，必登九五之位，遇神殺神，遇佛弒佛，
自降生起，他從沒畏懼過什麼，如今，他卻怕極了失去她……

文創風 042　8之6〈赴黃泉〉

翹楚曉得，現如今的上官驚鴻是愛她的，很愛很愛，連命都能為她捨，
為了專寵她、得她信任，他甚至允諾不碰其他女人，他們要永遠在一起，
然則，她總會先他離開這世界的，哪能陪他到永遠呢？
她的身子幾經毒病，早便是懸在崖上的，若她死了，他怎麼辦？
或許他們不該在一起，不該要求他唯一的愛，畢竟她根本陪不了他多久……
宮裡傳來的消息，說翹楚昨夜在宮裡沒了，守護著她的老僕瘋了般見人便砍?!
一派胡言！她腹中還懷著他的孩兒，好端端的怎可能就沒了？
……是父皇！父皇不喜翹楚，定是他下的殺手！
母妃和妹妹都教父皇害死了，為何連他心愛的女人都不肯放過？
誰殺了翹楚，他就殺誰，便是當今聖上、他的父皇亦然！

文創風 045　8之7〈登基〉

他上官驚鴻步步為營、運籌帷幄，終於走到了爭奪王位的最後一步，
然則他機關算盡卻沒算到，此生最愛的女人翹楚會命喪宮中，
早先為了治好她的心疾，他不計一切手段取得解藥續了她的命，
兩人的一生理該久長下去的，怎麼突然間她就撒手離去了？
她說希望看見他君臨天下的模樣，一定很威風，
為了圓她心願，讓百姓歸於太平安樂，在奪位的路上，他大開殺戒，
可她已然灰飛煙滅，那他苦苦撐著這行將腐朽的身軀不死有何意義？
即便他最終擁有天下萬物又如何？這天下，終究不是她。
倘若世上真有神佛，轉世而來的她是否能再轉世回到他身邊呢？
這一次，換他來等她，直到不能再等了，他便去尋她……

文創風 046　8之8〈輪迴〉

等了這般久，翹楚終於重新回到他身邊了！
不僅如此，她腹中的胎兒、他們那屢屢沒死成的小怪物也還活著！
這一次，他不當佛祖飛天、不當秦歌、不當睿王，就只當她的男人，
往後的日子裡，他保證會好好愛她、護她、不惹她生氣了，
但……為何她身邊的男人老是走了又來、源源不絕！
趕走了夏九那個大的，現在又補上個小的是怎麼回事？
是，他知道那個小的是翹楚為他生的兒子，所以呢？
難不成這世上有人規定老子不能拈兒子的醋吃嗎？
而且這無齒小子居然當眾尿了他一身後，還露出得意的笑！
好，他上官驚鴻算是徹底討厭上這小怪物了，敢跟他爭翹楚，簡直找死！

《非我傾城》隨書附贈
東陵王朝人物關係表，
〈登基〉並附彩色地圖！

文創風 055

復貴盈門 2

國家圖書館出版品預行編目資料

復貴盈門 / 雲霓著. --
初版. -- 臺北市 : 狗屋, 民101.12-
冊 ; 公分. --（文創風）
ISBN 978-986-240-953-4（第2冊：平裝）. --

857.7　　101023145

著作者　雲霓
編輯　戴傳欣
校對　黃薇霓　林若馨
發行所　狗屋出版社有限公司
地址　台北市104中山區龍江路71巷15號1樓
電話　02-2776-5889～0
發行字號　局版台業字845號
法律顧問　蕭雄淋律師
總經銷　知遠文化事業有限公司
電話　02-2664-8800
初版　101年12月
國際書碼　ISBN-13　978-986-240-953-4

原著書名：《复贵盈门》，由起点中文网（http://www.qdmm.com/）授權出版。

定價250元
狗屋劃撥帳號：19001626
網址：love.doghouse.com.tw　E-mail：love@doghouse.com.tw